LES LARMES DE GRENADINE

JOS SAUNDERS

Remerciements

Je tiens à remercier mes dévoués bêta-lecteurs, Cécile, Véronique, Eline, Nadine, Estelle et Jean-Jacques, qui ont pris le temps de me lire.

Les Larmes de Grenadine est une œuvre inspirée de la vie des membres d'une famille. Les noms ont été modifiés et sont fictifs.

Conception de la couverture : Betibup

Sommaire

Chapitre 1

1967

De l'endroit où je me trouve sur le sol, je vois l'écran de télévision.

La tête me tourne, je perds mes repères.

Si seulement je n'avais pas essayé de soulever cette maudite télévision. J'aurais dû attendre. Ce doit être ce jouet sur lequel j'ai trébuché qui m'a fait valdinguer par terre.

Les larmes me piquent les yeux, je glisse mes doigts derrière ma tête. Ça fait un mal de chien. Pourquoi une main invisible a-t-elle décidé de planter un couteau dans mon crâne ?

Porca miseria !

La faible lumière de décembre pénètre dans la pièce depuis un ciel gris cendré. Dehors, les feuilles du cèdre s'affaissent sous le poids des gouttelettes. Ici, à l'intérieur, je m'affaisse sous le poids de ma douleur.

Une nausée me serre tout à coup l'estomac avant que le salon ne devienne un carrousel. Les rideaux couleur de la mer se balancent comme des vagues en colère dans une tempête. S'ils se balancent davantage, ils vont dérailler. Les photos de ma famille accrochées au mur s'animent et décident de me courir autour. J'ai beau essayer de secouer la tête, la pièce continue de tourner.

Je sens cette odeur familière de fer et mes yeux se remplissent de larmes. J'ai du mal à respirer, je m'agrippe au tapis pour essayer d'empêcher mes mains de trembler. C'est étrange, je ne sens plus mes jambes.

— Non, je chuchote. Pas paralysée...

J'essaie de frotter mon dos. Je ne sens rien. Le monde est devenu flou, aucun son ne parvient à mes oreilles. Même le tic-tac réconfortant de l'horloge a disparu.

J'ai de nouveaux spasmes dans la tête, je m'efforce de ne pas paniquer.

Mes côtes se soulèvent et s'abaissent, mais l'air n'entre pas. Comme si mes poumons étaient serrés par des bandes invisibles. Et ça fait mal.

Ma tête oscille d'un côté à l'autre, je suis prise de vertiges avant de m'évanouir.

Des murmures deviennent de plus en plus forts avant qu'une main douce n'attrape mes doigts.

Florinda est à mes côtés. Les grands yeux noirs de ma sœur se fixent sur les miens, son visage affiche une expression que je ne veux pas voir. Elle pleure avec moi, s'accrochant à ma main.

— Ne t'avise pas de me quitter, menace-t-elle entre deux sanglots.

Ce sont les derniers mots que je capte.

**

Je n'ai pas entendu l'ambulance arriver. N'est-elle pas censée arriver avec un gyrophare et une sirène hurlante ? Peut-être que je ne suis pas une urgence.

À travers mes yeux troubles, deux iris sombres avancent et s'éloignent. Une bouche s'anime. Aucun son n'en sort. Je ferme et ouvre à nouveau les yeux. Cette fois, le visage inquiet de Florinda apparaît en gros plan. Elle se mord la lèvre inférieure. Pas bon signe. Elle fait cela lorsque les choses sont graves.

Une paire de bras solide m'aide à monter sur un brancard et je suis transportée dans l'ambulance. Les lumières m'aveuglent. L'odeur de l'antiseptique frappe mon nez, me pique la gorge.

Mes mains s'accrochent aux bords du brancard tandis que l'ambulance se dirige vers l'hôpital. Tout tremble, même moi.

D'un coup, ma tête devient lourde. Je me vois enfant en Italie avec ma famille. Ne dit-on pas que la vie passe devant soi lorsqu'on est sur le point de mourir ?

Je souris.

— Mammà ! C'est moi, Bianca. Je rentre à la maison.

Chapitre 2

1943
(24 ans plus tôt)

J'avais quinze mois lorsque mon frère Nino est né en juillet 1938.

Trop occupée par la routine quotidienne d'un nouveau-né, ma mère ne me prêta plus d'attention. Elle n'avait ni le temps ni l'énergie.

Ma sœur, Florinda, faisait de son mieux pour me consoler, mais quelle attention et amour pouvait-on attendre d'un enfant de cinq ans ? Elle n'était elle-même qu'une enfant, et mon frère aîné Vittorio s'intéressait davantage à ses jouets qu'à sa petite sœur. Il avait six ans et demi à l'époque.

Je ne manquais de rien. J'étais nourrie, lavée, j'avais des vêtements propres. Mais j'avais besoin d'amour, comme tous les enfants. Je pleurais souvent, m'essuyant le nez sur ma manche en regardant ma mère. Chaque fois que je levais les bras vers elle, elle souriait, soulevait Nino plus haut sur sa hanche et me tapotait la tête.

Je n'étais pas jalouse. Je voulais simplement être portée aussi. Avoir ses bras aimants autour de moi. Sentir son odeur unique de maman.

A chaque fois que j'essayais de grimper sur ses genoux pour rejoindre mon petit frère, Mammà l'avait déjà déposé et se traînait vers la prochaine corvée de la journée.

Petit à petit, mon appétit diminua. Mes joues se creusèrent, mes jambes ressemblèrent à des allumettes, même lorsque ma mère prenait le temps de me nourrir, je refusai de manger. Je refusai aussi de parler.

C'est alors que mon père prit le relais.

Et heureusement, parce que les choses s'empirèrent en 1941 lorsque Luca naquit. Avec un autre bébé à charge et Nino qui n'avait que trois ans, Mammà avait encore moins de temps pour moi.

Papà n'avait jamais dit qu'il m'aimait, il n'avait jamais joué avec moi, mais je pouvais compter sur lui. Domenico était un homme fier et strict, respecté par les autres villageois, il portait sa fierté la tête haute. Grâce à son travail de meunier, nous avions de la farine pour que ma mère fasse des pâtes, son talent de chasseur nous fournissait de la viande.

Ce fut *Babbo Natale* qui me rendit heureuse. La veille de Noël 1942, il m'apporta une poupée. Je me souviens de mon père dans son fauteuil préféré, devant le feu de la cuisine, les yeux remplis de tristesse. L'Italie était entrée en guerre six mois plus tôt, les restrictions alimentaires, ajoutées au manque d'argent, ne nous permettaient pas de passer un Noël décent.

Pour moi, ce fut un Noël formidable. J'avais ma poupée. D'ailleurs, je ne mangeai jamais beaucoup.

Bella était ma compagne. Je n'avais besoin de personne d'autre. Ce n'était pas facile d'avoir des frères et sœurs plus âgés ou plus jeunes. Quelqu'un toujours devant ou derrière soi pour un peu d'affection. Si seulement j'avais été la plus jeune. Au moins, ma mère m'aurait prêté plus d'attention. L'un des inconvénients d'appartenir à une famille nombreuse.

Je me demandai souvent si ma vie aurait été différente si mes grands-parents avaient vécu.

Carmine, mon grand-père maternel, mourut de la grippe espagnole en 1918 sur le chemin du retour après la Première Guerre mondiale. Ma *Nonna* Maria mourut un an plus tard, probablement d'un cœur brisé, laissant quatre jeunes filles. Ma mère avait dix ans lorsqu'elle fut placée dans un couvent à Avezzano où elle grandit en se débrouillant seule. Ses trois autres sœurs furent envoyées dans différents orphelinats. Quelle cruauté de séparer des frères et sœurs si peu de temps après la mort de leur mère.

Privée d'affection, Mammà grandit probablement sans savoir à quel point les câlins étaient nécessaires aux enfants.

***

Ce ne fut pas le rugissement profond qui me tira de mon sommeil, ce fut Florinda qui me secoua.

Je me redressai, essayant de voir à travers l'obscurité. L'aube n'avait pas encore montré son visage, aucun oiseau ne chantait.

— Bianca, chuchota ma sœur. Vite, il y a des soldats dehors.

Un grondement brisa le silence comme un roulement de tonnerre lointain. Mon cœur bondit dans ma gorge. J'attrapai Bella au moment où Florinda saisissait mon bras et me traînait le long du couloir sombre jusqu'à la chambre de nos parents.

— Mammà ! siffla-t-elle en me serrant la main. Mammà, il y a des soldats dehors.

La guerre avait éclaté quatre années auparavant. C'était la première fois que des soldats apparaissaient dans notre petit village de Santa Maria la Carità.

Ma mère mit un doigt sur ses lèvres avant de pousser mon père hors du lit. J'observai son teint cendré, ses yeux écarquillés, son regard qui se promenait dans toutes les directions comme un animal attendant d'être attaqué. De forts coups résonnèrent à la porte. La peur se lisait sur son visage avant qu'il ne prenne ses vêtements, et se précipite hors de la chambre.

Je me mis à pleurer. Florinda serra ma main plus fort malgré le tremblement de sa lèvre inférieure. Elle était à deux doigts de pleurer elle aussi.

Ma mère sortit du lit, se dirigea pieds nus vers la chaise sous la fenêtre. Elle enfila ses sabots et se tourna vers nous.

— Allez dans votre chambre et restez-y.

Mes jambes étaient sur le point de céder. Au prix d'un grand effort, ma sœur m'empêcha de tomber.

— Faites ce que je dis, dit ma mère avant de descendre les escaliers. Allez dans votre chambre et restez-y.

Florinda me tira dans le couloir. Des cris forts provenant de la lourde porte en fer me clouèrent sur place. Par-dessus la rampe, un jeune soldat vêtu d'un uniforme gris, pointa une arme sur le ventre gonflé de ma mère. Ses doigts tremblaient sur la gâchette comme s'il ne savait pas quoi faire. Je me blottis contre Florinda et pleurnichai.

Entrant dans la lumière, les yeux bleus glacés du soldat me fixèrent. Je n'avais jamais vu un Allemand. Cheveux blonds crayeux, peau claire, rasé de près, expression froide — rien à voir avec nous.

En un éclair, il courut dans les escaliers. Ses pas lourds martelèrent les marches de pierre avant qu'il ne se tienne devant moi. Tête baissée, j'examinai ses bottes noires à hauteur de mollet.

Il fit claquer ses talons, je relevai la tête. Une longue cicatrice serpentait sur le côté gauche de sa joue. La peau cramoisie montrait qu'elle n'avait pas bien cicatrisé.

Ses yeux balayèrent les environs avant de se tourner vers moi.

— Où est ton papà ?

Du liquide chaud coula à l'intérieur de mes jambes, mes oreilles rougirent, étouffant le son de sa voix.

— Où est-il ? demanda-t-il d'une voix plus forte.

— Parti.

Il secoua mon bras, des larmes coulèrent sur mes joues.

— Parti où ? hurla-t-il avant de me relâcher violemment.

Je retombai sur ma sœur en secouant la tête. Comment pouvais-je savoir ?

Un deuxième soldat bondit dans les escaliers avant qu'ils ne disparaissent dans le couloir. Leurs lourds pas résonnèrent à travers le sol jusque dans mes os, noyant chacune de mes pensées. Où était Papà ? Pourquoi le voulaient-ils ?

Je libérai ma main de l'emprise de ma sœur pour les suivre jusqu'à la chambre de ma mère. L'odeur d'écorce d'orange séchée emplissait l'air, la lumière du petit matin filtrait à travers les fentes des volets.

En glissant une main sur les draps, le soldat tira les couvertures pour révéler mon plus jeune frère Luca. Il se réveilla en poussant des cris perçants. Mains tendues, ma mère se précipita pour le réconforter.

Après avoir jeté les couvertures par terre, le soldat cracha puis partit, laissant Luca hurlant et Mammà pleurant dans la chambre.

Les soldats se mirent à crier dans une langue que je ne comprenais pas, avant que le bruit de leurs bottes ne s'estompe dans les escaliers.

Curieuse de nature, je me précipitai dans le couloir, prenant Bella sous mon bras. Je me dirigeai vers le balcon. Le croissant de lune était suspendu au-dessus du vieux chêne, ses feuilles frémissaient dans la brise fraîche du matin. Dans la pénombre du jour naissant, la silhouette d'un char se détachait de l'église en pierre blanche.

Accroupie parmi les arbustes en pot, je regardai les soldats qui couraient, hurlant des ordres. Mes doigts s'enroulèrent autour des cheveux de Bella, cherchant du réconfort là où ils le pouvaient.

Des coups de crosse de fusils s'abattirent sur la porte du voisin, perturbant le calme de la place endormie. Dès que la porte s'ouvrit, les soldats entrèrent en trombe. Des cris étouffés provinrent de l'intérieur avant que le jeune Clemente ne sorte en titubant dans le froid matinal. Vêtu d'un bas de pyjama bleu marine et d'un maillot de corps sans manches usé, son visage crayeux était décharné, ses yeux écarquillés d'horreur.

Paralysées par la peur, mes lèvres se mirent à trembler.

Ne lui faites pas de mal.

Une main s'agrippa à mon épaule, mon cœur s'emballa. Florinda me regardait avec un doigt sur ses lèvres. Blotties l'une contre l'autre, nous observions la scène en contrebas, nous tenant par les mains moites.

— Qu'est-ce qui se passe ? chuchota Florinda.

Je posai mes lèvres sur son oreille.

— Les soldats emmènent Clemente.

— Mais il n'a que seize ans !

Clemente se débattit jusqu'à ce qu'un poing s'abatte sur son visage. Il glissa sur les pavés, et s'écroula sur le sol, du sang coulant du côté de sa bouche. Couché sur le côté, il leva la tête. Son regard rencontra le mien. Je me mordis la main et lâchai un cri étouffé à l'impuissance qui se reflétait dans ses yeux.

Mes deux mains collées sur les oreilles, j'enfonçai ma tête entre mes genoux. J'avais l'estomac serré comme une pelote de laine emmêlée, des larmes coulèrent sur mes joues.

Je sentis le corps de Florinda trembler contre le mien, j'entendis ses gémissements. Elle regardait sans doute la scène horrifiante.

— *Dio mio, Dio mio*, ne cessa-t-elle de marmonner.

Après quelques secondes, je pris une grande respiration et ouvris un œil. L'effroi qui se lisait sur le visage de ma sœur devait correspondre au mien. Je fus incapable de regarder vers la scène en bas.

— Ils s'en vont, dit-elle en me poussant.

Je retirai mes mains de mes oreilles. Les bruits de pas et les cris s'estompèrent. La porte métallique du char se referma dans un grand fracas. Le véhicule s'éloigna, brisant les pavés, remplissant l'air de gasoil.

Il me fallut quelques instants pour réaliser que le danger était passé. Je laissai Florinda agrippée à la rambarde, son regard suivant le véhicule militaire, et je me précipitai dans la maison.

— Mammà ! Mammà !

Je criais son nom encore et encore. La panique s'emparait de moi comme une boule de neige s'accumulant au creux de mon estomac.

Mes jambes refusaient d'avancer vite, menaçant de céder. Mon cerveau commençait à émettre des pensées cauchemardesques comme une mitrailleuse déchaînée. Pourquoi Mammà ne répondait-elle pas ?

Des larmes continuaient à couler sur mes joues lorsque que je fis irruption dans sa chambre.

L'endroit était sombre et silencieux.

— Mammà !

À force de crier, ma gorge fut à vif. Je me laissai tomber sur le sol, le dernier souffle arraché de mes poumons. Ma tête enfouie entre mes genoux, je gémissais comme une enfant perdue, me balançant d'avant en arrière. Pourquoi Mammà m'avait-elle abandonnée ? Était-elle partie à la recherche de Papa ? Elle ne nous aurait pas laissées.

Un bruit venant du couloir attira mon attention, je retins mon souffle. Mon nez perçut une odeur familière, celle du savon de ma mère.

Je levai la tête alors que sa silhouette se dessinait dans l'embrasure de la porte. Vêtue de sa chemise de nuit blanche, elle ressemblait à une apparition qui planait dans l'obscurité. Je me précipitai dans ses bras, et pour la première fois, ses lèvres fraîches et douces touchèrent mon front alors qu'elle me serrait fort. Je pleurais de plus belle.

— Mammà, ne me quitte pas.

Je levai la tête, et à travers ma vision floue, je vis ses joues inondées de larmes. Elles coulaient sur le devant de sa chemise de nuit tandis qu'elle caressait ma tête d'une main calleuse.

— Je ne vais nulle part, *Cara.*

Mon visage se crispa, je hurlais de joie. D'aussi lointain que je me souvienne, ce furent ses premiers mots d'amour. Les premiers signes d'affection. Mon corps se détendit, ma douleur s'estompa, ma respiration redevint normale.

***

Plus tard dans la matinée, je descendis l'escalier de pierre en m'agrippant à la solide rampe de fer, évitant les grands pots de géraniums écarlates en terre cuite qui bordaient les côtés.

L'odeur de *panettone* frais chatouillait mon nez, de plus en plus fort à mesure que je descendais. Mon estomac grondait, je mourais d'envie de plonger mes dents dans le gâteau moelleux que ma mère préparait si bien.

Mammà se déplaçait dans la cuisine en se frottant le bas du dos. Elle me regarda, les coins de sa bouche recourbés en un faible sourire. Comme d'habitude, des cernes entouraient ses yeux. Ses yeux ne cessaient de se tourner vers la porte du jardin, inquiets sans doute du retour possible des soldats.

Comme un robot, elle plaça d'autres vêtements sur l'étendoir, qui pliait sous le poids du linge humide. Le minuscule poêle dégageait suffisamment de chaleur pour que la pièce conserve une température confortable. Non seulement il nous chauffait pendant les saisons les plus fraîches, il représentait le cœur de la maison. Certains soirs d'hiver, on s'asseyait autour du poêle, mes parents parlaient pendant des heures de tout et de rien, bien au chaud à la lumière du feu.

— Bonjour, Bianca, murmura ma mère.

Luca leva la tête et me sourit, ses bras tendus vers moi. Je me précipitai vers sa chaise haute et lui posai mes lèvres sur son front pour son baiser matinal. J'aimais ce petit garçon. Il ne ressemblait en rien à mes deux autres frères. Des cheveux blond vénitien bouclés, des yeux bleus, et si affectueux. Il ne piquait jamais de crise de colère.

— Bonjour, Mammà.

— *Panettone* et lait ? demanda-t-elle en plantant le couteau de cuisine dans le gâteau moelleux.

J'acquiesçai et m'assis à ma place habituelle sous le tableau de la Madone. Florinda, Vittorio et Nino étaient déjà assis sur le banc en bois qui me faisait face. À part le lent tic-tac de la pendule, un silence de plomb régnait dans la cuisine. Est-ce que tout le monde réfléchissait à ce qui s'était passé tout à l'heure ?

Je jetai un coup d'œil à Vittorio, au regard déterminé, et à Florinda, dont les épaisses boucles de cheveux auburn étaient attachées en nattes.

Elle était la chanceuse. Une peau d'olive foncée, des cheveux brillants. Il parait qu'elle était le portrait craché de notre grand-mère paternelle. Moi, par contre, j'avais hérité de l'incontrôlable chevelure noir corbeau et des yeux verts de ma mère.

Vittorio, qui ressemblait à notre père avec ses cheveux châtains courts et son nez arqué, prit une autre tranche de *panettone*. Plus il vieillissait, plus il ressemblait à Papà. Pas de caractère. Je n'arrivais pas à comprendre pourquoi mon frère me mettait mal à l'aise. Un côté égoïste avec certitude. Peut-être que j'étais trop gamine à son goût. Florinda, par contre, s'entendait bien avec lui.

Nino se rapprocha de Vittorio, ses yeux sombres fixant le visage de son frère avec un amour inconditionnel, tout en serrant le jouet que Vittorio lui avait donné. Bien que Vittorio connaisse la dévotion totale que son jeune frère lui portait, il l'ignora. À cinq ans, Nino s'entichait de son grand frère. Et Vittorio, âgé de dix, en profitait.

— Vittorio, appela ma mère, la fatigue dans la voix.

— Oui, Mammà.

— Je vais faire des courses. Garde un œil sur Nino et Luca. J'emmène les filles avec moi.

Après un petit déjeuner rapide, je sortis de la maison et levai la tête vers la croix géante sur la crête de la colline. Elle surplombait la place, protégeant le village de ses bras tendus. Je dis une prière silencieuse pour mon père, où qu'il soit.

À part quelques personnes qui traversaient la *piazza* en courant, le village était calme. Pas surprenant. La visite inattendue des Allemands avait fait naître un sentiment de peur dans le village. Personne ne voulait être vu. Personne ne voulait être interrogé. Personne ne voulait être arrêté.

Les maisons autour de la place se tenaient épaule contre épaule comme si elles étaient soudées ensemble, toutes semblables. Leurs grandes fenêtres supérieures, leurs balcons étroits et leurs terrasses à toit plat abritaient toutes les familles. Leurs murs entendaient tous les problèmes du village, chaque cri silencieux, chaque rire jovial. Ils connaissaient tous les secrets, voyaient toutes les blessures.

La plupart des maisons avaient du plâtre gris étalé sur la façade, la nôtre était peinte en rouge grenade. Elle se distinguait par sa couleur et sa taille. Construite par mon arrière-grand-père, elle était dans la famille depuis plus d'un siècle. Papà fut le seul membre de la famille intéressé pour vivre à Santa Maria la Carità. Ses frères étaient partis dans des villes plus grandes comme Castellammare di Stabia ou Torre Annunciata, espérant sans doute y trouver fortune.

L'horloge de la tour surplombant la *piazza* sonna, et me fit sursauter. Le son aigu du carillon répétitif traversa la place, se répercutant sur les maisons. Ma main se précipita sur ma poitrine afin de calmer les palpitations tandis que je comptais le nombre de coups.

Sept. Pas étonnant que ce fut si calme dans la place.

Par-dessus mon épaule, le vieux Peppino poussait son chariot, le corps penché. La courbe de sa colonne vertébrale ressemblait à celle d'une fleur fanée. Son visage maigre était buriné avant l'heure, comme tous ceux qui vivaient dehors sous le soleil.

— Viens, Bianca ? Ma mère me tira par le bras.

Nous traversâmes la route avant de disparaître dans l'embrasure d'une porte en faisant claquer le rideau perlé. L'odeur forte de la mortadelle nous accueillit.

— Bonjour, fit ma mère.

Filomena releva la tête, glissa quelques mèches de cheveux sauvages sous son foulard. Elle ne devait pas avoir plus de quarante ans, mais en paraissait au moins dix de plus avec ses rides marquées par le soleil. J'eus l'impression qu'elle avait encore vieilli pendant la nuit.

Elle avait repris le magasin de ses parents lorsqu'ils étaient décédés il y a quelques années. Santa Maria la Carità était son village. Elle avait grandi, s'était mariée et avait élevé ses enfants ici. Son mari était mort d'un cancer du poumon, ses deux filles vivaient à Naples, dans l'espoir d'y trouver du travail et une vie meilleure. De temps en temps, elles revenaient lui rendre visite. Leurs visites étaient de plus en plus rares.

— Tout va bien, Gisella ?

Ma mère se frotta le bas du dos.

— Je suppose que oui, vu les circonstances.

— Que puis-je vous servir aujourd'hui ? demanda Filomena, heureuse de discuter.

Ma mère nous sourit.

— Qu'est-ce que vous avez ?

On avait beau avoir de l'argent, il n'y avait pas grand-chose à acheter. Les Allemands avaient réquisitionné beaucoup de nourriture. Comme mon père était bon chasseur, il nous attrapait du gibier. Nous avons souvent mangé du hibou. C'était dur, mais mieux que de manger des rongeurs. Un jour, mon père avait tué un renard. Quel délice, une cuisse de renard rôtie. De plus, travaillant comme meunier, Papà ramenait souvent de la farine et des pâtes. On ne mangeait pas toutes les pâtes, Mammà les échangeait contre des œufs et du lait à la ferme voisine.

Avec mon père absent maintenant, comment allions-nous faire ?

— J'ai du pain et de la ricotta.

La voix de Filomena me ramena à la conversation, le visage de Mammà se détendit.

— Merci.

Filomena sortit une miche de pain noir de dessous le comptoir et la pesa sur la balance.

— Pauvre Carmela. Tu as sûrement entendu ce qui s'est passé ce matin ?

Ma mère hocha simplement la tête.

Tout le monde connaissait les affaires des autres. La vie au village, et plus encore autour de la place, était exposée aux yeux de tous. Les gens prenaient du plaisir là où ils le pouvaient, à ragoter sur les autres. Cela apportait un peu de vie à certains. Répandre des rumeurs était mieux que n'importe quelle ordonnance médicale.

Pour ma mère, les commérages étaient réservés aux personnes qui n'avaient rien de mieux à faire. On nous apprenait à ne rien dire. Tout ce qui se passait dans la maison restait entre les quatre murs. On nous disait de garder notre vie privée discrète.

Mammà mit le pain et la ricotta dans son filet à provisions puis remit quelques billets à Filomena. La commerçante s'essuya les mains sur son tablier usé et déposa l'argent dans un tiroir avant de rompre le silence.

— Il sera en sécurité dans les montagnes. Ce n'est pas la première fois qu'il y va.

Ma mère pinça la peau de sa gorge.

— Je sais, mais aujourd'hui c'est différent. D'ailleurs, combien de temps peuvent-ils rester là-haut ?

Filomena se frotta le front du revers de la main.

— Ce sont des chasseurs, Gisella. Ils savent comment survivre.

— Il leur faut plus que de la viande pour tenir le coup.

Un lourd soupir s'échappa de la gorge de ma mère.

— Je leur apporterai de la nourriture cet après-midi.

Filomena attrapa ma mère par le bras et lui glissa un morceau de *provolone* dans la main.

— Porte ça aux hommes. Ce n'est pas beaucoup, mais ils

apprécieront un peu de fromage.

Avant que la commerçante ne dise un mot de plus, ma mère écarta le rideau de perles et nous sortîmes sur la piazza.

***

La faible lumière de l'après-midi filtrait à travers les feuilles, projetant des tons doux sur le sol de la forêt alors que ma mère et moi gravissions la colline à l'abri des arbres.

Son panier à la main contenant du pain, du fromage et un peu de vin, Mammà avançait lentement mais sûrement.

Carmella, notre voisine, était restée à la maison pour s'occuper des petits. Florinda et Vittorio avaient voulu venir. Ma mère accepta que je sois la seule à l'accompagner. Avait-elle senti mon besoin urgent de voir Papà ?

De temps en temps, Mammà s'arrêtait. Elle laissait tomber le panier et posait les mains sur ses hanches pour reprendre son souffle. Dans son état, elle avait du mal à marcher, et s'arrêtait souvent pour se reposer. Cela m'arrangeait, mes petites jambes ne pouvaient pas aller plus vite.

Un peu plus tard, nous sortîmes du bois pour rejoindre la voie ferrée. La lumière du soleil de novembre arriva d'un seul coup. Plus faible que celle du soleil d'été, elle agressait cependant nos yeux. Quelques lointains nuages noirs se dirigèrent vers nous, assombrissant le ciel. Bien qu'en milieu d'après-midi, un voile sombre recouvrit les cieux, le vent se leva de nulle part.

Je continuai à regarder par-dessus mon épaule, attendant qu'un prédateur affamé sorte des arbres. Mon père chassait dans ces montagnes. Certaines des histoires qu'il nous racontait m'avaient donné des cauchemars. Des loups gris, gros comme des veaux, hurlant sous la pleine lune. Des hiboux aux grands yeux, survolant les chasseurs. Sans oublier le bruissement des serpents, zigzaguant à travers la forêt à la recherche de rongeurs.

Je frissonnai et suivis les pas de ma mère de plus près.

Nous traversâmes le pont de pierre au-dessus du ruisseau où j'avais l'habitude de pêcher avec Papà, et ma poitrine se serra. Où se cachait-il ? Était-il encore là ? Est-ce que les Allemands l'avaient attrapé ?

Un bruissement tout près me fit sursauter. Ma mère m'attrapa par la main et me rapprocha d'elle.

— Mammà ?

Elle lâcha ma main aussitôt et sortit un couteau.

— Chut. Continue de marcher et ne te retourne pas.

Je déglutis, en essayant de calmer le tonnerre dans ma poitrine. Je ne voulais pas qu'on se fasse tuer.

Une cabane enracinée dans la colline apparut. Un toit en pierre, des planches de bois pourries en guise de porte, aucune fenêtre. Elle était si délabrée que je fus surprise qu'elle soit encore debout.

Ma mère se dirigea vers la porte.

— *Vieni.*

Aller où ? Aucun être humain ne pouvait vivre dans cette cabane abandonnée.

La porte miteuse s'ouvrit, ma mère me poussa à l'intérieur. L'air était épais avec l'odeur de la terre humide et des corps non lavés. La lumière des bougies fit vaciller de longues ombres sur les murs. Cela donnait à ce lieu l'apparence d'un sanctuaire.

Après quelques instants, mes yeux s'adaptèrent à la lumière. A la lueur d'une des bougies, la silhouette familière de mon père apparut. Je ne l'avais jamais vu aussi démuni. Des yeux injectés de sang, un visage mal rasé, des vêtements sales. Des larmes me piquèrent le fond des yeux.

— *Cara*, dit-il, et je me lançai dans ses bras tendus.

— Papà !

J'écrasai mon visage dans sa chemise sale, l'odeur de la sueur chatouillait mon nez. Il passa le dos de sa main sur ma joue. Un geste tendre auquel je m'étais habituée au fil des ans. Quelques larmes coulèrent sur mon visage, un gloussement grondait dans sa poitrine avant qu'il se tourne vers ma mère.

— Des nouvelles ?

Mammà secoua la tête, mon père inclina la sienne en signe de déception.

— Il vaut mieux que vous restiez tous ici un peu plus longtemps, dit-elle en tirant de son panier une petite miche de pain et le *provolone* que Filomena lui avait donné.

Ma mère tendit sa main vers moi.

— Viens, Bianca. Laisse ton père manger.

Je me calai à son côté pendant que Papà coupait un morceau de fromage, il tendit le reste aux autres hommes blottis dans le coin. Ils ne devaient pas être plus de quatre ou cinq, il n'y avait pas assez de fromage pour remplir tous ces estomacs.

Pendant que mon père mangeait, il parlait de l'avenir. Mammà tenait ma main, et mon cœur rayonnait. Je me blottis contre elle, respirant son parfum, heureuse d'être assise à ses côtés.

Leurs voix devinrent plus floues, ma tête tomba contre la poitrine de ma mère, mes paupières devinrent lourdes. Leurs marmonnements me bercèrent jusqu'à ce que mon esprit commence à s'égarer.

Un léger coup de coude me réveilla. J'ouvris les yeux sur le visage abattu de ma mère, et je retirai ma tête de son ventre gonflé.

— Il est temps de partir, Bianca.

L'idée du voyage du retour me donna des frissons.

— Dis au revoir à ton père.

Sa voix tremblait alors qu'elle pliait le torchon froissé et le plaçait dans le panier vide.

Je grimpai sur les genoux de mon père.

— Reviens vite, Papà. Mes mots sortirent dans un murmure.

— Je reviendrai. Je te le promets, *cara*.

Il se leva avec moi dans ses bras et embrassa le front de ma mère. Mammà s'accrochait à lui comme si c'était la dernière fois qu'elle le voyait. Il caressa son ventre, lui murmura quelque chose à l'oreille. Un bref sourire illumina son visage creusé avant que l'un des hommes n'ouvre la porte.

La force du vent faillit me faire tomber. La nuit était tombée. Je voulais me cacher dans la chaleur de l'abri de fortune, mais ma mère me tira sur le chemin.

Je trébuchai sur les pierres glissantes qui descendaient la pente vers la vallée. Le chemin se transformait en un labyrinthe indéfini. Ce ne fut pas le même chemin qu'à l'aller. Mon père nous avait dit de prendre un autre chemin — au cas où. Il semblait que les Allemands avaient des points de contrôle sur les routes. Comment le savait-il ? Cela me laissa perplexe.

Après une marche interminable le long de la voie ferrée, nous dévalâmes la berge, nous agrippant aux arbustes avant de courir à l'abri des arbres. Mes mains étaient devenues moites, mes jambes sur le point de céder. L'énorme lune éclairait la campagne comme en plein jour. Je ne réalisai pas que nous étions parties depuis si longtemps.

D'où nous étions, le village semblait endormi. Une chouette hulula quelque part, sans doute du beffroi. Les maisons étaient plongées dans l'obscurité, personne ne nous vit descendre la route escarpée menant à la place. Nous nous précipitâmes vers notre maison.

Je ne repris mon souffle que lorsque Mammà verrouilla la porte derrière nous.

Chapitre 3

1951

— Pourquoi je ne peux plus aller à l'école ?

Mes mots se transformèrent en un long cri. À en juger par la façon dont les narines de mon père se dilatèrent, je n'allais pas tarder à être punie pour mon franc-parler. Encore une fois.

Pourquoi mes frères auraient-ils le droit de continuer et pas moi ? J'avais tant à apprendre. Je voulais encore améliorer mon français, ma matière préférée. De plus, l'école était le seul endroit où je pouvais parler à mes amis sans que Vittorio ne surveille le moindre de mes mouvements. Cette liberté allait bientôt m'être volée.

Des larmes chaudes me brûlaient les yeux. Quelle injustice.

Je vis Papà déglutir plusieurs fois. Il lutta pour garder son calme.

— Parce que c'est comme ça, Bianca. Ta sœur a déjà quitté l'école et apprend à cuisiner et à coudre. Elle fera une bonne épouse. Quand tu te marieras, je veux être fier de toi aussi.

Je ressentis une rage ardente comme un volcan prêt à entrer en éruption. Je devais contenir le magma, sinon, je le regretterai plus tard. La dernière fois que j'avais explosé, c'était lorsque Vittorio m'avait dénoncée. J'avais dû rester à la maison pendant plus d'une semaine. Parler à un garçon sur la place du village était-il un crime ? Pour Vittorio, apparemment oui.

La vie ne fut jamais facile avec mes parents. Papà fixait ses règles strictes, Mammà les respectait. Il décidait de l'orientation générale de la vie de la famille, ma mère organisait la maison comme une servante obéissante.

Aux yeux de mon père, Vittorio avait toujours raison. Papà avait des projets ambitieux pour lui. Il voulait que son fils aîné devienne instituteur et prévoyait de l'envoyer dans les meilleures écoles de Naples, qui lui coûteraient chères. Moi, par contre, je ne pouvais même pas terminer une scolarité normale.

En un mot, Vittorio faisait ce qu'il voulait. Il s'occupait même de ses sœurs comme il le souhaitait avec la bénédiction de notre père.

Une bouffée de chaleur se répandit dans mes veines, alimentant ma colère. Ces derniers temps, je ne faisais que me disputer avec Papà, ou éviter mon frère comme la peste.

— J'aurais tant aimé être un garçon. Je pourrais alors faire ce que je veux.

— Ce n'est pas vrai, Bianca.

— Vraiment ? Eh bien, Vittorio pense le contraire.

Un jeu d'émotions contradictoires traversa le visage de mon père — colère, culpabilité, remords même. Pas besoin de réponse. Son visage disait tout.

— *La Scuola media* est terminée pour toi. Si tu veux, je veillerai à ce que tu apprennes un métier. Ta mère peut t'apprendre à broder. Elle est douée avec ses aiguilles. Florinda a déjà beaucoup appris.

Ne comprenait-il pas que je ne voulais pas coudre avec les autres filles du village, brodant des draps pour le lit matrimonial de quelqu'un, discutant de ce qu'elles allaient cuisiner pour le dîner ou de la bonne affaire qu'elles avaient déniché au marché local ?

Ce n'était pas la vie dont je rêvais. Je voulais atteindre le sommet du monde de la mode. Créer des robes pour un grand couturier. Et peut-être un jour, trouver l'amour.

Personne ne vit dans les contes de fées. Les romans étaient écrits pour divertir, des mondes parfaits cousus ensemble par des mots que tout le monde aimait entendre. Les histoires ne devenaient jamais réalité, à moins d'être vraiment chanceux. Mais au moins, je pouvais espérer choisir mon avenir.

Des larmes chaudes me piquèrent les yeux. Si mon père avait sa façon de faire, je quitterais la poêle à frire pour sauter dans le chaudron. Je fuirais sa dictature pour celle de mon mari.

— L'année scolaire se termine à la fin de la semaine. Tu auras le temps de dire au revoir à tes amis.

J'ouvris la bouche pour me rebeller...à quoi bon ?

Papà tourna les talons et quitta la pièce. Fin d'une autre bataille perdue.

***

Je franchis le grand portail rouillé de l'école. La chaîne métallique avait été détachée et pendait mollement contre les barreaux poussiéreux.

Devant le bâtiment, j'observai l'endroit dans lequel je n'entrerais plus jamais. Il se tenait fièrement malgré le traumatisme de la guerre. Il manquait des tuiles au toit, certaines pierres s'étaient détachées du ciment sur le mur de devant. Rien à voir avec le bâtiment voisin, qui n'était plus qu'une coquille.

À l'intérieur, les ombres projetées par les murs ternes remplacèrent les puissants rayons du soleil. Comme si on entrait dans un autre monde. Au moins, il ne faisait pas chaud.

Ce n'était pas une grande école. Certaines classes étaient même divisées en plusieurs groupes d'âge, ce qui obligeait le professeur à préparer des leçons différentes pour chaque section. Malgré cela, on était tous désireux d'apprendre. J'adorai cet endroit.

Mes chaussures s'éraflaient sur les carreaux de marbre beige, qui avaient autrefois fait la fierté du directeur de l'école. Maintenant, la plupart d'entre eux étaient ébréchés, certains brisés, ils étaient tout de même beaux. J'accélérai le pas dans le couloir vide.

Je poussai la porte de la classe et zigzaguai jusqu'à mon siège à côté de ma meilleure amie, Anna, au fond de la salle.

Bien qu'elle soit une râleuse née, Anna et moi étions sur la même longueur d'onde, on pouvait compter l'une sur l'autre. Chaque fois que je n'étais pas dans mon assiette, elle me remontait le moral avec ses mots d'encouragement. De même, lorsque son frère était mort dans un accident de moto il y a quelques années, brisant sa famille, je fus là pour elle.

Je me glissai à ma place. Ma lèvre inférieure se mis à trembler.

— C'est mon dernier jour à l'école.

Anna me serra le bras, prête à fondre en larmes.

— Pour moi aussi.

Ce ne seront pas la pierre et le mortier de l'école qui nous manqueront, mais les émotions et les souvenirs que nous avions construits au fil des années avec nos amies. On ne jouera plus dans la cour de l'école. Plus de rires et de plaisanteries. Si nous sommes chanceuses, nous pourrions peut-être apprendre le même métier, rester en contact. Plus tard, nous pourrions même épouser quelqu'un du même village.

Le son des voix aigües bourdonnait comme un essaim d'abeilles excitées jusqu'à ce que notre *professoressa* entre, réduisant la salle au silence. Nous restâmes debout pendant qu'elle montait sur l'estrade en bois.

Derrière elle, le mur autrefois couvert de photos encadrées de Mussolini, était maintenant nu. Des taches de couleur sombre montraient l'endroit où *Il Duce* trônait autrefois, fier comme un paon, les mains sur les hanches, dans sa chemise noire et son uniforme gris pâle.

— Bonjour, scandèrent nos voix, même si la plupart d'entre nous roulaient des yeux.

Au moins, on n'était plus obligé de se lever pour chanter les bras tendus en signe de salut, ni de crier *vive il duce* ou de porter d'énormes rubans jaunes dans les cheveux.

Signora Benedetti était une dame assez sympathique qui avait une emprise ferme sur la classe. Cela devait être son air de faucon — même son nez était recourbé en bec. Derrière ses lunettes rondes à monture noire, ses yeux azur ne manquaient rien. Comme la plupart des femmes de son âge, elle avait les cheveux attachés en un chignon serré, lui donnant un air encore plus strict.

Anna se pencha sur le côté pour me chuchoter à l'oreille, me tirant de mes pensées.

— Tu crois que Signora sait que son mari la trompe ? me demanda-t-elle.

Un souffle s'échappa de mes lèvres. Je pouvais à peine en croire mes oreilles.

— Pourquoi dis-tu cela ? chuchotais-je.

Anna sortit sa trousse à crayons de son sac, la posa à côté de ses livres d'école.

— On a vu son mari sortir de la maison de *Donna* Lucia tard hier soir.

— Comment sais-tu ça ?

— Je le sais, c'est tout. Et ce n'est pas la première fois.

Je mâchai le bout de mon crayon tout en regardant la *professoressa*. La plupart des hommes avaient des maîtresses. Même notre voisin Emilio. Pas étonnant. Tout le monde se mariait, personne ne divorçait. La

24

plupart des mariages étant arrangés, il n'était pas facile pour les deux partenaires de rester ensemble pendant des années. Si mon père me choisit un mari et que cela ne marche pas, mon mari prendra-t-il aussi une maîtresse ? Est-ce que je serai comme la *signora* dans vingt ans ?

Je la regardai. Assise aussi droite qu'une flèche prête à quitter son arc. Son visage ne laissait rien transparaître, même si les lignes autour de sa bouche trahissaient son malheur.

En fin de compte, que ce soit par amour ou par mariage arrangé, se marier était comme un pari dont personne ne pouvait prédire la réussite. Bien que certains mariages arrangés fonctionnent, je voulais choisir mon partenaire.

Je ne pouvais déjà pas choisir de rester à l'école. Est-ce que j'en demandais trop ?

***

L'école finit à quatre heures, beaucoup plus tard que d'habitude. Peut-être afin de permettre à toutes les filles de faire leurs adieux. Même si nous étions préparées à notre futur, c'était toujours difficile à accepter. Quelques-unes de nos camarades allaient continuer à étudier, elles étaient les plus chanceuses. Pour moi et Anna, quinze ans était trop tôt pour apprendre un métier.

Pas pour nos parents.

Une boule se forma au fond de ma gorge alors que je mettais mes livres dans mon sac. Je n'en aurais plus besoin. Peut-être mon carnet de croquis et mes crayons de couleur. Ils me suivaient partout.

J'adorais dessiner. Principalement des vêtements. Un jour, mon professeur d'art, m'avait félicité sur ma perspective et ma créativité. Au moins maintenant, j'aurais plus de temps pour dessiner.

Bras dessus, bras dessous avec Anna, on quitta l'école.

— Viens chez moi, fit-elle en me serrant le bras.

— Mammà sera heureuse de te voir. Nous pourrons prendre une dernière *limonada*.

Je regardai ses yeux suppliants. On était toutes les deux dans le même bateau. Sa situation était encore pire ; depuis le décès de son frère, elle n'avait plus de compagnie. L'école était le seul endroit où elle parlait avec des gens de son âge.

— D'accord. Et je l'embrassai sur sa joue.

Dès que j'eus accepté, je sus que c'était une énorme erreur. Dans les minutes qui suivirent, mon esprit cria *qu'as-tu fait* ? Vittorio serait furieux que j'aie décidé quelque chose de mon propre chef, mais je risquai de ne plus parler à Anna. Qui savait ce que nos parents avaient en tête pour notre avenir ?

Tout en marchant, je commençais à chanter une de mes chansons préférées. Je m'occuperai des retombées plus tard.

— Tu chantes bien, tu sais ? dit Anna.

Je me mis à rire.

— Papà le dit aussi. Il m'entend souvent chanter quand je fais le ménage. Ça m'aide à passer le temps.

On continua à sautiller le long de la route pavée, en chantant toutes les deux. Les têtes se tournèrent, quelques garçons sifflèrent, une vieille dame me tapa sur l'épaule en passant.

— Tu peux devenir une chanteuse, Bianca.

Un ricanement nerveux s'échappa du fond de ma gorge.

— Ne sois pas stupide.

— Je suis sérieuse. Avec un bon professeur dans la bonne école de musique, tu pourrais aller loin.

Je laissai échapper un gros soupir.

— Ça n'arrivera pas, et tu le sais. On ne peut même pas rester à l'école.

— Imagine ton nom en lumière dans les plus grands opéras de Venise ou de Vérone.

Ses bras gesticulèrent.

— Bianca Lombardi, Prima Donna di Napoli.

J'attrapai ses bras.

— Arrête de me mettre des idées stupides en tête, ou je vais commencer à te croire.

— Tu verras bien, me dit-elle en me prenant la main pour courir. On n'a pas fini d'entendre parler de ta voix.

***

La mère d'Anna m'accueillit avec un gros câlin.

Nous discutâmes dans la cuisine en sirotant une boisson, et en grignotant du gâteau frais. Paolo, le cousin d'Anna, s'était joint à nous, et au bout d'une demi-heure, je m'amusai trop pour penser à Vittorio. Je m'inquiéterai de mon frère plus tard.

Paolo me faisait rire. Quel charmeur. En fait, il nous faisait tous rire. On écouta ses histoires, captivées par sa voix basse et chaude. La douceur de son timbre m'enveloppait, la façon dont ses lèvres bougeaient m'hypnotisait.

Je sortis finalement de ma torpeur pour consulter ma montre. L'heure que j'avais prévue de rester s'était transformée en deux.

Voyant l'inquiétude sur mon visage, la mère d'Anna se tourna vers son neveu.

— Paolo, il se fait tard. Tu ne peux pas laisser Bianca rentrer seule à la maison.

— Bien sûr, *Zia*. Ce sera un plaisir de la raccompagner.

— Anna, tu y vas aussi. Ce n'est pas correct que Bianca reste seule avec Paolo.

Mon amie repoussa sa chaise et jeta sa veste sur ses épaules, tandis que Paolo souriait.

J'embrassai la mère d'Anna.

— Merci, Signora. J'ai passé un moment merveilleux.

Nous sortîmes dehors, et comme un immense rideau de velours tiré sur la scène, mon bonheur disparut. La chaleur que la famille d'Anna m'avait apportée s'était évanouie derrière un nuage menaçant.

Un nuage nommé Vittorio.

Le temps que j'arrive chez moi, le soleil s'était couché. Mon cœur s'emballa lorsque j'aperçus une silhouette familière du coin de l'œil. Vittorio était appuyé contre le mur de la maison, les mains enfoncées dans les poches de son pantalon, une cigarette entre les lèvres. Il avait ce regard malicieux. Celui qui signifie des ennuis. Je sentis ma bonne humeur s'envoler.

— Merci de m'avoir raccompagné, dis-je à mes amis. Vous n'avez pas besoin de me raccompagner jusqu'à la porte.

Anna jeta un coup d'œil par-dessus mon épaule.

— T'es sûre que ça va aller ? demanda Anna.

Je fis un de mes plus beaux sourires et la serra dans mes bras.

— Bien sûr.

Paolo me serra la main, et ils partirent bras dessus bras dessous. J'attendis quelques secondes avant de traverser la place vers ma maison.

— Où étais-tu ?

Vittorio s'écarta du mur et écrasa sa cigarette sous son pied.

— Où crois-tu que j'étais ?

— Ne me teste pas, répliqua-t-il sèchement.

Sa voix n'était plus qu'un murmure menaçant, je senti le danger avant qu'il n'arrive. Les yeux de Vittorio étaient remplis d'amertume, de haine.

— Tu devrais être à la maison depuis longtemps. Avec qui étais-tu ?

Avant que je ne me rende compte, ses doigts se posèrent dangereusement sur ma peau, assez doux pour ne pas marquer mon cou, assez durs pour faire respecter ses paroles.

J'essayai de secouer sa main. Il la glissa sur mon épaule et enfonça ses ongles. Un cri aigu m'échappa tandis qu'un grognement résonnait à l'arrière de sa gorge.

Je levai le menton et rencontrai son regard furieux. Il ne détourna pas son regard du mien, un sourire narquois s'étirait sur ses traits anguleux.

— Je ne veux pas que tu ailles quelque part sans Papà ou moi. C'est clair ?

Il ajouta un peu plus de pression avec sa main.

— C'est clair ?

Mes jambes tremblaient, mais je soutins son regard.

A seulement dix-huit ans, Vittorio se comportait de façon beaucoup plus vieille que son âge. Le fait que Papà lui ait confié certaines responsabilités pour s'occuper de ses jeunes sœurs lui donnait de la confiance. Tout ce pouvoir lui montait à la tête. Et tout ça parce que Papà voulait que nous soyons élevées comme des jeunes filles de bonne famille.

Vittorio me serra l'épaule à nouveau.

— Bianca !

Luca se précipita jusqu'à nous et écarta Vittorio d'un coup d'épaule.

— Mammà veut que je cueille des grenades dans le jardin. Tu veux bien venir avec moi ?

Mon frère aîné relâcha sa prise, je fis un pas en arrière.

— Bien sûr.

J'esquivai Vittorio et traversais la maison pour me rendre dans le jardin. Luca me suivit de près. Il attrapa ma main, la serra fort. Il fallait être aveugle pour ne pas percevoir la tension entre Vittorio et moi.

Luca n'avait que dix ans, mais était déjà si mature pour son âge. Trop occupée avec Fortunato, qui était né prématurément après la visite des Allemands, Mammà passait beaucoup de temps avec ce petit dernier. Bien que Fortunato ait fait beaucoup de chemin depuis, il était souvent malade. Donc Luca était souvent livré à lui-même.

Luca s'en fichait. Ou si cela n'était pas le cas, il ne le montrait pas. Il ne se plaignait jamais, n'élevait jamais la voix, ne pleurait pas. De loin mon frère préféré.

Nous entrâmes dans le jardin et nous dirigeâmes à l'endroit où ma grand-mère avait planté le grenadier, Dieu sait quand. Son tronc épais se dressait fièrement, même s'il n'avait pas beaucoup poussé. Il ressemblait à un bonsaï géant.

Lorsque j'avais demandé à Mammà pourquoi *Nonna* avait choisi de planter un grenadier, elle m'avait répondu que c'était un symbole d'amitié, de succès et de prospérité. Que les graines devaient être mangées en abondance car elles étaient censées porter bonheur.

Etait-ce pour cela que j'aimais tant ce fruit ?

Nous nous effondrâmes sous l'arbre, Luca s'assit comme un chien obéissant à mes pieds. Prenant deux grenades mûres, il m'en tendit une, puis se ravisa et me donna la plus grosse. Je priai pour qu'il reste toujours aussi adorable et aimant, qu'il ne devienne jamais comme Vittorio.

J'ouvris le fruit avec mes doigts et croquai dans la masse de graines rouges. Son nectar coula sur mon menton. J'essuyai le jus du revers de ma main et souris à Luca. Son visage reflétait le mien. Collant et rouge.

Je jetai ma tête en arrière, en riant jusqu'à ce que des larmes coulent sur mes joues. Je n'arrivai pas à savoir si cela était des larmes de joie ou de désespoir.

Du revers de la main, je les essuyai, me figeant lorsque je croisai le regard larmoyant de Luca. On se dévisagea quelques instants avant que la couleur ne disparaisse de son visage.

— Qu'est-ce qui ne va pas ? demandai-je, en regardant automatiquement par-dessus mon épaule.

— C'est ton visage.

Il tendit une main et essuya ma joue gauche.

— On dirait que tu pleures des larmes de sang.

Je tamponnai ma joue et vit la tache rouge sur mon doigt.

— Ce sont des larmes de grenadine. De douces larmes de bonheur.

Il continua à grignoter son fruit, satisfait de ma réponse.

J'essayai de garder mes émotions sous contrôle bien que parfois elles prennent le dessus. Je n'y arrivai plus. La mélancolie s'était installée.

Je pris une autre gorgée de grenade, laissant le fruit succulent parfumer ma bouche avant d'avaler. Peut-être que je demandais trop à la vie. Je cherchais quelque chose hors de ma portée. Quelque chose qui n'existait pas.

— Es-tu heureuse, Bianca ?

Luca leva les yeux vers moi, les sourcils froncés.

Je mordis ma lèvre inférieure. Que pouvais-je répondre ? La tristesse me rongeait de l'intérieur. Nous avons tous connu cela à un moment ou un autre. Pour certains, c'était temporaire. Pour d'autres, comme moi, c'était un désespoir continuel. J'essayais de ne pas montrer mes émotions, parfois la colère prenait le dessus, et je criais ma frustration.

Luca laissa tomber son fruit à moitié mangé et se précipita dans mes bras.

— Tu ne vas pas me quitter, n'est-ce pas ?

Je le berçai dans mes bras, le serrant fort contre moi.

— Pourquoi tu dis ça ? Je suis heureuse ici.

Les derniers mots se coincèrent dans ma gorge lorsque les yeux fixés sur la plus haute branche du grenadier, je laissai mes larmes silencieuses ruisseler sur mes joues, trempant le col de ma veste.

Qui pourrait croire cela ?

Chapitre 4

1954

— Je jure devant la Madone que le jour où je soufflerai mes vingt et une bougies, je partirai d'ici pour de bon.

Je repoussai mon assiette non touchée et me levai d'un bond.

— Dans quatre ans, vous ne me verrez plus. Je serai majeure, et vous ne pourrez pas m'arrêter.

Ma voix sortit en un cri hystérique.

— Je vous déteste tous !

Les yeux de ma mère étaient désolés. Mon père, au visage cramoisi, tentait de contenir sa rage, tandis que Vittorio me fixait du regard. Mes jeunes frères me regardaient bouche bée. Les yeux de Luca débordaient de larmes, je me détestais de le rendre triste. Florinda saisit la main de Nino tandis que le petit Fortunato éclatait en sanglots.

— Va dans ta chambre tout de suite !

La voix de mon père beugla dans la pièce, il serra les poings si forts que ses jointures en étaient blanches.

Je me dirigeai dans ma chambre, trébuchant sur chaque marche de pierre jusqu'au premier étage. Je n'étais plus une enfant. Je refusais de m'accrocher aux paroles de mes parents.

En haut de l'escalier, Papà mentionna mon nom à Vittorio, ce qui m'arrêta net. Je voulais savoir ce qui se passait. Furieuse, je m'accroupis sur la dernière marche, essayant de calmer ma respiration lourde.

— Je veux que tu gardes un œil plus attentif sur Bianca. Elle ne semble pas être dans son assiette. Ses crises continuelles me tapent sur les nerfs.

Encore une fois, mon père donnait plus de responsabilités à Vittorio. Je pourrais m'en passer.

— Ne t'inquiète pas, Papà. Je suivrai chacun de ses mouvements.

— Et vas-y doucement. Tu sais comment elle est. Si tu montres de la force, elle se rebiffera. La patience finira par payer.

— Oui, Papà.

J'imaginais Vittorio saluant comme un bon soldat recevant des ordres du général, sans doute avec un sourire suffisant sur le visage. Un sourire dont j'aimerais bien me débarrasser.

Jurant, je me levai. Je n'avais retenu que quelques phrases. Assez pour savoir ce qui m'attendait. Je me précipitai dans le couloir et claquai la porte de ma chambre. Les deux mains appuyées sur mon front, je m'adossai à la porte, respirant de rage. Ils m'étouffaient. Ils me brisaient pour que je rentre dans leur moule.

J'ouvris les fenêtres du balcon pour laisser entrer la brise fraîche du soir d'octobre. Mon mois préféré. Le temps de la *Vendemmia*, lorsque tous les villageois cueillaient les raisins mûrs pour faire du vin. Je serais sans doute punie pour mon emportement et ne serais pas autorisée à aider cette année.

Laissant les fenêtres ouvertes, je tirai les rideaux en voiles pour empêcher les *zanzara* d'entrer. Même à cette époque de l'année, les moustiques affamés aimaient encore piquer.

Je m'effondrai sur mon lit, le regard fixé sur mon cartable. Trois longues années étaient passées depuis que j'avais été forcée de quitter l'école. Comme j'avais envie d'y retourner, de prendre un chemin différent. J'aurais pu être interprète ; le français avait été l'une de mes matières préférées.

Au lieu de cela, je m'étais installée dans la routine que mes parents m'avaient imposée. Outre la couture et la broderie, il y avait une pile de tâches ménagères à accomplir. Sans oublier celle importante de s'occuper des poules. Quelle responsabilité !

Cela dit, j'essayais de voir le côté positif. Mammà m'avait appris tout ce qu'elle savait sur la broderie. Comme j'étais douée de mes mains, une couturière renommée de Fuscoli avait accepté de me former.

D'une certaine manière, je me considérais comme chanceuse. Au moins, je pouvais marcher jusqu'à sa maison tous les jours avec Anna. Les six kilomètres nous prenaient environ une heure, on pouvait parler sans être espionnées. Ce n'était pas beaucoup de liberté, mais avec Vittorio occupé à étudier à l'école, c'était le paradis. Et pour couronner le tout, mon père venait nous chercher le soir. Au moins, Papà ne me tirait pas les cheveux et ne me brutalisait pas. Il marchait toujours quelques mètres derrière nous, scrutant les environs au cas où un garçon aurait le courage de nous parler. Personne n'osait. Ils connaissaient Don Domenico. Pas la peine de taquiner l'ours.

Je me redressai avec l'envie soudaine de dessiner. Quelque chose dans la lumière du soir me poussait à créer. Prenant mon bloc-notes et mes crayons de couleur sur la table de nuit, je sortis sur le balcon.

Mes crayons habillèrent la page de tons vifs, capturant l'humeur exacte du coucher de soleil. Plus tard, je trouverai différentes bandes de tissu pour donner vie à la robe. Le résultat final défilait dans mon esprit, convaincu que la création plairait à mon mentor.

***

L'aube ne s'était pas encore levée. J'ouvris les yeux, les laissant s'adapter lentement à la faible lumière du matin. Le silence enveloppait la pièce, à l'exception du bruit de la lente respiration de Florinda et de quelques oiseaux gazouillant sur les toits. Après quelques minutes, le bruit régulier de la pluie tapa contre la fenêtre. Elle apportait un calme apaisant malgré mon inquiétude pour la journée à venir.

J'attrapai mes vêtements et filai dans la salle de bain pour me préparer. Etais-je vraiment prête pour aujourd'hui ? Prête pour ce dernier pas vers mon avenir ? Pour mon diplôme ? Ce diplôme pour lequel j'avais travaillé sans relâche ces trois dernières années, pourrait être le mien à la fin de la journée. Si je réussissais, je me rapprocherais un peu plus de mon objectif : m'enfuir. Je n'osais pas imaginer ce qui se passerait si j'échouais.

Je m'habillai avec soin dans la robe en coton vert forêt avec son col blanc brodé. J'avais confectionné ma robe et brodé le col moi-même. Une de mes créations. Cela me ferait-il gagner des points supplémentaires ?

L'odeur chaude du *panettone* m'accueillit dans la cuisine. Mammà était toujours une lève-tôt. Elle disait que c'était le seul moment de la journée où elle avait un peu de temps pour elle-même. Elle se tourna, et un rayon de lumière traversa la fenêtre, baignant son beau visage d'une douce lueur.

Mon père leva les yeux de son journal, me salua avec un faible sourire. Il avait dit qu'il m'accompagnerait au centre d'examens à Saletta.

— Tout va bien, *cara* ? demanda ma mère.

Est-ce que j'allais bien ?

Un mélange de nausée et d'excitation tourbillonnait dans mon ventre. L'odeur du gâteau l'empira. Qu'est-ce que je donnerais pour retourner au lit en courant pour me mettre en boule.

— *Panettone et caffè ?*

Je secouai la tête.

Mon estomac se mit à chavirer à nouveau, je serrai mes bras autour de moi. Mammà enveloppa un morceau du gâteau dans un torchon et me le tendit.

— Si tu ne veux rien manger, prends au moins ça pour plus tard.

Je tendis une main tremblante et pris le gâteau, persuadée que je ne le mangerai pas.

— Ça va aller, dit mon père en pliant son journal. Allons-y.

Je pris une grande inspiration.

— Oui, allons-y.

Attrapant mon sac avec mon matériel de couture, je glissai le gâteau dans l'une des poches avant de suivre mon père dehors. Aujourd'hui pourrait faire la différence entre marcher vers mon avenir avec brio ou faire chou blanc avec tous les autres candidats qui échoueront.

Dehors, le soleil se levait à peine. Je resserrai ma veste autour de moi et glissai ma main dans le creux du bras de mon père. Bien qu'il ait cessé de pleuvoir une demi-heure plus tôt, des gouttes tombaient encore des arbres, accentuant le silence. Un brouillard se tenait dans l'ombre des maisons, s'accrochant à l'eau tombée sur le trottoir.

Nous nous dirigeâmes vers la rue principale, chacun dans nos propres pensées. Papà n'avait pas l'air de vouloir parler de mon emportement de la veille. Moi, je ne voulais certainement pas aborder le sujet. C'était l'un des problèmes de notre famille. Personne ne parlait de rien. Les sujets désagréables étaient oubliés. Personne ne s'excusait. La vie continuait comme si rien ne s'était passé.

Dans un sens, ce n'était pas une mauvaise chose. Personne ne voulait ressasser le passé. Nous étions tous désireux d'oublier.

D'un autre côté, il aurait été bon, de temps en temps, de parler calmement des choses afin de les mettre au clair.

***

Je me dirigeai jusqu'à la table où j'allais travailler dans la salle d'examen. La pièce surchauffée fit gonfler mes doigts. Pas ce dont j'avais besoin. Les mains moites collaient toujours au papier fin, laissant des traces humides.

Papà m'avait accompagnée jusqu'à la porte d'entrée. Typique. Pensait-il que je me ferais kidnapper dans les six mètres qui séparaient le portillon du bâtiment ? Peu importe. Il avait murmuré un au revoir, m'informant qu'il m'attendrait au café de l'autre côté de la rue. Le connaissant, il allait probablement boire quelques tasses de café, discuter avec ses amis, inspecter sa montre toutes les deux minutes.

Je balayai la pièce du regard et reconnu deux des autres filles. Anna faisait les cent pas dans le coin le plus éloigné. Je lui fis un signe de tête, elle me fit un clin d'œil.

Nous étions huit à passer l'examen. Huit étudiantes nerveuses. Combien d'entre nous allaient réussir ? Certaines étaient vouées à l'échec. Il n'y avait pas eu une seule session dans le passé où tout le monde était reparti avec un diplôme. Je priai pour ne pas faire partie des recalées.

Du papier et des outils de couture spéciaux couvraient chaque grande table. J'avais apporté mes propres ciseaux. Mon professeur m'avait dit d'utiliser mes ciseaux personnels et de ne jamais, jamais les partager. J'observai le mannequin en carton perché à côté de ma table avant de sortir mes affaires de couture de mon sac à bandoulière, les plaçant soigneusement sur le côté.

Le jury était composé de quatre femmes. L'une d'entre elles se leva et lut les instructions. Nous devions fabriquer une robe en papier. Notre propre création. Quelque chose qui attirerait l'œil de l'acheteur dans les grandes boutiques. J'étais déterminée à créer quelque chose de spectaculaire.

Des flashs de soie et de robes fluides tournaient dans ma tête. Mon esprit était déjà passé en mode créatif. Les mots de ma professeure me vinrent à l'esprit : *vous ne suivez pas la mode ; vous créez la mode !*

Après le signal de départ, je me perdis dans mon monde artistique. Je bouillonnais d'énergie, prête à affronter l'épreuve. L'adrénaline coulait dans mes veines lorsque je tendis ma main vers les ciseaux. Dans mon esprit, la robe serait longue et ample. J'avais même imaginé sa couleur.

Pendant les heures qui suivirent, tous les bruits autour de moi disparurent. Je faisais abstraction des autres filles, me concentrant uniquement sur ma mission. Bien que le métier de couturière n'ait pas été mon souhait lorsque je fus forcée de quitter l'école, au final je l'appréciai, surtout la partie création. J'avais l'intention d'aller loin. Ce que je donnerais pour rejoindre une équipe de stylistes dans une maison de mode renommée ou même créer ma propre entreprise. Réussir quelque chose dans ma vie.

J'avais besoin de ce diplôme.

Après quatre heures de crayonnage, de coupe, de couture, je pris du recul. Les mains sur les hanches, j'admirai la robe sur le mannequin. Je souris intérieurement. Ma poitrine devenait plus légère tout d'un coup, mon estomac se mit brusquement à gargouiller.

Je glissai un coup d'œil aux autres candidates, surtout celle à ma droite. Une ou deux fois, elle avait jeté un coup d'œil à mon travail. Sa création n'était pas mal. Elle avait un certain style mais n'avait rien d'exceptionnel. Les manches tiraient trop sur le papier autour de la poitrine du mannequin, cela signifiait qu'elle s'était trompée dans la coupe. Cela ne lui vaudrait pas un diplôme, j'en étais sûre.

Ma création était différente. Il n'y avait qu'une seule bretelle sur l'épaule gauche. J'avais mis des plis serrés autour de la taille, le reste du papier s'enroulait pour former des chocs de bleu nuit, exactement la couleur que j'avais en tête. L'ourlet tombait au-dessus du genou. Très audacieux. Un reflet de mon humeur d'aujourd'hui.

Lorsque le temps fut écoulé, nous attendîmes que le jury examine nos chefs-d'œuvre. Les femmes prirent leur temps, chuchotant entre elles, prenant des notes dans leurs petits carnets, tout en gardant leur visage impassible. Elles passèrent beaucoup de temps à examiner les autres mannequins. Le mien eut droit à un rapide coup d'œil. Rien de plus.

Les examinatrices retournèrent à leurs places et commencèrent à écrire des noms sur les diplômes. Je comptai le nombre qu'elles établissaient. Trois. Ce n'était pas bon signe. Cinq d'entre nous allaient être déçues.

Les doigts croisés derrière le dos, je n'entendais plus que le battement de mon cœur. Le col de ma robe m'étranglait. Je tirai sur l'encolure, ma respiration devint faible et rapide. Merde. Je ne voulais pas m'évanouir.

— Bianca Lombardi.

Mon rythme cardiaque s'accéléra, et je souris comme une imbécile. Sur des jambes flageolantes, je m'approchai d'elles et pris mon billet pour la liberté. Le diplôme qui me rappellerait que j'avais accompli quelque chose.

J'avais envie de courir, de sauter, de crier en même temps.

Ce morceau de papier collé à mes mains moites était mon avenir. Hier était déjà de l'histoire ancienne. Aujourd'hui était en voie d'extinction, demain serait le destin que j'attendais...cela ne m'empêchait pas d'avoir peur. Je pouvais maintenant poursuivre mon apprentissage à Naples. Rester avec les trois sœurs, *le Sorelle* comme on les appelait. Je serais enfin libérée de l'emprise de mon frère.

Les couturières avaient promis de me prendre si j'obtenais mon diplôme. Cela signifiait quatre mois d'apprentissage. Quatre mois loin de la maison. Je ne rentrerai chez moi qu'une fois la période d'apprentissage terminée.

Je levai les yeux au plafond et marmonnai une prière silencieuse.

Anna se précipita vers moi et me serra dans ses bras.

— Nous avons réussi, Bianca, chuchota-t-elle, agitant son diplôme sous mon nez. Mon Dieu. Nous l'avons fait.

Je rassemblai mes affaires tout en pensant à Papà. Il avait accepté que je fréquente le petit pensionnat de couture à Naples, j'espérais qu'il tiendrait sa promesse. Il avait fait quelques recherches et était convaincu que les trois sœurs qui dirigeaient l'école étaient issues d'un bon milieu, qu'elles me surveilleraient de près.

Je me précipitai hors du bâtiment. Papà attendait devant le café. Je traversai la route et me jetai dans ses bras.

— *Brava*, Bianca.

La tête contre sa poitrine, je fermai les yeux et respirai l'odeur de sa chemise au parfum de tabac. Au fond, ce n'était pas un mauvais homme. Dans ses rêves, il avait de grands projets pour sa famille. Des rêves qui pourraient ne jamais se réaliser, ou se transformer en cauchemars. Peut-être avait-il mis la barre trop haute ?

Pendant des années, il s'était occupé de moi lorsque Mammà était trop occupée à gérer mes jeunes frères. Nous avions formé un lien fort. Une profonde compréhension. A quel moment cela s'était-il arrêté ? Lorsqu'il commença à prendre des décisions avec lesquelles je n'étais pas d'accord ? Il avait toujours décidé pour la famille. Peut-être que j'étais devenue trop indépendante.

Dans une petite ruelle, mon regard se posa sur Vittorio. Je restai bouche bée. Que faisait-il là à trainer avec une fille ? Papà avait déjà une personne en tête pour lui, la fille d'un de ses amis. Je réfléchissais vite. Si je dénonçai mon frère, je serais hors de sa ligne de mire pour un moment, quel plaisir cela me procurerait. D'un autre côté, Vittorio pourrait faire de ma vie un enfer. Encore plus que maintenant.

Je me tus. Mieux valait ne pas tenter le diable. Cependant, cela ne m'empêcha pas de tressaillir.

Papà n'était pas idiot. Il avait senti mon malaise. D'un geste rapide, il se tourna en direction de Vittorio qui discutait avec une fille, une main enfoncée dans la poche de son pantalon, l'autre caressant la joue de la fille.

C'était la première fois que mon frère montrait des signes d'affection à quelqu'un. Sa méchanceté était-elle réservée uniquement pour ses sœurs ? Je refermai ma bouche béante. Quelles autres facettes cachées avait-il ?

— Viens. La voix bourrue de mon père me sortit de mes pensées. Allons-y.

Il prit ma main et la plaça dans le creux de son bras tout en grinçant des dents. Il tapait sur mes doigts à chaque pas déterminé qu'il faisait, ce qui rendait difficile de suivre son rythme. De temps en temps, je lui jetais un coup d'œil tout en silence. Pas grand chose à dire. Une chose était sûre, Vittorio serait convoqué. Bien fait pour lui !

J'avais souvent entendu Papà parler avec ses amis devant la maison, se disputant pour savoir qui serait le meilleur parti pour leurs enfants, ainsi que pour négocier les terres et les dots. La plupart de leurs enfants étaient en âge de se marier. Tous les hommes voulaient le meilleur pour leur famille — ou ce qu'ils pensaient être le meilleur pour leurs enfants. Papà choisirait des partenaires pour chacun d'entre nous. Vittorio inclus.

Nous arrivâmes à la maison à treize heures. Mammà attendait notre retour, ainsi que mes jeunes frères. Florinda était au travail à la boutique de couturière, et Vittorio...eh bien, apparemment, Vittorio courait après une fille.

Je sortis mon diplôme de mon sac et me précipitai dans les bras de ma mère.

— *Brava*, Bianca, me chuchota-t-elle à l'oreille, et j'avalai la boule dans ma gorge.

— Mangeons, dit Papà en se lavant les mains dans l'évier.

Il n'était pas de bonne humeur. Sans doute le fait d'avoir repéré Vittorio avec une fille. Mon père avait de grands espoirs pour nous tous. On devrait se marier avec des gens de bonne famille. Papà attendait qu'on lui obéisse, même son fils bien-aimé.

***

Je me réveillai le lendemain matin au son du sifflement solitaire d'un merle. Cela me mettait généralement de bonne humeur. Aujourd'hui, sans raison, je me levai le cœur lourd.

Déterminée à ne pas laisser ma mauvaise humeur prendre le dessus, je tirai les rideaux et respirai l'air frais. Une brise chaude caressait mes cheveux. Le petit matin était le meilleur moment de la journée. Il débordait de douceur et de tranquillité.

— Tu m'as réveillée. Je n'ai pas fini mon beau rêve.

En colère, Florinda tira son oreiller sur sa tête et gémit dans le matelas.

Je quittai la chambre en roulant les yeux. Si Florinda voulait paresser au lit, tant mieux. J'avais promis à Mammà de nettoyer les fenêtres.

Une demi-heure plus tard, après un petit-déjeuner copieux, j'enfouis ma mauvaise humeur au fond de mon esprit et commençai à laver les vitres avec un chiffon humide. Les idées tourbillonnaient dans mon esprit. Celles qui surgissaient toujours étaient les moyens d'atteindre un meilleur avenir. Quelque chose dont on puisse être fier.

Plongée dans mon monde de rêve, je n'entendis pas Luca entrer dans la chambre jusqu'à ce qu'il s'effondre sur le lit en faisant grincer les ressorts. Avec un grand sourire sur le visage, il me dévisagea.

— Chante pour moi, Bianca. Tu chantes toujours quand tu nettoies les fenêtres.

Je commençai à fredonner, une mélodie joyeuse remplit l'air. Petit à petit, ma mauvaise humeur s'envola.

Ma voix se réchauffa doucement avant de devenir plus claire, plus puissante, jusqu'à remplir la pièce. Toute activité sur la place s'arrêta. Comme toujours. Lorsque les gens m'entendaient chanter, ils venaient se placer sous le balcon pour saisir chaque note. À travers les vitres, je voyais leurs visages s'illuminer.

La dernière note aigüe quitta ma gorge et vibra jusqu'à ce qu'elle meure soudainement, me laissant sans souffle.

— *Brava* !

Je me retournai pour voir ma tante dans l'embrasure de la porte.

— *Zia* ! Quand es-tu arrivée ?

Je me précipitai dans ses bras, sa robe fluide et fleurie était fraîche contre mon corps.

— Tu as une voix incroyable, mon enfant.

Comme pour souligner ses mots, des applaudissements résonnaient de dehors. Mon public était d'accord.

— Nous le savons tous, dit Luca en sautant du lit.

Il accueillit sa tante avec un bref baiser avant de sortir de la chambre.

— J'ai promis de veiller sur Fortunato, cria-t-il par-dessus son épaule. A plus tard.

Zia Maria embrassa le sommet de ma tête, faisant revivre des souvenirs d'enfance. Toutes les vacances passées dans sa maison de montagne, les week-ends de détente dans sa villa à la plage. J'adorai cette tante. Elle me considérait comme une adulte. Certaines personnes la trouvaient excentrique à cause de sa façon de s'habiller, trop vive à leur goût. Cela ne me dérangeait pas. Elle apportait une bouffée de soleil dans ma vie.

Contrairement à mes parents, *Zia* ne dépréciait jamais mes sentiments, ne me traitait pas comme une enfant difficile. N'ayant pas d'enfant, j'étais devenue sa fille de substitution. Une fille qu'elle avait aidé à progresser dans la vie. Une enfant qui était aimée et respectée. En un mot, elle était devenue l'oreille attentive et l'encouragement qui me manquaient à la maison.

Des coups à la porte d'entrée me ramenèrent au présent avant que des voix fortes ne résonnent dans le couloir. L'une des voix était celle de Papà, l'autre, je ne la reconnaissais pas.

— Descendons, *Zia*.

Je lui attrapai la main et nous dévalâmes les escaliers.

Un homme d'âge moyen en smoking parlait avec Papà. Les deux

hommes se faisaient face comme des boxeurs sur un ring. Mon père avait les pieds écartés, les bras croisés sur sa poitrine. L'étranger semblait plus détendu, plus confiant même, avec une sorte de fierté. Sans doute à cause de sa tenue, qui ne passait pas inaperçue. Seules les personnes riches et importantes portaient des costumes comme celui-ci.

— Comme je l'ai dit, fit l'inconnu en s'essuyant le front avec un mouchoir rayé rouge et blanc, j'ai entendu quelqu'un chanter. J'aimerais la rencontrer. Quelle voix incroyable ! J'ai d'abord cru que c'était la radio.

Je serrai la main de ma tante, elle me rendit la pression. Papà se contenta de grogner, peu impressionné par les compliments de l'homme.

— Elle pourrait aller loin. Naples est l'endroit idéal pour les chanteuses d'opéra. Imaginez-la sur la scène du théâtre de *San Carlo*.

Je sentis mon pouls s'accélérer. Était-ce le début d'une nouvelle vie ? Mon nom en lumière devant le meilleur opéra d'Italie ? Après Naples, pourquoi pas Milan, Vérone, ou même Venise ?

Le visage de mon père se durcit.

— Ma fille n'a que dix-sept ans. Elle ne va nulle part.

Papà ouvrit la porte, laissant entrer une brise d'air chaud.

— Je sais comment les jeunes filles vulnérables arrivent au sommet. Maintenant, au revoir.

L'étranger fronça les sourcils. Il avait sans doute cru que mon père sauterait sur l'occasion. Comme il connaissait mal Papà.

— Si vous changez d'avis, contactez-moi, fit-il en posant une carte de visite blanche sur le rebord de la fenêtre.

Mon père l'ignora.

— Je ne changerai pas d'avis. Au revoir.

Les pas de l'étranger résonnèrent sur le trottoir désormais désert. Mon père ferma la porte avant de déchirer la carte.

— Pourquoi faut-il toujours que tu gâches tout pour tout le monde ? cria *Zia* Maria. Je serais partie avec elle. Tu sais que j'ai une maison à Naples.

Papà la repoussa d'un geste de la main. Même sa sœur ne put lui faire entendre raison, et mon monde s'écroula. Cela aurait pu être l'occasion de m'éloigner, de vivre une vie différente. *Zia* aurait été mon chaperon. Tout aurait été parfait.

Des larmes menacèrent de couler. Je les retins. J'étais stupide de croire que Papà serait d'accord. Une fois de plus, mon bonheur fut de courte durée. La tête haute, je me dirigeai dehors vers la ruelle. J'avais simplement besoin d'être seule.

Au coin de la rue, je tombai nez à nez avec Vittorio qui parlait avec Florinda. Tant pis pour ma tentative de fuite. Il ne me laisserait pas faire un pas de plus. Ça, j'en étais sûre.

— Tu as l'air bizarre. Tu vas bien ? demanda Vittorio, en venant se placer devant moi.

D'où venait cette inquiétude ? Il s'en moquait de mes sentiments.

— Eh bien ?

Je haussai les épaules et fis un pas en arrière.

— Qu'est-ce que tu veux, Vittorio ?

Il me prit doucement la main et la replia dans le creux de son bras tandis que Florinda suivait derrière.

— Pourquoi tu penses toujours que je cherche à te piéger ? demanda-t-il.

Je tirai sur mon bras pour le libérer.

— Je suis juste surprise que tu sois si gentil avec moi.

Il rejeta sa tête en arrière et rit comme le fou qu'il était. Les mots de Mammà me vinrent à l'esprit. *Quando il diavolo ti accarezza, vuole l'anima* ; quand le diable est gentil avec toi, il en veut à ton âme.

— Je suis inquiet pour toi, Bianca. Tu es trop silencieuse ces derniers temps. Ça ne te ressemble pas.

Ses mots semblaient être ceux d'un frère attentionné, son ton était tout sauf amical. Que se passait-il dans son esprit tordu ? Nous ne nous étions pas disputés récemment parce que je m'étais tenue à l'écart de son chemin. J'avais mon avenir à régler, j'avais trop de choses en tête pour penser à lui.

— Je vais bien, ai-je répondu d'un ton moqueur.

Vittorio haussa un sourcil, sa bouche se transforma en un sourire narquois. Je n'aimais pas ce regard-là. À la fois menaçant et cruel. Cela n'annonçait rien de bon.

— Rentre à la maison.

— Ne me dis pas ce que je dois faire.

La colère tourbillonnait encore dans mes veines à cause de ma déception précédente. Vittorio me fit face, les poings serrés.

— Fais ce qu'il dit, Bianca.

Florinda tira sur mon bras que j'arrachai aussitôt. Mes tempes pulsaient, mes nerfs étaient à vifs.

— Arrête d'être une mauviette, Florinda. Tu n'en as pas marre d'être un paillasson ?

— Je ne veux pas d'ennuis.

— Et moi, je ne veux pas qu'on me dise ce que je dois faire. Surtout pas lui.

Je levai le menton en signe de défi.

— Pourquoi ne peux-tu pas chuchoter ? demanda Vittorio.

— Parce que tu me donnes un million de raisons de crier, voilà pourquoi !

Il y eut un silence de mort avant que mon emportement ne soit récompensé par une puissante gifle qui me fit tourner la tête. Je hurlai de douleur, seulement pour en recevoir une autre.

Des larmes de rage brûlaient mes yeux. J'ouvris la bouche pour parler, les mots moururent dans ma gorge lorsque nos regards se croisèrent. Si les regards pouvaient tuer, je serais déjà morte et enterrée. Mieux valait ne pas tenter le diable davantage.

Je me frottai la joue et remontai la ruelle jusqu'à la maison. Je n'avais qu'une seule idée en tête : m'enfuir.

Florinda suivait comme un chien sur les talons de sa maîtresse. Au moins, elle n'était pas restée avec le démon.

— Je ne vais plus supporter ça pendant longtemps, fis-je quand elle me rattrapa.

— Fais attention, Bianca. Vittorio peut être un vrai salaud.

Je la regardai, vis la peur dans ses yeux. Florinda voulait seulement aider. Pour maintenir la paix, elle était prête à céder plutôt que de causer des problèmes.

— Es-tu heureuse de ta vie ? lui demandai-je.

— Qu'est-ce que tu veux dire ?

— Ne pas faire ce qu'on veut. Ne jamais sortir seule. Ça ne te dérange pas ?

Ma sœur haussa les épaules.

— C'est notre vie, Bianca. Nous devons l'accepter.

— Tu plaisantes, j'espère ? Je refuse de me plier aux règles de notre très cher frère.

— Tu vas avoir des problèmes.

Je rongeai l'ongle de mon pouce jusqu'à ce que je touche le vif. Merde. Ça faisait mal.

Ma sœur posa sa main sur mon bras.

— Arrête, Bianca. Je connais ce regard. Ne fais rien d'insensé. Ça n'en vaut pas la peine.

Florinda me connaissait trop bien. Elle savait que je ne supportais pas l'injustice.

Je me précipitai vers notre chambre, calculant mon prochain plan d'action. J'aurais ma revanche. Un gloussement résonna au fond de ma gorge. Cette fois, un des dictons de mon père me venait à l'esprit : *rira bien qui rira le dernier…*

Et j'avais un sacré bon rire.

Chapitre 5

1957

Le puissant soleil du mois d'août frappait le sol de ses rayons brûlants, j'avais l'impression de respirer du feu. Pourquoi faisait-il si chaud cette année ? J'aimais la chaleur, mais pas à ce point.

Au milieu de l'après-midi, les rues étaient vides, le village endormi. Tout le monde faisait la sieste. Tout le monde, sauf Anna et moi. Nous n'avions que la lumière du jour pour travailler.

Malgré l'ombre de l'étroite ruelle derrière notre maison, la chaleur persistait, nous enfermant dans un sauna. Ma robe ample collait à mon dos et sous mes aisselles. J'essayai d'ignorer la sueur qui coulait sur mon cou, entre mes seins. Un cheveu égaré glissa de derrière mon oreille, je le recourbai avant d'essuyer la transpiration de ma nuque avec ma main gauche. Si j'utilisais la droite, je ne pourrais plus tenir mon aiguille pour coudre.

— J'en ai marre de broder !

Anna jeta le drap de coton blanc qu'elle était en train de coudre, sur une chaise.

Je levai la tête et clignai des yeux. Ils piquaient à la fois à cause de la chaleur et de la concentration continue nécessaire pour broder les minuscules points qui constituaient la bordure du drap matrimonial.

Les pieds d'Anna trempaient dans une bassine d'eau fraîche. Elle disait que cela empêchait ses mains de transpirer, de coller à l'aiguille. Pour moi, cela ne faisait aucune différence. Mes mains collaient toujours à l'étoffe.

J'attrapai la bouteille d'eau en verre conservée à l'abri du soleil sous ma chaise en paille. Mammà avait ajouté des tranches de citron pour étancher notre soif. Je pris de longues gorgées. J'avais beau boire, la soif me rongeait toujours. Aujourd'hui, rien ne soulageait la sécheresse de ma bouche.

Les rayons pénétraient le sol en béton, faisant monter un flou étouffant, chauffant l'eau à travers la bassine en fer blanc d'Anna. Dans un moment de fureur, elle donna un violent coup de pied à la bassine.

Le fracas brisa le calme dans cet après-midi de sommeil. Il réveilla le chat du voisin qui paressait à l'ombre d'un arbuste clairsemé. Avec un miaulement, le chat fila hors de vue par-dessus un muret de pierres.

J'écarquillai les yeux.

— Qu'est-ce qui t'arrive ?

Anna était le portrait craché d'une femme folle. Une touffe de cheveux sauvages dépassait là où elle avait passé sa main dans ses boucles courtes et moites. Des yeux rouges sur son teint cramoisi me fixaient. Avait-elle passé trop de temps au soleil ?

— Je n'en peux plus, gémissait Anna.

J'essuyai ma paume sur le haut de la bouteille et la lui tendit.

— Bois.

Anna esquissa un sourire qui n'atteignit pas ses yeux. Elle prit la bouteille et la vida en quelques longues gorgées.

— Ça va mieux ? demandai-je.

Elle se pencha en arrière et remonta sa longue jupe à fleurs au-dessus de ses genoux.

— Il faut qu'on sorte de ce trou. Il n'y a pas d'avenir pour nous ici.

Une bouffée d'adrénaline me fit vibrer.

— Que suggères-tu ?

Elle plongea une main dans la poche profonde de sa jupe et en sortit une coupure de journal. Le morceau de papier avait été plié et déplié tant de fois que les lignes de pliage étaient toutes duveteuses.

— C'est une annonce pour travailler en Angleterre, dit-elle en s'essuyant le front du revers de la main.

— Et ?

— Ornella est déjà intéressée, alors pourquoi ne pas y aller toutes les trois ?

— Qui est Ornella ?

— C'est l'une de mes voisines.

Je me mordis l'intérieur de la joue. Était-elle sérieuse ? Une légère lourdeur frémissait au creux de mon estomac. Mes créations allaient-elles enfin sortir de mon calepin pour se retrouver dans des boutiques ?

Serait-ce la porte de sortie que je cherchais ?

— Quel genre d'emplois est proposé ? Dessinateur ? Couturier ? C'est en France que se trouvent les grandes maisons de couture. Allons plutôt en France. On parle bien la langue toutes les deux.

Anna secoua la tête.

— Il n'y a pas d'annonces pour la France. Et puis, on a besoin de quelque chose pour pimenter nos vies.

— On ne parle pas anglais !

— On va apprendre.

Je serrai mes lèvres. Etais-je prête à quitter la maison ? Même si je râlais, j'arrivais à faire face, puis Mammà me manquerait. Sans parler de Luca.

Anna poussa un profond soupir en rangeant ses cotons tandis que je me levai pour plier mon drap.

— L'ennui tue, Bianca, et tu le sais.

Elle avait raison, pourtant j'hésitai à suivre ses plans.

— Quitter l'Italie est un grand pas, surtout pour toi, lui dis-je. Tu n'es jamais allée plus loin que Fuscoli, et ce n'est qu'à six kilomètres.

— Eh bien, c'est le moment de voyager.

Un mouvement sur la droite attira mon attention. Paolo, le cousin d'Anna qui me rôdait autour depuis quelques semaines, apparut au bout de la ruelle.

Anna suivit mon regard.

— Je ne pense pas que Paolo soit venu pour moi.

Mon visage se réchauffa.

— Tu es devenue toute rouge, ria-t-elle. Et ne me dis pas que c'est le soleil.

Je lui lançai un regard furieux avant de tourner à nouveau mon regard vers Paolo.

— Vous travaillez dur toutes les deux ?

La voix bourrue de Vittorio vint de derrière moi.

Merda !

Si Vittorio voyait Paolo, il aurait une autre excuse pour me montrer son autorité.

Anna ne répondit pas. Elle rangea ses affaires. Je remarquai le léger tremblement de ses mains.

Vittorio jeta un regard furieux à Paolo qui tourna aussitôt les talons et s'enfuit. Pas besoin de mots. Le visage de mon frère en disait long. Ceux qui ne voulaient pas d'ennuis, s'écartaient de son chemin.

En une longue enjambée, il se tint devant moi, m'accueillant avec une telle gifle que ma tête sonna. Je reculai en titubant, les yeux larmoyants. Pourquoi devait-il réagir ainsi ? Et de quel droit pouvait-il me donner des ordres ?

Avant que j'aie pu répliquer, ses mains rugueuses s'accrochèrent à mes bras. J'essayai de me libérer, elles me poussèrent au sol avant qu'il ne m'attrape les cheveux.

L'adrénaline m'envahit. Je levai mon coude pour le frapper dans l'aine. Il ne pensait pas que sa sœur réagirait ainsi. Grosse erreur de ma part.

Il enroula mes cheveux autour de sa main et me tira sur mes pieds. Je sentis malgré moi les larmes m'échapper. J'essayais de m'éloigner. Il était fort. Après quelques moments, j'abandonnai la lutte. Pas la peine d'attiser sa colère. Il deviendrait plus violent, je recevrais la fin amère de sa rage.

S'ébrouant comme un animal sauvage, les muscles des bras saillants, il se tourna vers Anna.

— Dis au revoir à Bianca. On a besoin d'elle à la maison.

Les yeux d'Anna reflétaient probablement la même frayeur que les miens, pourtant elle réussit à répondre d'une voix faible.

— À demain, Bianca.

Les deux mains sur la tête, je me tournai vers elle et lui marmonnai : *nous allons en Angleterre* avant que Vittorio ne me traîne vers la maison.

Maintenant qu'il avait gagné cette bataille, il relâcha un peu sa prise. Malgré la douleur et le fait de trébucher sur les marches de la maison, mes lèvres se retroussèrent en un sourire caché. La violence de mon frère venait de m'aider à monter dans le train pour l'Angleterre.

Dans exactement six mois, je soufflerai mes vingt et une bougies. Et je sortirai de sa vie.

***

Je me retournai sur le dos et regardai dans l'obscurité. Mon corps refusait de se détendre. Il faisait une chaleur étouffante sans même un soupçon de brise. Aucun air ne passait par les portes-fenêtres ouvertes. Les rideaux en voile restaient morbidement immobiles.

Après quelques minutes, je balançai mes deux jambes hors du lit et enfilai mes claquettes. J'avais besoin d'une boisson fraîche. La bouteille de *gassosa* dans le frigo étancherait ma soif.

J'ouvris doucement la porte de la chambre, prenant soin de ne pas réveiller ma sœur. Son léger ronflement confirmait son profond sommeil.

En bas, le chat endormi me salua. Je me dirigeai vers le réfrigérateur et sortis la bouteille d'eau pétillante. Son contact frais fit dresser les poils sur mon bras. J'avalai le contenu en longues gorgées avant de poser la bouteille vide sur la table. Je caressai le chat qui zigzaguait autour de mes jambes avant de retourner dans ma chambre.

L'horloge de la place sonna minuit, puis une heure. Je rejetai le drap fin qui me couvrait, et sur la pointe des pieds, je m'aventurai sur le balcon, tirant mes cheveux loin de ma nuque humide. La chaleur moite me rendait irritable.

Quelque part au loin, un hibou hulula dans la nuit, rompant le silence. Un mouvement venant de la droite attira mon attention. En cherchant dans l'obscurité, j'entrevis la lueur d'une cigarette de l'autre côté de la *piazza*.

En retournant dans la chambre, je me glissai dans l'obscurité. Derrière le voilage du rideau, j'avais une vue dégagée. Soudainement, je sentis ma gorge se nouer.

À la lueur de la pleine lune, je captai une silhouette. Vittorio avait une façon de bouger qui le trahissait. Sa façon confiante de rouler les épaules.

Ce n'était pas la première fois que je le voyais errer dans le noir. Mon frère était devenu un prédateur de la nuit. Sa silhouette se fondait parfaitement dans l'ombre. Parfois, je ne le remarquais même pas. Lui, par contre, ne manquait jamais un seul de mes mouvements.

Je m'étais toujours demandé où il allait, ce qu'il faisait chaque soir. Nous savions tous qu'il était un solitaire, pas du genre à partager ses sentiments ou ses pensées, préférant sa propre compagnie à celle des autres.

Seulement cette fois, il n'était pas seul.

Une femme glissa hors de l'obscurité, enveloppa ses mains autour de son corps. Les deux silhouettes ne faisaient plus qu'une lorsque leurs lèvres se joignirent. Sans doute dans un baiser langoureux.

Tiraillée par l'envie de savoir ce qu'il faisait, je sortis à nouveau sur le balcon, laissant échapper un sifflement. J'étais déterminée à lui faire savoir que je l'avais vu.

Il rompit sa longue étreinte et poussa la femme derrière lui. Elle se précipita dans la ruelle faiblement éclairée, ses talons claquant sur les pavés. Pour quelqu'un qui avait une rencontre en secret, elle aurait dû porter des chaussures plates. Cela aurait été plus discret.

Mon frère sortit de l'ombre, le visage plissé comme s'il venait de sucer un citron.

Tant mieux.

Les mains sur les hanches, je restai à le regarder un moment avant de retourner au lit.

***

— Bonjour, Bianca.

La voix de Vittorio coupa mes prières. Je cessai de marmonner et détournai ma tête vers la porte de ma chambre.

Mon frère vint se placer en face de moi.

— T'as eu des problèmes pour dormir hier soir ?

Je fis un signe de croix et me levai.

— Tout comme toi, il parait.

Un muscle tressaillit au coin de sa bouche.
Touché.

Je me tournai pour partir, il attrapa mon bras.

— Tu n'as rien vu hier soir, n'est-ce pas ?

Il sourit pour adoucir les mots.

— Lâche mon bras maintenant, ou je le dis à Papà. Et comme je n'ai rien vu, je vais peut-être inventer d'autres choses.

Il lâcha mon bras. Je gloussai de joie. C'était la première fois que l'inquiétude gravait ses traits.

— Ne fais pas ta maline. Ça ne te va pas.

— Ah bon ? Et qu'est-ce qui me convient ? D'être intimidée par toi ? Dire Amen à tout ce que tu me dis de faire ?

Sa bouche se contractait.

— Sors d'ici avant que je...

— Avant que tu quoi ? répondis-je.

Ma voix sortit dans un murmure moqueur. Je refusais d'être intimidée plus longtemps. Il soutint mon regard, le menton haut, les narines dilatées.

— Je ne suis pas Florinda, criais-je par-dessus mon épaule, en sortant de la chambre.

J'étais à mi-chemin dans le couloir avant que la voix de Papà ne monte les escaliers en beuglant.

— Vittorio !

Oups ; pas bon signe.

Je jetais un coup d'œil par-dessus mon épaule. Le visage de mon frère avait perdu toute couleur. Quand Papà criait, l'enfer se déchainait.

Jurant, Vittorio me poussa de côté et dévala les escaliers comme s'il ne se souciait de rien. Quel acteur. Il ne semblait pas le moins du monde perturbé.

Du haut de l'escalier, j'avais une vue dégagée sur la cuisine. Un bruit derrière moi attira mon attention. Florinda était sortie de la salle de bain. Avant qu'elle puisse dire un mot, je portai mon doigt à mes lèvres. Elle écarquilla les yeux et s'assit avec moi sur la première marche.

— Qu'est-ce qu'il se passe ? chuchota-t-elle.

— Je ne sais pas. Papà a appelé Vittorio. Ce n'est pas bon signe.

Nous entendîmes la dernière partie de la conversation. Les premières minutes n'avaient été que chuchotements et jurons. Cette conversation avait-elle quelque chose à voir avec moi ?

Quand mon père haussa la voix, je saisis l'essentiel du problème.

— Je ne veux plus te voir tourner autour d'elle. Compris ?

Un long silence s'installa.

— As-tu entendu ce que je viens de dire ?

— Oui, Papà.

— Bien.

La colère de Papà s'évaporait aussi vite qu'elle était arrivée.

Je fis un clin d'œil à ma sœur. Cette fille n'était pas du goût de Papà. Pas une fille convenable pour son fils.

— Ils parlent de Silvia, dit Florinda, me regardant droit dans les yeux.

— Comment le sais-tu ?

— Par la sœur de Silvia. Vittorio et elle traînent ensemble depuis un moment. Apparemment, ils sont bien plus que de simples amis, si tu vois ce que je veux dire.

J'avalai de travers. Elle devait être la fille qui était avec Vittorio hier soir. Je frottai ma main sur le menton. Vittorio gardait sa relation secrète parce qu'il savait que Papà n'approuverait pas. Ce n'était pas surprenant. Qui laisserait sa fille courir la nuit avec les garçons ?

— Vite, s'exclama Florinda, en tirant sur mon bras. Le voilà qui arrive.

Je trébuchai sur la marche alors que Florinda filait hors de vue, me laissant frotter mon genou douloureux. Tout doucement, je jetai un coup d'œil par-dessus mon épaule. Vittorio me regardait fixement du bas de l'escalier, un sourire malin sur le visage.

Avant que je ne m'en rende compte, il avait franchi les marches deux par deux et s'empressa vers moi. Avec son corps poussé contre le mien, il souffla sa colère sur mon visage.

Je tins bon. Battre en retraite serait un signe de faiblesse. Je ne voulais pas donner satisfaction à l'ennemi. En gardant mon masque de défi, j'essayai de ne pas trahir ma peur.

Mon père apparut en bas des escaliers.

— Que se passe-t-il ? hurla Papà.

Après quelques instants, Vittorio répondit entre ses dents.

— Rien, Papà.

D'une poussée de l'épaule, il disparut au fond du couloir. La porte de sa chambre se referma dans un bruit sourd, et je restai à regarder mon père, un sourire satisfait sur le visage.

Chapitre 6

Juin 1958

J'ouvris la porte arrière de la maison et grimpai les escaliers jusqu'à ma chambre.

Assise, le dos contre la tête du lit, la fine couverture brodée à la main soigneusement pliée autour de ses jambes, Florinda attendait mon retour.

Dehors, le vent commençait à se lever, les branches du pin parasol s'agitaient devant la pleine lune, créant une atmosphère mystérieuse dans notre chambre. Au moins, la lampe sur la table de chevet entre nos deux lits simples, apportait une lueur douillette et rassurante.

Je laissai tomber mon sac, quittai d'un coup de pied mes chaussures *Capezio*. Personne ne m'avait vue ou entendue monter les marches. Le seul qui aurait pu me repérer était Vittorio. Il ne loupait jamais rien.

Ce soir, il n'était nulle part en vue.

— Bon, qu'est-ce qui se passe ?

Florinda croisa ses bras sur sa poitrine. Elle voulait une réponse, ne tolérerait aucune histoire à dormir debout.

Je balayai notre chambre des yeux en me déshabillant, puis enfilai ma chemise de nuit. Je sautai sur mon lit, les ressorts grincèrent sous mon poids, les draps fraîchement repassés s'échappèrent des côtés. Avec l'oreiller sur mon visage, je respirai l'odeur de ma mère. Tout cela allait me manquer.

Ajustant l'oreiller sous ma tête, je m'allongeai et fixai le plafond.

— Alors ? demanda Florinda, avec une expression solennelle.

Je ne savais pas comment m'y prendre. Pouvais-je lui faire confiance à ce sujet ? Si mes plans étaient dévoilés, je le regretterais. Vittorio s'en assurerait.

Finalement, je décidai de jouer franc-jeu.

— Je quitte la maison.

Florinda se redressa comme un éclair.

— Comment ça, tu quittes la maison ? J'ai raté un épisode quelque part ?

— Je pars pour l'Angleterre avec Anna. Tout est prêt. Les passeports. Les visas. Tous les examens médicaux.

Mon pouls s'accélérait au fur et à mesure que les mots s'enchaînaient.

Florinda me regardait bouche bée, et pendant un bref instant, elle me fit de la peine. Je fus désolée qu'elle reste derrière. Désolée qu'elle n'ait jamais été assez forte pour prendre des décisions. Elle n'avait pas demandé cette vie non plus. Alors qu'elle était prête à l'accepter, moi, je ne l'étais pas.

— Pourquoi ? Comment ?

Ma sœur ne put sortir qu'un murmure étranglé.

— Vous ne parlez même pas anglais.

— Ornella, si, et elle vient avec nous.

— C'est qui cette Ornella ? Je ne crois pas un seul mot de ce que tu dis.

— Arrête de te prendre la tête. Ornella est une amie d'Anna.

— Quand avez-vous organisé tout cela ? renifla Florinda.

J'ouvris la bouche pour parler, Florinda me souffla la réponse.

— C'était pendant ton apprentissage à Naples avec les trois sœurs, n'est-ce pas ?

Je hochai la tête et posai le menton sur mes genoux pliés.

— Elles m'ont aidée pour la plupart des formalités administratives. Surtout la visite médicale. Une fille de Cagliari en Sardaigne n'a pas passé l'examen. Tuberculose. J'ai eu tellement peur de ne pas être acceptée.

Florinda tira fort sur la peau autour de l'ongle de son pouce.

— Donc...c'est décidé ? Tu pars ? Je ne pensais pas que tu étais sérieuse.

J'attrapai sa main. Si elle continuait à tirer sur la peau autour du pouce, elle allait saigner.

— Tu pensais vraiment que j'allais rester et laisser cet idiot me diriger la vie ?

— Tu ne peux pas me faire ça, Bianca.

— Faire quoi ?

54

— Me laisser !

Sa voix monta dans les aigus. J'essayais de retenir mes larmes. Impossible. Des gouttes chaudes coulèrent sur mes joues.

— Mammà a besoin de toi, Florinda. Quelqu'un doit l'aider à s'occuper des garçons. De plus, tu n'as pas de passeport. Je pars dans trois jours.

Elle suça son pouce douloureux.

— Nous devons parler sérieusement de tout ça, dit-elle, le regard au loin.

— Il n'y a rien à dire. Tout est décidé.

Florinda me fixait, visiblement désespérée. Rien ne me ferait changer d'avis.

— Penses-tu que partir est une bonne idée ? demanda-t-elle en séchant ses larmes.

— C'est mieux que de rester ici.

Je bus le verre d'eau posé sur la table de chevet.

— J'ai l'opportunité de faire quelque chose de ma vie. Si je ne tente pas ma chance, je le regretterai. Et puis, si ça ne marche pas, je reviendrai. C'est un contrat de six mois renouvelable.

J'évitai de lui dire que le travail n'avait rien à voir avec la couture. Les usines de l'industrie alimentaire en Angleterre cherchaient des filles pour travailler, j'avais de la chance qu'Anna soit tombée sur l'offre d'emploi.

Chaque chose en son temps. Le premier pas était de quitter l'Italie. Cette opportunité s'était présentée, et je la saisissais. Trouver un emploi de couturière viendrait plus tard.

— Et si quelque chose se passe mal ? Que tu ne reviennes pas ? dit-elle en écarquillant les yeux. Ou que tu te fasses kidnapper, forcée à te prostituer ?

Ma sœur avait toujours une imagination débordante.

— Arrête de faire l'idiote.

Ceci dit, ses mots n'avaient pas empêché mon cœur de battre fort.

— Tu n'es jamais allée plus loin que Naples. Et voilà que tu pars pour l'autre côté de la Manche. Tu ne parles même pas la langue !

Ma sœur était inquiète, mais je tins bon. J'étais trop têtue pour faire demi-tour. Anna et moi, nous avions passé des mois à tout organiser. Ce ne serait pas juste de laisser tomber mon amie. Comme je me le répétais, ce n'était que pour six mois.

Florinda éteint la lampe de chevet.

— Nous avons besoin de dormir, dit-t-elle. Et réfléchis bien à ce que j'ai dit.

Je regardai dans l'obscurité, réfléchissant à ses mots. Elle aimait exagérer...et pourtant, ses mots m'effrayaient. Est-ce que je faisais une grosse erreur ? Une erreur que je regretterais plus tard.

Mais quelle vie y avait-il ici ? Vivre dans un village, mariée à un homme que mon père aurait choisi, et avant tout cela, être surveillée par mon frère. Je voulais être libre de vivre comme je le voulais. Me prouver que je pouvais accomplir quelque chose dans la vie. Une vie de créatrice de vêtements me trottait dans la tête depuis un moment. Faire partie d'une célèbre maison de couture. Avoir même ma propre boutique.

Ces rêves ne se réaliseraient jamais ici. Peu de femmes faisaient carrière en Italie. Encore moins de femmes qui appartenaient au clan Lombardi. Non, je devais partir si je voulais avoir une chance de me faire un nom. Quitter ma famille, repartir à zéro.

Allongée sur le dos, je pensais au lendemain, le moment où je dévoilerai mon secret. Je redoutai la réaction de Mammà encore plus que celle de mon père. Trop tard pour faire marche arrière.

Je me tournai sur le côté et essayai de dormir. Chose impossible. Je ne parvenais pas à trouver le sommeil. Trop de choses m'encombraient la tête. Trop d'angoisse me tenaillait le ventre.

***

La lumière du jour éclairait mes paupières, les oiseaux remplissaient l'air calme du matin de leurs gazouillis exaltés. J'étouffai un gémissement et me frottai les yeux. Le lit de ma sœur était vide. Je ne l'avais même pas entendu se lever. Je devais dormir comme une masse lorsque le sommeil avait finalement pris le dessus sur mon esprit.

La brise matinale de mi-juin faisait voltiger les voilages. Il fallait que je ferme les volets rapidement. Cet air chaud allait bientôt se transformer en chaleur moite, et me rendre encore plus irritable. Mes jambes refusaient de bouger. Mon esprit ne voulait pas se concentrer sur autre chose que mon appréhension.

Les rires enjoués dehors emplissaient la chambre. Qu'est-ce que je donnerais pour échanger ma place avec ces enfants insouciants. Pour rire et jouer sans se soucier de rien. Quand les choses avaient-elles changé ? Une minute, j'étais une enfant. Maintenant, j'étais une jeune adulte, surveillant mes arrières, toujours à l'affût de mon frère.

Soudain, j'étouffai.

Je me dirigeai vers la fenêtre, essayant de calmer mes angoisses. La culpabilité ainsi que des incertitudes me dévoraient. J'appréhendai la journée qui s'annonçait. Il ne restait que quelques jours avant mon départ, je devais le dire à mes parents. J'avais réussi à garder tout cela pour moi pendant des mois, maintenant, il était temps de tout révéler.

En un éclair, j'attrapai mes vêtements et je m'habillai. Puis, je me disais que l'Angleterre n'était pas à l'autre bout du monde, et Anna m'accompagnait.

Vittorio descendait le couloir, les mains lissant ses cheveux bien coiffés, fredonnant un air enjoué. Je fixai son dos, les souvenirs remontant à la surface de mon esprit. L'éclair de colère en le voyant me fortifia contre tout regret.

Lorsqu'il disparut en bas, je traînai mes pieds dans l'escalier puis dans la cuisine où Mammà se tenait près du fourneau, marmonnant tout en remuant la sauce tomate pour le déjeuner. Une douleur aiguë me comprimait la poitrine, ma gorge se serra. Je ne voulais pas lui faire du chagrin, mais je refusai d'accepter la vie que mon père m'avait réservée.

— Bonjour, Bianca.

Une lueur de fatigue assombrissait ses yeux, et je ne pouvais pas me résoudre à lui dire. Pourquoi devrait-elle souffrir ? Ceci dit, elle n'avait jamais tenu tête à notre père. Elle ne nous avait jamais défendu. Pouvait-elle avoir peur de lui ? Peut-être croyait-elle que ce qu'il faisait était juste.

Sans parents pour la guider, et avec les nonnes qui lui dictaient sa vie à l'orphelinat, Mammà n'avait jamais pris de décision. Elle avait simplement suivi les règles établies. Et cela continua lorsqu'elle avait quitté l'orphelinat pour se marier à l'âge de vingt et un ans. Elle obéissait à Papà sans poser de questions.

Une seconde passa. Deux secondes passèrent. Puis trois.

L'angoisse me rongea, brûlant mes pensées. Ma gorge s'était asséchée. Mon pouls résonnait dans mes oreilles. Le remords me frappa comme un coup de massue. Plus j'attendais, plus ça allait empirer. Ce fardeau oppressant devenait plus lourd de jour en jour. Si je n'en parlai pas aujourd'hui, il m'écraserait.

J'embrassai la joue de ma mère, essayant d'avaler la boule d'appréhension au fond de ma gorge.

— Où est Papà ?

— Il est parti tôt ce matin pour chasser.

C'était maintenant ou jamais. Florinda était au travail, Vittorio venait de partir, mes trois petits frères étaient à l'école.

— Je m'en vais, Mammà.

Elle continua à remuer la sauce, un sourire chaleureux sur son visage.

— Pour Naples encore ?

Ma lèvre inférieure frémit. Il n'y avait pas de manière simple d'annoncer la nouvelle. J'aurais aimé retourner à Naples, dans l'appartement de l'école où j'avais été logée pendant mon apprentissage sur la *Piazza del Municipio*, et tout ce qui allait avec. Visites touristiques. L'opéra. Les musées. Le rêve des jeunes filles.

Cela avait été de courte durée. Je n'aurais plus de liberté.

Mon père faisait ce qu'il jugeait le mieux pour la famille. Il voulait être fier de ses filles lorsqu'elles épouseraient l'homme de son choix. Une femme qui savait coudre et utiliserait ses talents de couturière, rendrait son mari heureux. C'est du moins ce que croyait mon père.

Je laissai échapper le souffle que j'avais retenu.

— Pas pour Naples. Pour l'Angleterre.

La cuillère en bois glissa de sa main, la sauce éclaboussa la gazinière. Mammà trébucha en arrière, son visage crispé perdit toute couleur. Elle secoua la tête tristement, les yeux embrouillés de larmes.

— *Dio mio ! Dio mio* ! cria-t-elle en s'enfouissant le visage dans les mains.

Ses sanglots envahirent la cuisine. Si je pensai que me débarrasser de ce fardeau me soulagerait, ça ne fut pas le cas. La douleur s'était aggravée. Je clignai des yeux pour retenir mes larmes.

Mammà retira sa tête de ses mains, je vis le chagrin dans ses yeux. La culpabilité me rongea, brûlant comme un feu se nourrissant de bois sec.

Les mains nouées l'une contre l'autre, elle attendait que je continue.

— Ce n'est que pour six mois, ajoutai-je.

Au fond de moi, je savais que rien ne pourrait amortir le choc.

— Ai-je été une mauvaise mère pour toi ? demanda-t-elle, les mains posées sur sa poitrine, ignorant les larmes qui coulaient sur son visage.

Mon cœur était sur le point de se briser.

— Je suis désolée si je t'ai fait du mal, Bianca. J'ai fait de mon mieux avec vous tous.

Elle sortit un mouchoir de sa manche, se tamponna les yeux.

— J'ai essayé. Vraiment essayé. C'est juste que...je n'ai jamais appris comment élever une famille. Les nonnes ne m'ont jamais parlé de ça.

Ses mots firent éclater mes entrailles. Je me détestai. Rien n'aurait pu me préparer à ça. Je respirai par petits coups, et me précipitai dans ses bras.

— Ce n'est pas de ta faute, Mammà. *C'est Vittorio et Papà.*

On pleurait toutes les deux. Je ne pouvais pas revenir en arrière.

Remplissant mon nez de son parfum de lavande, je posai ma tête sur son épaule et lui murmurai que tout irait bien.

— Je vais parler à ton père, dit-elle après un moment.

Ses mots me firent reprendre mon souffle. Je me retirai et la regardai dans ses yeux pâles. Comment allait-elle faire pour que Papà ne se mette pas en colère ?

Comme si elle pouvait lire dans mes pensées, elle écarta les cheveux de mes yeux d'un geste tendre et murmura :

— Ne t'inquiète pas, mon enfant. Je sais comment le prendre. N'ai-je pas vécu avec ton père pendant toutes ces années ?

C'était vrai. Elle s'était tenue à ses côtés, lui obéissant sans un mot dur. Sans jamais se plaindre. Sans jamais remettre en question ses décisions. Elle s'était occupée de la maison et avait essayé d'élever ses enfants. Il fallait que je lui fasse confiance.

Dans l'après-midi, je fus convoquée dans le bureau de mon père.

Quoi qu'il dise, je ne changerai pas d'avis. Je partais, c'est tout. J'avais passé des mois à préparer mon départ, rien n'allait se mettre en travers de mon chemin. J'étais allée trop loin pour faire demi-tour.

Mon raisonnement n'empêcha pas mon cœur de s'emballer ni mes mains de devenir moites.

Je frottai mes doigts sur ma robe et pris une profonde inspiration avant d'entrer dans son bureau. Parti pour le week-end avec des amis, Vittorio ne reviendrait pas avant mon départ. Je n'avais que la colère de Papà à affronter.

Mon père se tenait debout, les mains derrière le dos, regardant par la fenêtre.

Plusieurs minutes s'écoulèrent. J'attendais.

— C'est quoi cette histoire de départ ? demanda-t-il en serrant et desserrant les poings. Ta mère m'a informée que tu préparais cela depuis longtemps.

Il se tourna vers moi. On se regarda.

— Tu es fière de toi ? D'avoir contrarié ta mère comme ça ?

— Ce n'était pas mon intention de la contrarier, mais je pars. Et puis, je ne suis pas seule. Je serai avec Anna. Tout a été organisé par une agence pour l'emploi.

Papà me lança un regard noir.

— Je savais que cette fille aurait une mauvaise influence sur toi. Je n'ai jamais aimé son père, de toute façon. Il n'arrivait pas à contrôler ses filles.

Il leva les mains en signe de désespoir.

— Je ne veux même pas te regarder.

Bien que sa voix fût sévère, il resta calme. Trop calme. Sa sérénité m'inquiétait plus que sa colère. Était-ce le calme avant la tempête ?

Je fis un pas en arrière vers la porte.

— Je te suggère de réfléchir un peu plus à tout cela, ma fille. Tu es en train de faire une grosse bêtise que tu pourrais regretter plus tard.

— Ça fait des années que je pense à partir en attendant que l'occasion se présente. Maintenant qu'elle est là, je la saisis.

— Il n'y a donc plus rien à dire ?

Il quitta la pièce en claquant la porte derrière lui sans attendre ma réponse.

Je m'étais attendue à une éruption. Ce ne fut pas le cas. Il y avait encore deux jours à attendre.

***

Lorsque le moment de partir fut venu, je rangeai mes dernières affaires dans ma nouvelle valise, vérifiai une nouvelle fois mes documents, mis mon passeport dans mon sac à main. Sans oublier mon porte-monnaie avec l'argent que Mammà m'avait donné pour tenir jusqu'à ce que je reçoive mon premier salaire. Au moins, les frais de voyage ainsi que le logement étaient inclus dans le contrat.

Depuis la discussion avec mon père, il se tenait à l'écart. Les repas étaient douloureusement silencieux. Personne ne savait quoi dire. Quand j'étais enfant, j'étais très proche de Papà. Cela avait pris fin lorsque je devins adolescente et que je commençai à avoir mes propres idées.

Ma mère entra dans la chambre en s'essuyant le visage. On n'échangea aucun mot. Que pouvions-nous dire ? Que nous étions désolées ? Qu'on recommençait tout ?

Trop tard.

Une fois prête, je me tournai vers la personne qui me manquerait le plus et je me précipitai dans ses bras.

— Je ne sais pas comment je vais survivre sans toi, chuchota ma mère, et des larmes fraîches coulèrent sur mon visage.

— Mais je serai avec toi, même si tu ne peux pas me voir. Dans ton cœur. Je serai toujours avec toi.

J'appuyai mes lèvres contre ses joues humides, heureuse qu'on se dise au revoir dans la maison plutôt que dehors avec les curieux qui nous regarderaient. Je n'avais pas besoin qu'ils en ajoutent à ma misère.

Tirant ma valise du lit, je me dirigeai vers la porte. Mammà s'effondra sur une chaise en reniflant.

Je jetai un dernier coup d'œil dans la pièce. Ma poitrine me faisait mal. Ces murs avaient été mon cocon, leurs légères teintes de beige, subtiles mais significatives. Je respirai le parfum dans l'air, m'imprégnant des bons souvenirs.

En bas, dans la cuisine, Papà manipulait son matériel de chasse. Il me vit et sortit par la porte d'entrée. Etais-je déjà devenue une personne du passé ?

Laissant ma valise près de la porte, je lui courus après.

— Il est temps pour moi de partir, Papà. Tu ne me dis pas au revoir ?

Il tira ses épaules en arrière, j'aperçus ses yeux larmoyants.

Je voulais m'excuser pour le désordre que j'avais causé. Je ne l'ai pas fait. J'étais trop fière, tout comme lui.

— Je vais à la chasse, dit-t-il.

J'attrapai son bras.

— S'il te plaît, Papà, donne-moi ta bénédiction.

Ses yeux brillèrent avant qu'une main tremblante ne touche ma tête. Il fit le signe de la croix sur mon front avant de s'éloigner sans se retourner, son fusil de chasse accroché haut sur son épaule. Sa silhouette floue disparut dans les collines, engloutie par les chênes épais.

— *Arrivederci*, Papà, marmonnai-je, en essuyant mes larmes du revers de ma main.

Il fallait que je quitte la maison pour qu'il comprenne à quel point j'étais devenue malheureuse. A quel point ma vie était devenue insupportable. Autant je voulais être heureuse, autant là, c'était impossible. Peut-être plus tard, quand je serai en Angleterre.

Peut-être jamais.

Le cri d'Anna me sortit de mes pensées. Elle venait vers moi en trébuchant, portant sa lourde valise du mieux qu'elle pouvait. Je retournai à l'endroit où j'avais laissé la mienne, et nous nous dirigeâmes vers l'arrêt de bus de l'autre côté de la place.

Le bus apparut, les doigts d'Anna s'enfoncèrent dans mon bras. Je savais ce qu'elle ressentait : l'estomac noué avec des nausées, mais déterminée à partir.

Mammà se tenait devant la maison, les bras entourant les épaules de Fortunato, des larmes coulant sur son visage tandis que Florinda tenait les mains de Luca et Nino.

À gauche de ce triste tableau, des rideaux s'agitaient. Encore les voisins. Toujours intéressés. Ils auront eu un énorme scoop aujourd'hui. J'imaginais les titres des commérages : 'La fille de Don Domenico fait honte à la famille. Probablement enceinte et s'enfuit pour accoucher' ou 'Don Domenico n'est pas capable de contrôler sa fille têtue'.

Le car descendait la route en trombe, détournant mon attention des rideaux frétillants. Il s'arrêta avant que les portes automatiques ne s'ouvrent dans une fournaise insupportable.

Je montai ma valise puis aidai Anna avec la sienne. Le chauffeur prit mes billets humides que je lui tendis.

Bien que le bus soit bondé, on réussit à trouver des places. Anna se dirigea vers l'arrière. Moi, je poussai deux enfants sur le siège côté fenêtre à l'avant avant de m'asseoir à côté d'eux. Aussitôt installées, les portes se fermèrent dans un souffle fatigué avant que le bus n'avance lentement vers la liberté.

Je n'oublierai jamais ce jour—16 juin 1958.

Dehors, la campagne défilait. Je connaissais chaque virage de la route, chaque arbre sur le côté, chaque bâtiment. Les trajets en bus étaient mes moments de réflexion. D'habitude, je réfléchissais à de nouvelles créations ; aujourd'hui, je pensai à mon avenir.

Par-dessus la tête des enfants, je regardai par la fenêtre, submergée d'appréhension. J'étais en train de faire un grand pas dans ma vie. Pourvu que je ne le regrette pas plus tard.

Les sièges et les fenêtres tremblaient à chaque cahot de la route, me bousculant d'avant en arrière. Un vieil homme se mouchait de toutes ses forces, se plaignant qu'il avait attrapé un rhume. Un adolescent bougeait sans cesse sur son siège, regardant par la fenêtre à travers d'énormes lunettes de soleil, évitant les autres passagers.

Fuyait-il aussi ?

Quelque part à l'arrière, une toux brisa le silence. Je me tournai vers Anna.

— Tu vas bien ? Je mimai.

Elle hocha de la tête.

Trois quarts d'heure plus tard, nous arrivâmes à Torre Annunziata, chaudes et moites. Pour une fois, j'avais apprécié les éternels arrêts afin de prendre des passagers. Chaque arrêt apportait un peu d'air frais.

Le bus s'arrêta brusquement, les passagers firent un bond en avant. Comment diable le chauffeur avait-il obtenu son permis ?

Anna m'avait rejointe depuis l'arrière du bus. Nous prîmes nos valises et descendîmes, en scrutant les environs à la recherche d'Ornella. Elle se tenait de l'autre côté de la rue, appuyée contre un lampadaire dans une file d'attente interminable. Elle était l'image d'une personne confiante, à l'aise, jusqu'à ce que je remarque ses pieds. Son pied gauche tapait le sol comme une danseuse de claquettes dans les dernières minutes d'un spectacle.

Merde. Si Ornella était nerveuse, qu'allions-nous faire ? Mon cœur battait au même rythme que ses pieds. Pourvu qu'elle ne se dégonfle pas. Elle était la seule à parler anglais. Que ferions-nous sans elle ?

Je fermai les yeux quelques secondes, fit une prière silencieuse avant de rejoindre Anna et Ornella dans la file d'attente pour le bus local allant à Naples.

— Mesdemoiselles !

Nous nous retournâmes en même temps. Une jolie jeune femme s'approcha de nous. Ses cheveux noirs, couleur d'encre, tombaient en couches souples autour de ses épaules, sa peau était de porcelaine. Elle avait un beau visage avec d'étonnants yeux bleus.

— Ciao ! Je m'appelle Alessandra. Je suis votre interprète et je vous accompagnerai jusqu'à votre destination en Angleterre.

On monta dans un vieux car qui s'avéra pire que le précédent. Je suivis mes amies à l'arrière du véhicule où nous fumes accueillies par une odeur de sueur et d'ail.

— Ça pue ici, fit Anna, en poussant sa valise du pied.

— Ne fais pas la fine bouche. Je n'ai pas envie de rester debout jusqu'à Naples, répondais-je, la main sur le nez.

Je levai le bras et tirai sur la petite fenêtre avant de m'assoir sur le siège en face d'elle. Ornella et Alessandra étaient assises sur les deux sièges derrière moi, ne semblant pas se soucier de la puanteur.

Le vieil homme à côté de moi, fumait sa cigarette comme si sa vie en dépendait. J'essayai d'ignorer l'odeur de la fumée, en espérant que nous aurions plus de chance avec le train.

Ce ne fut pas le cas.

Le train avait connu des jours meilleurs. Ses rambardes rouillées constituaient les parois du wagon, du tissu taché recouvrait les sièges. Je reposai mes mains sur mes genoux. N'ayant pas envie de toucher les sièges. Combien de personnes s'étaient assises dessus ? Des gens dont les vêtements étaient sales et sentaient mauvais ?

À travers les fenêtres crasseuses, une silhouette familière se dessina, scrutant frénétiquement le quai. Mes jambes commencèrent à trembler.

Comment Vittorio avait-il su où me trouver ? Peut-être qu'il n'était pas avec sa petite amie après tout.

Il m'attendait à Naples.

Je m'accroupis entre les sièges, l'estomac dur comme de la pierre.

— Qu'est-ce que tu fais ? demanda Anna agacée.

— Vittorio !

Elle tourna la tête pour regarder dehors, son visage devint couleur albâtre. Elle serra mon épaule si fort que ses ongles s'enfoncèrent dans ma peau.

— Il monte dans le train ! Sa voix sortit dans un murmure effrayé.

Mes entrailles crièrent au secours. Quand est-ce que ma vie de cauchemar prendra fin ? Mon frère n'abandonnera jamais. Déterminé à me ramener à la maison, à ma vie de soumission et d'abus. Qu'est-ce qu'il faisait ici ? Papà m'avait donné sa bénédiction. Vittorio n'irait certainement pas contre les souhaits de notre père !

Tête baissée, le regard fixé sur les pieds d'Anna qui tapaient sans cesse, j'essayai de contrôler ma respiration. La sueur coulait le long de mon dos, collait sous mes aisselles. Anna garda le visage impassible malgré sa mâchoire serrée et son front humide.

Les larmes inondèrent mes yeux, plus aucun bruit ne parvenait à mes oreilles. La seule chose qui m'empêchait de m'évanouir était la douleur des doigts de mon amie qui me tenait fermement.

Deux chaussures noires apparurent, une main lourde saisit mes cheveux.

— Te voilà, cracha Vittorio en tirant sur mes racines. Tu pensais pouvoir t'échapper ?

— Lâche-moi, criai-je, en lui griffant sa main. Papà m'a donné sa bénédiction.

— Eh bien, il a changé d'avis.

— Tu mens. Papa ne reviendrait jamais sur sa parole.

— Je me fiche de ce qu'il t'a donné. Tu vas rentrer à la maison. Papa me remerciera.

La haine était visible sur son visage, et à la façon dont il me tenait.

— T'as perdu la tête ? criai-je.

Il me tira sur les pieds, m'amenant jusqu'à la porte du train. Anna le suivit avec des coups de poing sur son dos.

— Lâchez-la ! hurla-t-elle.

Vittorio donna un coup de coude en arrière, Anna poussa un cri qui résonnait dans l'air.

Il n'y avait que quelques passagers dans le wagon. Personne ne bougeait. Une femme avait la main sur sa bouche, les hommes continuaient à lire comme si ce genre de chose arrivait tous les jours.

Nous approchâmes des marches menant à la sortie du train. Petit à petit, ma liberté s'envolait. J'agrippai la poignée de la porte, refusant de la lâcher, déterminée à rester dans le train. Si je lâchai prise, je serais en bas des marches et sur le quai en un clin d'œil.

Un sifflet ramena mon frère à la raison. Par chance, le contrôleur se précipita vers nous. Vittorio relâcha mes cheveux et attrapa mon bras.

— Le train va partir, monsieur. Puis-je avoir votre billet s'il vous plaît ?

Son visage était figé tel un joueur de poker, sa voix calme.

— Je n'ai pas de billet, alors dégagez. Nous descendons tous les deux.

Je levai les yeux, croisai ceux du contrôleur. Pourvu qu'il détecte la détresse dans mon regard. Son visage était couvert d'une barbe avec une cicatrice qui glissait de son œil gauche jusqu'à sa mâchoire. Il ne donnait pas l'air de quelqu'un qui se laissait marcher sur les pieds. Du moins, je l'espérais.

— Si vous descendez aussi, fit-il en me regardant, alors vous feriez mieux de récupérer vos affaires.

Vittorio m'eut à peine poussée en avant, que l'homme l'attrapa par le col, et le poussa vers la porte. Vittorio reprit ses appuis, jurant à voix haute.

En vain.

Deux *carabinieri* se tenaient sur le quai, les mains sur les hanches. L'un d'eux avait un doigt posé sur son pistolet, sans doute prêt à passer à l'action si les choses s'envenimaient. Bien qu'ils semblent calmes, c'était difficile de savoir par où ils regardaient. Des lunettes de soleil cachaient leurs yeux.

Vittorio atterrit sur le quai dans une roulade peu gracieuse. Il n'aurait pas dû tenir tête au contrôleur. Mon frère avait finalement rencontré son égal — à ses dépens.

Les policiers remirent Vittorio sur pied, ignorant ses luttes. Il cria qu'il ne cherchait qu'à ramener sa sœur qui s'était enfuie de chez elle. Les policiers ne furent ni amusés ni inquiets.

Ce fut la dernière fois que je vis mon frère. Piégé entre deux *carabinieri*. Se débattant pendant qu'ils l'emmenaient loin du train.

Je ravalai ma peur, puis sur des jambes instables, je retournai à ma place. Les visages de mes amies reflétèrent le mien, yeux larmoyants, les joues vidées de toute couleur.

Le contrôleur revint vers nous.

— Tout va bien, *signorine* ?

— Tout va bien, répondit Anna en battant des cils.

Lorsque le train quitta la gare, en me balançant d'avant en arrière tandis qu'il prenait de la vitesse, je fus traversée par une vague de soulagement.

Pour la première fois depuis que j'avais quitté Santa Maria la Carità, le nœud dans mon estomac commençait à se desserrer.

***

Je m'accrochai à la rambarde du ferry, respirant profondément l'air marin. De temps en temps, les embruns me piquaient le visage, le tangage du navire me donnait des nausées. Je ne m'attendais pas à une telle traversée de la Manche. Qui aurait cru que cette étendue d'eau serait si agitée ?

J'essayai d'admirer la vue, difficile de distinguer la fin du ciel gris et le début de la mer grise. En fait, j'étais entourée de la même couleur. Même les visages de mes amis avaient pris un ton gris tourterelle. De la façon dont mon estomac se balançait, j'étais certaine que mon visage ressemblait au leur.

Après avoir pris le train à Naples, nous nous étions arrêtées à Rome pour récupérer deux autres filles qui étaient arrivées par bateau de la Sardaigne. Deux sœurs. Leurs parents n'avaient pas été en mesure de les soutenir financièrement. La seule façon de s'en sortir avait été de tenter leur chance en Angleterre. Moi, je tentais ma chance pour échapper à Vittorio et ses abus.

Le bateau fit retentir sa corne et me sortit de ma rêverie. Les tons étranges de la mer me donnèrent envie de dessiner. Dieu merci, j'avais glissé mon carnet de croquis et mes crayons dans mon sac à main.

— Encore des croquis ? demanda Anna en s'approchant.

Je hochai la tête.

— On ne sait jamais. Un jour, ils pourraient être utiles.

Je devais gagner un peu d'argent, apprendre la langue, puis je trouverais un moyen de travailler comme couturière. Quand ce jour viendrait, tous ces croquis feraient partie de ma collection. Je ne pouvais pas m'attendre à travailler tout de suite dans une grande maison de couture. J'étais trop jeune avec peu d'expérience. Mais j'y arriverais. Un jour, je monterais sur la plus haute marche du podium.

Nous nous approchâmes des côtes anglaises où une main géante écarta l'énorme couverture qui recouvrait la mer. Les hautes falaises de craie blanche de Douvres apparurent, dominant le rivage. C'était l'une des caractéristiques les plus spectaculaires de l'Angleterre. J'en avais vu des photos dans mes livres d'école. Qui aurait cru que je les verrais un jour en vrai ?

Anna attrapa ma main, des larmes se formèrent dans mes yeux. J'étais en route pour une nouvelle vie, sans savoir ce que l'avenir me réservait...et les mots de ma sœur me revenaient en mémoire. Kidnappée. Forcée à la prostitution.

Anna dû sentir mon désarroi. Elle passa un bras autour de mes épaules, me donna une petite bise sur la joue.

— Nous avons fait le bon choix, Bianca.

Espérant qu'elle avait raison.

***

Nous descendîmes du bateau pour nous diriger vers la douane. Je suivis les autres filles en traînant ma valise. Pendant un bref instant, je m'arrêtai pour l'observer. Toutes mes possessions étaient contenues dans un seul bagage. Ma lèvre inférieure se mis à trembler. J'étais arrivée dans un pays où je ne pouvais ni parler ni comprendre un seul mot de la langue, et tout d'un coup, la peur m'envahit. Avais-je fait le bon choix ?

A proximité, une annonce retentit dans la gare routière. Bien que je n'aie pas compris un seul mot, les gens se bousculèrent, se frayant un chemin en zigzaguant hors du bâtiment. Pour eux, une journée normale commençait. Ils allaient au travail ou vaquaient à leurs occupations quotidiennes. Pour moi, c'était le début d'une nouvelle vie.

Alessandra nous escorta dans un car pour la dernière étape de notre voyage. Le moteur diesel mis du temps à se mettre en route. Finalement, le bus quitta le dépôt. Mes mains s'agrippèrent au siège, mon pouls s'emballant lorsque le chauffeur s'engagea sur le mauvais côté de la route. Je fermai les yeux. Allions-nous avoir un accident ?

— Ils roulent à gauche, fit Anna, en me tapotant la main.

Submergée par la peur et l'excitation, je lançai un rapide coup d'œil aux autres passagers. La plupart étaient des filles comme moi, yeux fatigués, corps extenués à la recherche d'une nouvelle vie.

Après trois autres longues heures, nous arrivâmes dans une ville appelée Long Sutton sous un ciel gris cendré. Cette couleur semblait être en vigueur en Angleterre. Une congrégation de nuages ternes bloquait le soleil, ne promettant que de la pluie.

Je frissonnai, resserrant ma veste autour de moi. Nous avions quitté Naples sous un soleil de plomb pour finir dans un réfrigérateur terne.

Le grand bâtiment de briques rouges me surplombait. Il me rappelait un croquis que j'avais vu dans un livre d'école. Le manuel d'histoire qui avait expliqué la révolution industrielle dans les années 1800. Les choses n'avaient-elles pas évolué depuis ?

Une jeune fille portant un tablier blanc et un foulard de la même couleur nous accueillit. Alessandra nous présenta Giulia qui s'occuperait de nous pendant notre contrat de six mois. Maintenant qu'Alessandra avait mis ses filles en sécurité, elle pouvait repartir en Italie.

Nous suivîmes Giulia, qui marchait d'un bon pas vers le bâtiment morose. Froide. Austère. Peu amicale même.

N'ayant pas le temps de nous faire visiter, Giulia nous conduisit directement dans le dortoir qui ressemblait à une salle d'hôpital. Des lits étroits étaient placés les uns à côté des autres. La pièce sentait bizarre. Un mélange des parfums de toutes les filles flottait dans l'air. Des senteurs sucrées se mêlaient à l'odeur plus forte et dominante du musc.

Lorsqu'il fut l'heure de dormir, des bruits étranges me tinrent éveillée. Le cliquetis des radiateurs ou des talons sur les dalles lorsqu'une fille se dirigeait vers les toilettes. Parfois, c'était le bruissement des draps amidonnés.

Bien sûr, l'Italie restait au fond de mon esprit, elle me hantait. J'avais beau essayer d'oublier, de repartir à zéro, je pleurai jusqu'à m'endormir. Mes parents me manquaient, mais il était hors de question que je leur écrive pour le leur dire. La détermination était mon deuxième point fort, l'entêtement le premier.

De toute façon, je ne serais pas ici longtemps. Lorsque mon contrat prendrait fin après six mois, je chercherais un emploi de couturière. Je ne savais pas comment. Peut-être avec l'aide des autres filles de l'usine qui parlaient anglais.

Cela dit, personne n'avait besoin de parler pour créer et coudre, mais si je voulais me faire un nom dans le monde de la mode, je devais apprendre l'anglais rapidement.

Chapitre 7

Septembre 1958

J'ouvris la porte de l'appartement et trébuchai en arrière.

Florinda se tenait debout avec deux valises à ses pieds. Que diable faisait-elle en Angleterre ? Et pourquoi la directrice ne m'avait-elle pas prévenue que j'avais une visite ?

Elle sauta dans mes bras, me renversant presque.

— Je suis si heureuse de te voir.

Des larmes coulèrent sur son visage et dans mes cheveux.

— Qu'est-ce que tu fais ici ?

— J'ai tout expliqué dans ma lettre. J'ai quitté la maison, comme toi.

— Mais qu'est-ce que tu racontes ? Je n'ai reçu aucune lettre de toi.

— Je suis venue pour être avec toi. Tu me manques tellement.

J'attrapai ses valises pour les porter dans les appartements de l'usine, serrant et desserrant mes poings autour des poignées de cuir.

— Tu es heureuse de me voir, n'est-ce pas ? demanda ma sœur.

Je laissai tomber les valises et me tournai vers elle.

— Bien sûr, mais comment as-tu pu laisser Mammà sans personne pour l'aider ?

Malgré son épuisement visible, Florinda sortit le menton et croisa les bras.

— Et toi ? T'es-tu inquiétée de savoir comment Mammà allait s'en sortir ? Non, parce que tu savais que je serais là pour l'aider.

Je restai sans voix. Florinda avait raison. Mammà pouvait compter sur elle. Cette inquiétude écartée, j'étais libre de poursuivre mes projets.

Le remords me frappa fort dans la poitrine en imaginant notre mère pleurant l'absence de ses deux filles. Seule dans la cuisine, préparant le repas pour la famille sans personne à qui parler. Personne pour l'aider.

Je refoulai mes larmes et gardai mes yeux sur la silhouette mal coiffée de ma sœur. On aurait dit que ses cheveux n'avaient pas été peignés depuis longtemps. Ses yeux rouges témoignaient d'un manque de sommeil, ses traits étaient tirés. Par-dessus tout, elle devait avoir faim. N'avais-je pas fait le même voyage poussiéreux ?

— Comment as-tu réussi à obtenir tes papiers si rapidement ? Je ne suis partie que depuis trois mois, demandai-je, en rompant le silence gênant qui régnait dans le couloir menant à mon appartement. Je n'arrivai pas à me faire à l'idée que Florinda soit en Angleterre.

— Comme toi, je suppose. Je me suis adressée à la même agence à Torre Annunziata. Ils cherchaient toujours des travailleurs pour l'Angleterre, alors j'ai postulé. Ils ont tout organisé, et me voilà.

Son visage se transforma en un énorme sourire.

— Si ma petite sœur peut s'enfuir de chez elle, pourquoi pas moi ?

Je levai les yeux au plafond.

— Tu grinces des dents, Bianca.

Je le faisais toujours quand j'étais confuse. Pour couronner le tout, ma tête se mit à cogner. Je n'avais pas besoin d'un mal de tête. Pas maintenant.

Je laissai tomber les affaires de ma sœur sur le sol de la cuisine puis la regardai, les mains sur les hanches.

— Ont-ils dit dans quel appartement tu logeais ? demandai-je.

— Non, mais je leur ai dit que je voulais rester avec toi.

Je réfléchissais. Comme les derniers occupants avaient déménagé un mois plus tôt pour aller travailler à Londres, la directrice avait mis les trois filles de Torre Annunziata ensemble. Anna, Ornella, et moi. Cela nous convenait parfaitement. Nous avions un endroit à nous, et la porte qui se fermait à clé, nous garantissait notre intimité.

Avec un peu de chance, en déplaçant les lits de manière stratégique, nous pourrions en glisser un autre pour Florinda. Je devais arranger ça avec la directrice. Je pensais qu'elle serait d'accord. Elle avait un faible pour moi. Ne m'avait-elle pas donné un travail plus agréable ? Au lieu de travailler dans l'entrepôt où je devais porter des bottes pour garder mes pieds au sec, elle m'avait transférée à l'usine où je fabriquais des boîtes pour les conserves.

— C'est charmant ici, dit Florinda, en ouvrant ses valises que j'avais mises sur mon lit.

— Je vais nous préparer un café.

Quelques minutes plus tard, je revins de la cuisine avec deux tasses de café fort. Nous en avions toutes deux besoin.

Je posai la tasse de ma sœur sur la table de chevet et je sirotai le mien. Pas un mot ne quitta ma bouche. On resta silencieuse toutes les deux un bon moment.

— Comment va Mammà ? demandai-je finalement.

— Pas bien. Elle n'a pas le moral.

Ma sœur s'installa confortablement sur mon lit, le dos contre la tête de lit, les genoux remontés jusqu'au menton. Elle avait sûrement quelque chose de grave à me dire.

Elle appuya le menton sur ses genoux et regarda ses pieds.

— Vittorio est parti au Venezuela.

Je levai un sourcil.

— Pourquoi est-il parti là-bas ?

— Pour vivre avec sa femme.

La tasse m'échappa des mains et s'écrasa sur le sol, recouvrant les carreaux avec le reste de mon café. D'où venait cette nouvelle ? Et pourquoi ne l'avais-je pas su ?

Florinda sauta du lit. Elle se précipita prendre un torchon dans la cuisine.

— Je sais que c'est difficile à croire, dit-elle par-dessus son épaule. Cela a été un grand choc pour nous tous. Surtout Papà.

A quatre pattes, Florinda ramassa les morceaux et essuya le café. Je me contentai de regarder. Incapable de bouger. Incapable de penser.

Petit à petit, mon cerveau reprit vie, luttant pour comprendre ce que Florinda avait dit. Vittorio vivait au Venezuela. Pourquoi là-bas, pour l'amour de Dieu ?

Je retrouvai l'usage de mes jambes et m'effondrai sur le lit.

— J'ai eu la même réaction, dit ma sœur.

Elle mit la tasse cassée dans la poubelle puis jeta le torchon dans le seau.

— Mammà s'est effondrée en larmes, demandant à Dieu ce qu'elle avait fait pour mériter de perdre ses enfants l'un après l'autre. Papà est resté calme, même si une veine palpitait dans son cou.

Pauvre Mammà. Se remettrait-elle jamais du choc ? Je l'imaginais se

73

balançant d'avant en arrière dans sa chaise à bascule, priant le Seigneur. Se tourmentant. Se reprochant tout.

— Que s'est-il passé exactement, Florinda ?

Ma sœur s'assit à côté de moi, son bras autour de mon épaule.

— Je pense que ça durait depuis des mois. Vittorio voyait Silvia.

— Je sais. Je les ai vus ensemble plusieurs fois.

— Eh bien, elle est tombée enceinte.

Dieu Tout-Puissant ! Qu'est-ce qui avait pris à Vittorio d'aller à l'encontre des souhaits de Papà ? On lui avait dit plus d'une fois d'arrêter de tourner autour de cette femme. Il ne l'avait manifestement pas écouté.

— Est-ce qu'il l'aime vraiment ? demandai-je.

— Ce n'est pas la question. Silvia est tombée enceinte, alors ils se sont mariés. Un mariage rapide et sans histoires. Papà n'y est même pas allé. Il ne leur a pas non plus donné sa bénédiction.

— Comment Mammà a-t-elle pris tout ça ?

Florinda tapota ma jambe.

— Mal. A peine a-t-elle accepté que Vittorio ait épousé Silvia qu'il nous lâche la deuxième bombe. Il partait au Venezuela.

— Pourquoi là-bas ?

— Je pense que c'était sa façon de se venger. J'ai entendu Papà lui dire de disparaître de sa vue. Qu'il ne le considérait plus comme son fils. Tu sais, le Papà dramatique habituel. De plus, Silvia a de la famille là-bas.

Je glissai du lit puis fit les cent pas dans la chambre.

— Bien fait pour ce salaud ! Il était temps de manger un peu du poison qu'il était heureux de nous faire avaler.

La lèvre inférieure de Florinda se mit à frémir.

— Il est dans le même bateau que nous, Bianca. Seulement nous avons choisi notre destin. Pas lui.

Je serrai les poings, ne ressentant aucune sympathie.

— Ce n'est pas vrai et tu le sais. Il a choisi d'épouser Silvia.

— Seulement parce qu'elle est tombée enceinte. Ne crois-tu pas qu'il aurait préféré rester en Italie ? Tout comme toi, Bianca ?

Florinda pris mes mains et essaya de desserrer mes poings.

74

— Soyons honnêtes. Si les choses avaient été différentes, je pense que nous aurions préféré toutes les deux rester avec la famille.

Je libérai mes mains de l'emprise de ma sœur et m'élançai hors de la pièce. Le couloir se dessinait devant moi. Il n'avait jamais semblé aussi intimidant. Je m'y précipitai, impatiente de sortir à l'air libre. La culpabilité m'étouffait. Dès que l'Italie me venait à l'esprit, l'angoisse revenait au galop pour m'écraser. Même si je ne pouvais pas défaire ce que j'avais fait, Dieu me pardonnerait-il d'avoir blessé Mammà ?

Trois longs mois s'étaient écoulés depuis que j'étais descendue du bateau. Il y avait eu des moments où j'avais été envahie par le chagrin et la solitude. Parfois, c'était devenu si insupportable que j'avais envisagé de faire mes valises et de partir sur-le-champ.

Une partie de moi voulait courir à la maison pour réconforter ma mère. L'autre moitié était déterminée à rester forte. D'aller au bout de mon contrat de six mois. Ne pas montrer à quel point j'étais déprimée. Même la nouvelle de Vittorio n'avait pas apporté la satisfaction que j'espérais. Rien ne pouvait soulager la douleur dans ma poitrine. Personne ne pouvait m'aider à réparer les conséquences de mes actes. Trop tard pour cela.

Prenant de longues respirations, je traversai la cour jusqu'au bureau de la directrice. Il était temps de débarrasser mon esprit de ces pensées confuses, de passer en mode persuasion.

J'avais besoin d'un lit pour Florinda.

Chapitre 8

Avril 1959

J'étais assise sur la rive de la rivière Nene, les yeux fermés, le visage tourné vers le soleil. Mon Dieu, c'était bon d'avoir la chaleur sur ma peau. La lumière du soleil avait quelque chose d'étrange aujourd'hui, comme si un immense voile recouvrait le firmament, filtrant les rayons chauds du soleil. Je ne m'habituerais jamais à la fraîcheur d'avril.

La sortie d'aujourd'hui était une idée d'Ornella, elle avait fait un bon choix.

C'était beau et paisible sur les berges de la rivière à Peterborough. Pas surpeuplé. Juste assez de gens pour apporter une atmosphère amicale. À seulement quarante minutes en bus de Long Sutton.

Je m'allongeai sur l'herbe, mon manteau chaud me protégeant de l'humidité. Un défilé de parfums fleuris de printemps flottait dans l'air. J'avais oublié ce que c'était que d'être en pleine campagne.

Dix mois avaient passé depuis mon arrivée en Angleterre. Ce qui avait commencé par un permis de travail de six mois s'était transformé en presque un an. La directrice avait besoin de personnel fiable, Giulia avait proposé mon nom. Ils pouvaient compter sur moi. Ils pouvaient compter aussi sur Florinda.

Quand Noël était arrivé, on me demanda si je voulais renouveler mon contrat. Au début, j'hésitai. Mammà avait besoin de moi. Encore plus maintenant que ses deux filles avaient quitté la maison.

Si je restais six mois de plus, Florinda ferait de même. Et elle le fit.

Nous avons parlé pendant des jours et des jours. Finalement, nous avons toutes deux accepté de renouveler nos contrats. Florinda avait déclaré, à juste titre, que si nous retournions en Italie, nous ne reviendrions plus jamais en Angleterre. Nos vies reprendraient comme avant, aucune de nous ne voulait cela. Nous nous marierions, aurions des enfants, et l'Angleterre serait un lointain souvenir. Maintenant que nous avions goûté à la liberté, nous en voulions plus.

Et j'avais encore d'autres choses à accomplir, mais je le gardais pour moi.

Mon seul regret fut le départ d'Anna. Sa mère avait besoin d'elle. Je ne le croyais pas. Si Anna avait voulu rester en Angleterre, rien ne l'aurait arrêtée. La fille déterminée qui m'avait persuadée de quitter l'Italie pour un peu d'aventure avait rapidement eu le mal du pays. Les paroles de sa mère en faveur du retour de sa fille lui avaient bien convenu. Bien qu'elle ait eu honte de l'admettre, j'avais deviné la vraie raison.

Bon sang, comme elle me manquait.

Les mains enfoncées dans les poches, je fixais le bleu du ciel, écoutant le vent léger agiter les feuilles des arbres. Florinda et Ornella discutaient à proximité, organisant le week-end à venir.

Quelques instants plus tard, le ciel disparut dans une couverture de laine d'un gris hétéroclite. Je tournai la tête et observai mon environnement. Les nuances verdâtres de la campagne s'étaient estompées jusqu'à devenir plates. De temps en temps, des rayons de lumière dansaient comme une ballerine sur la rivière, reflétant le ciel, tous deux d'un anthracite menaçant. Je m'assis et sortis mon carnet de croquis.

La brise dégageait mes cheveux de mon visage tandis que mes crayons effleuraient le papier. Avant que je ne m'en rende compte, grâce aux tons changeants du ciel, j'avais réussi à créer deux croquis différents de robes de printemps dans les couleurs qui flottaient sur le lac.

En me tournant vers les collines derrière moi, je dessinai deux autres tenues. En utilisant les différentes nuances que le soleil avait formé sur les arbres, j'esquissai une jupe large et fluide, imaginant des bandes de différentes soies vertes toutes plissées de la taille jusqu'à l'ourlet au-dessus du genou.

Des cris résonnèrent par-dessus mon épaule. Je tournai mon regard de l'autre côté de la rivière où deux hommes nous faisaient signe depuis un petit bateau à moteur. Refermant mon bloc-notes, je le glissai dans mon sac avec ma trousse à crayons.

— Qu'est-ce qu'il dit ? demandai-je à Ornella.

— Il veut savoir si tu veux aller faire un tour en bateau.

Je clignai des yeux. C'était la première fois qu'un homme voulait me parler sans passer par mon frère.

Ornella me donna un coup de coude.

— Alors ? Je réponds quoi ?

La rivière avait l'air assez calme, mais je n'avais jamais été autorisée à être amie avec les hommes. Je regardai autour de moi, m'attendant à ce que Vittorio surgisse d'une minute à l'autre.

— Ton frère n'est pas là, dit Ornella, lisant dans mes pensées. Dépêche-toi avant qu'il ne change d'avis.

Je hochai la tête. Ornella leur fit signe d'approcher.

Les deux hommes descendirent, et le plus grand se dirigea vers nous tandis que l'autre resta sur place.

J'observai l'étranger qui s'approchait. Rasé de près, il faisait des longs pas déterminés. Ses cheveux bruns bougeant doucement dans la brise de printemps. Son manteau était de la dernière mode — pour l'Angleterre, démodé en Italie depuis au moins deux ans. Je savais de quoi je parlais.

Derrière lui, son ami souriait, sa tignasse de cheveux roux, prenant une teinte de bronze lorsque le soleil émergeait de derrière les nuages. Quel drôle de couleur pour des cheveux.

L'étranger se tenait devant nous. Il ne semblait pas avoir plus de vingt-cinq ans. Mais les apparences peuvent être trompeuses. Cela dit, il n'y avait pas de rides autour de ses yeux ou sur son front. Il n'avait pas non plus le nez arqué typique des Italiens. Ses lèvres, par contre, m'hypnotisaient. Il avait une bouche qui demandait à être embrassée.

Le géant croisa mon regard avec un refus de détourner les yeux en premier. Quelque chose dans ses yeux sombres me fascinait.

— Comment tu t'appelles ? me demanda-t-il.

Ne recevant aucune réponse, il sourit avant de se montrer du doigt.

— James.

Le son de sa voix me laissa sans voix.

— Bianca, balbutiai-je après un moment.

— Joli prénom.

Je me tournai vers Ornella.

— *Che dice ?*

Mon amie me fit un clin d'œil.

— *Bel nome.*

Je sentis une bouffée de chaleur me monter à la tête. Non seulement cet homme avait un effet étrange sur moi, mais je détestais ne pas comprendre ce qu'il disait. En rentrant à l'usine, j'allais apprendre l'anglais sur le champ.

Bien que je me sois toujours promis d'apprendre la langue pour chercher un emploi de styliste, je ne m'y étais jamais mise. Ne pas comprendre ce que les gens disaient ne m'avait jamais dérangée dans le passé.

Ne pas comprendre cet homme, si.

Je grimpai dans le bateau, m'installai à l'avant, en espérant ne pas être malade. James fit un clin d'œil à son ami et monta à son tour. L'autre gars se précipita vers Florinda. Ma sœur était dans son élément. Elle battait des paupières, faisait rouler des mèches de cheveux autour de son doigt. Ma bouche s'étira en un faible sourire.

Je fis glisser ma main sur la surface de la rivière. La lumière du soleil jouait sur les petites ondulations. Je trouvai une sorte de sérénité lorsque l'eau coulait entre mes doigts.

Mon esprit se détendit, je me mis à imaginer sortir avec James. Notre différence de taille ferait rire n'importe qui. Il devait mesurer au moins deux mètres, je ne mesurais qu'un mètre cinquante-deux. Quel drôle de couple nous ferions.

Je secouai la tête. Qu'est-ce qui me rendait si sûre que cet homme s'intéressait à moi ? Il semblait être un gentleman. Son apparence n'était pas celle à laquelle je m'attendais, pourtant. Dans mes livres, les Anglais étaient blonds aux yeux clairs. James était tout le contraire. Cheveux noir corbeau, des yeux de couleur cognac.

De temps en temps, je jetais un coup d'œil en sa direction à l'arrière du bateau. Je ne voulais pas le dévisager, mais mes yeux revenaient sans cesse vers lui, si calme, si concentré. A chaque fois que je jetais un coup d'œil par-dessus mon épaule, ses yeux rencontraient les miens, et la chaleur montait à mon visage. Il parlait beaucoup avec Ornella, qui répondait par des phrases courtes. Elle n'avait pas l'air de vouloir donner beaucoup d'informations.

— *Tutto bene* ? me demanda Ornella.

— *Perfetto.*

Quinze minutes plus tard, James arrêta progressivement le bateau.

— Prends ma main, dit-il en me tendant la sienne.

Je fis un pas en avant, perdit l'équilibre lorsque le bateau se mit à tanguer. Avant que je n'aie eu le temps de me stabiliser, il avait saisi ma main.

Des papillons se mirent à voler dans le creux de mon estomac alors que j'essayais de retirer ma main. Il la relâcha après quelques brèves secondes, de violents picotements parcoururent mon bras.

James se tourna vers Ornella.

— On peut se revoir ? J'aimerais vous emmener visiter Londres.

Ornella traduisit. Il y avait deux heures et demie de route de Long Sutton à Londres. Quelle était la probabilité que nous nous rencontrions à nouveau ? Est-ce que j'avais envie de le revoir ?

Je haussai les épaules et me dirigeai vers ma sœur. Il était temps de partir si nous ne voulions pas manquer le bus. Je jetai un coup d'œil par-dessus mon épaule. Ornella parlait et riait avec James et son ami. Quelle chance. Elle parlait la langue et s'amusait. James aussi, d'ailleurs.

— Qu'est-ce que t'en penses ? demanda Florinda une fois que je l'avais rattrapée.

Je resserrai mon manteau autour de moi, la suivant jusqu'à la l'arrêt de bus.

— Pas pour moi.

— Comment ça ? T'as vu la façon dont il te dévore des yeux ?

— Il est beaucoup trop grand. Il a dû être étiré sur un chevalet de torture médiévale.

Florinda laissa échapper un rire franc. Ornella se rapprocha en courant, un énorme sourire aux lèvres. Qu'est-ce qu'elle avait en tête ? Elle semblait trop satisfaite pour son propre bien. Elle avait sûrement prévu quelque chose. Quelque chose d'intéressant, peut-être même un peu louche. Je m'étais habituée à ses manières. Je savais comment son esprit fonctionnait.

J'espérais seulement faire partie du plan.

***

Quelques jours plus tard, à ma grande surprise, je reçus une carte postale de James. Elle était arrivée dans le courrier du matin.

L'après-midi même, j'en reçus une autre.

James n'avait pu avoir mon adresse que par Ornella. Avec un sourire suffisant, elle traduisit les quelques phrases. Apparemment, James voulait m'emmener faire du tourisme à Londres. Et l'homme n'était pas idiot. Il savait que je n'irais pas sans chaperon, alors il avait invité Ornella et ma sœur.

Je rangeai les deux cartes postales dans mon vanity, hors de vue. Même si tout le monde avait compris ce qu'Ornella avait traduit, ces cartes étaient personnelles.

Le lendemain, Ornella entra en trombe dans l'appartement, en roulant des yeux.

— Tu en as une autre. Je te jure que l'homme est épris de toi.

Avec l'aide d'Ornella, je répondis, expliquant que nous avions prévu de venir à Londres dans le courant du mois. Si tout se passait comme prévu, nous pourrions nous rencontrer.

L'après-midi suivant, je reçus une autre carte me disant qu'il serait honoré d'être notre guide.

Notre bonheur résonnait dans l'appartement tandis que nous discutions des endroits que nous voulions visiter. Des choses que nous avions l'intention de faire. Je dressai une liste des sites que je voulais voir. Buckingham Palace, Tower Bridge, Piccadilly Circus.

En fait, je visiterais n'importe quoi.

Avant de s'aventurer, nous devions trouver un endroit où loger. On nous avait donné la permission de quitter l'usine. Ornella, avec l'aide de la directrice, avait réservé des chambres chez les religieuses du couvent de Sainte-Marie à Chiswick. J'aurais préféré être au centre de Londres, mais la directrice s'était donnée beaucoup de mal pour l'organisation. Je ne voulais pas me plaindre et finir par ne pas y aller.

J'espérais seulement que James accepterait de venir nous chercher au couvent.

***

Trois semaines plus tard, je me tenais devant le couvent, contemplant le bâtiment fait de briques rouges. On nous avait dit qu'il datait d'environ 1896, mais il semblait solide. C'était parfait. Nous avions été autorisées à quitter l'usine, nous avions un endroit où loger, et nous étions libres de visiter Londres.

Les chambres étaient de la taille d'une cellule de prison avec assez de place pour un lit simple, une chaise et un bureau en bois, mais ce n'était que pour une nuit. Une énorme croix était suspendue au-dessus de la tête du lit. Pas de toilettes ni de lavabo. La salle de bain était plus loin dans le couloir.

Combien de femmes avaient séjourné dans cette pièce ? Avaient dormi dans ce lit ? Avaient ajouté leurs prières à celles qui traînaient ici depuis des siècles ? Je levai les yeux vers la croix et souris. J'ajouterai la mienne à la liste plus tard dans la soirée.

Un coup frappa à la porte avant que Florinda et Ornella ne fassent un pas à l'intérieur.

— *Tutto bene* ? demanda Ornella.

— Tout va bien, répondais-je, saisissant le regard sinistre de ma sœur. C'est seulement pour une nuit, Florinda.

Elle ne répondit pas, mais passa son bras dans le mien.

— C'est l'heure de manger, fit-t-elle.

Je haussai les sourcils.

— Je sais, les nonnes mangent tôt, comme les poules de Mammà.

J'étouffai un rire, et nous déambulâmes dans le long couloir. Le parquet, autrefois poli, était maintenant usé par des années de marche entre les chambres et la minuscule chapelle que j'avais remarquée à notre arrivée.

Après avoir traversé le couloir, nous entrâmes dans le grand réfectoire. La pièce était grande mais dépouillée, avec des meubles basiques. Aucune tapisserie n'ornait, ni ne décorait les murs. Aucun tapis ne recouvrait le sol. La longue et solide table en chêne foncé occupait le centre de la pièce, deux longs bancs de la même couleur s'alignaient de chaque côté de la table.

Je m'assis, examinant la surface de la table. Chaque marque gravée dans sa surface était un souvenir du passé. Combien de personnes avaient mangé ici ? À cet endroit précis où j'étais assise ?

Deux jeunes nonnes franchirent une porte, portant des plats. Elles placèrent la nourriture devant nous sans dire un mot et partirent.

— Qu'est-ce que c'est que ça ? demandai-je, en poussant la nourriture avec ma fourchette.

— Je n'en ai aucune idée, répondit Florinda.

Elle plongea sa cuillère dans la sauce et la mit lentement dans sa bouche.

— Bah, c'est affreux !

Vu l'aspect, il était évident que ce n'était pas bon. On aurait dit du cirage. Du cirage chaud. Pourquoi les Anglais ne mangeaient-ils pas des plats succulents comme des *pasta al forno* ou des tagliatelles au lieu de légumes trop cuits et de la viande bouillie ?

— Tu t'y habitueras, fit Ornella, en prenant de grandes bouchées de viande.

— Jamais.

Ornella me fit un clin d'œil.

— On verra.

Je réussis à avaler quelques bouchées sans m'étouffer. Le dessert fut meilleur. Une pomme. Au moins, j'avais pu manger cela.

Dès mon retour à l'usine, je préparerai des poivrons farcis pour tout le monde. Je les ferai frire avec de l'ail et des oignons avant de les laisser mijoter dans une succulente sauce tomate. Mon estomac grognait, rien qu'à l'idée d'y penser.

Il grognera toute la nuit.

***

Comme promis, James nous attendait devant le couvent le lendemain matin. Solitaire et grand.

J'avais réussi à manger un morceau de pain grillé sans marmelade pour le petit déjeuner malgré le café dégoûtant. L'eau chaude colorée n'était pas mon idée d'une bonne boisson. Ornella appelait cela du café instantané. Instantané en quoi ?

Les Anglais ne moulaient-ils pas leurs grains de café pour remplir le percolateur ? L'idée même de faire du café était un plaisir, entendre le liquide bouillonner, sans parler de l'arôme qui emplissait la cuisine.

Une autre chose à faire à l'usine ce soir.

La perspective de retrouver James m'avait coupé l'appétit, toute odeur de nourriture me donnait des nausées. Je me sentais malade et faible. C'était un miracle que mes jambes tiennent le coup. Notre premier rendez-vous s'approchait, j'étais trop inquiète pour me détendre. Inquiète de ce qu'il allait penser de moi.

James sortit de l'ombre du bâtiment de l'autre côté de la rue, mon cœur fit un bond. En quelques longues enjambées, il se tint devant moi, ses doigts entrelaçant les miens. Pas besoin de mots.

— Tu es magnifique. Très jolie robe, finit-il par dire, en me regardant de haut en bas.

Ornella traduit. Une bouffée de chaleur me monta à la tête. Sans doute un contraste affreux avec ma robe de satin ivoire. Je l'avais confectionnée grâce à une des filles de l'usine qui m'avait prêté sa machine à coudre.

Ma peau d'olive accentuait la couleur pâle du tissu qui épousait mon corps des épaules à la taille avant que la jupe plissée tombe juste au-dessus des genoux. Des fils de soie bleu clair et vert brodaient mes manches courtes, ce qui rendait le vêtement encore plus accrocheur. Exactement ce que je cherchais. Avec un peu de chance, quelqu'un pourrait le remarquer. Surtout à Londres.

Je pointai un doigt vers ma robe et dis :

— *Mia creazione.*

James acquiesça et, main dans la main, nous prîmes la route. Florinda et Ornella suivirent, impatientes de découvrir notre journée touristique.

Nous passâmes la matinée à nous promener dans Hyde Park. Un endroit magnifique où les oiseaux chantaient et les écureuils couraient d'arbre en arbre. En Italie il n'y avait pas autant d'oiseaux qu'ici. La plupart des hommes du village étaient des chasseurs.

Après un rapide déjeuner de sandwichs au jambon, James nous aida à monter dans le bus touristique à toit ouvert. Le véhicule roula dans les rues de Londres, permettant à la brise fraîche de jouer avec mes cheveux. Nous n'avions pas de bus comme celui-ci en Italie. Nous devrions adopter l'idée. Au moins, nous pourrions respirer l'air frais au lieu de l'ail et de la sueur.

On avait une belle vue sur les sites touristiques habituels. J'avais vu la plupart dans mes livres d'école. Buckingham Palace, Tower Bridge, la Tour de Londres. Quand nous nous sommes approchés d'un endroit appelé Hyde Park Barracks, James le désigna du doigt, puis plaça sa main sur sa poitrine.

— Toi ? J'ai dit, en le désignant.

Il hocha la tête.

Était-il un Garde Royal de la Reine ?

J'observai les deux gardes sur leurs chevaux, droits comme des piquets, épées dégainées ; de magnifiques vestes bleu marine, des pantalons blancs, de longues bottes de cavalerie brillantes, des panaches rouges sur leurs casques. Je fus impressionnée. Fière même. James devait être magnifique en uniforme.

Le bus s'arrêta, nous descendîmes avant de rejoindre Piccadilly Circus.

Je restai bouche bée. D'où venaient tous ces pigeons ? Ils étaient bien plus nombreux que les pavés et les touristes. Si seulement Papa pouvait voir ça. Quel chasseur ravi il serait, et quelle fin parfaite pour notre visite.

J'étais venue à Londres pour faire du tourisme, James fut un excellent guide.

De retour devant le couvent, nous restâmes tous dans un silence gênant. Personne ne parlait. Tous les regards se tournèrent vers le sol. Enfouissant ses mains dans ses poches, James attendait patiemment. Le silence se prolongea.

Quelqu'un devait faire quelque chose. Prendre l'initiative de dire quelque chose. Cette personne s'avéra être moi.

— Merci.

James me donna une bise rapide sur la joue. Ornella et Florinda détournèrent le regard. Je ne savais pas qui était la plus embarrassée, elles ou moi. La seule personne qui n'avait pas rougi était James.

— Je peux te revoir ? demanda-t-il.

Ornella traduit. Je ne savais pas quelle réponse lui donner.

Florinda tira mon bras et chuchota :

— Dis, oui, je veux visiter d'autres endroits à Londres.

— C'est impoli de chuchoter, sifflai-je en tirant sur mon bras pour le libérer. Que va-t-il penser ?

James pencha la tête sur le côté, attendant ma réponse. Si j'étais honnête avec moi-même, un autre voyage à Londres serait formidable. Bien que déçue de ne pas avoir eu le temps de faire le tour des maisons de couture, je fis tourner pas mal de têtes. Un retour dans la capitale me donnerait l'occasion de rechercher des boutiques, de confectionner une autre robe. Celle en soie bleue et grise que j'avais dessinée lorsque j'avais rencontré James sur la rivière Nene.

Je réfléchi quelques instants pendant que Florinda me dévisageait avec ses grands yeux, comme pour me dire *vas-y*. Ornella avait lié son bras à celui de ma sœur. Elles attendaient ma décision.

Je finis par hocher la tête, leurs visages s'éclairèrent.

De retour à l'usine plus tard dans la soirée, je fis couler un bain. En me glissant dans l'eau chaude, je me remémorerai ma journée, en analysant mes émotions envers James. Il était bel homme, honnête, il me faisait sentir désirable et importante. Était-ce suffisant ? Avec le recul, que voyait-il dans une petite impétueuse qui ne parlait pas la langue et qui avait du mal à comprendre.

Un frisson me parcourut. Je rêvassais depuis un bon moment, l'eau du bain était devenue froide. Je me lavai rapidement et me séchai férocement avec une grande serviette.

Dans ma chambre, je me blottis dans mon petit lit, l'esprit vide, prête à m'endormir.

***

— Comment ça, tu ne viens pas ?

Florinda parcourrait l'appartement de long en large, serrant et desserrant les poings.

— On nous a donné un mois de vacances, tous frais payés, pour rendre visite à notre famille en Italie, et tu ne veux pas venir ?

Je haussai les épaules.

Florinda vint se placer en face de moi.

— C'est James, n'est-ce pas ? Il t'a ensorcelée !

— Il préfère que je reste ici avec lui. Il a peur que je ne revienne pas.

Florinda m'attrapa par les épaules.

— Bien sûr, tu vas revenir. Tu lui as dit ?

Je hochais la tête.

— Eh bien, dis-lui encore. Ou alors tu ne veux pas voir Mammà ?

— Bien sûr que si, Florinda, et tu le sais. C'est juste que... un mois, c'est long. Je tirai sur le ruban de mon chemisier.

— Ecoute, cet homme est amoureux de toi. J'ai vu la façon dont il te regarde. Il attendra. S'il te plaît, penses-y, Bianca.

— Il n'y a plus rien à penser. Je reste.

James avait promis de me faire visiter Londres une fois de plus. Je voulais visiter les boutiques de mode. Cela n'avait pas été possible car Florinda et Ornella avaient insisté pour visiter les autres sites touristiques. Je ne pouvais pas imposer de les traîner dans les boutiques.

Florinda poussa un énorme soupir. Elle savait que je ne changerai pas d'avis. Pas maintenant.

Deux semaines plus tard, le visage renfrogné et portant une lourde valise, Florinda quitta l'usine pour l'Italie, accompagnée d'Ornella.

Chapitre 9

Mai 1959

James me regarda de derrière ses épais cils noirs.

Nous nous écrivions régulièrement depuis deux mois. Presque tous les jours. Parfois, deux fois par jour. J'écrivais ce que je pouvais. Seulement quelques mots. Même si j'aurais aimé écrire davantage, mon anglais n'était pas parfait. Entourée d'Italiennes, je parlais toujours dans ma langue maternelle.

Je m'appuyai sur la balustrade des portes de l'usine, admirant James qui se tenait devant moi. Aujourd'hui, il était venu m'emmener faire une promenade dans le centre de Long Sutton. Il n'y avait pas grand-chose à voir. Mais encore une fois, nous n'étions pas ici pour faire du tourisme.

Je pensais souvent à lui pendant la journée, imaginant ce qu'il faisait, souriant comme une idiote. J'étais étonnée que James s'intéresse à moi. Nous ne parlions même pas la même langue.

— Bianca ! cria Chiara depuis l'usine, en tapant sur sa montre.

Les filles m'avaient permis de m'échapper du travail, il était temps de partir. Je ne voulais pas d'ennuis.

James prit ma main, la plaça contre sa poitrine. Son cœur battait fort. Les papillons prirent vie dans mon estomac — comme à chaque fois que j'étais avec lui. Une sensation que j'adorais. Pourtant, j'étais toujours aussi mal à l'aise en sa compagnie. D'ordinaire franche, je restais muette quand il me parlait, toujours cette foutue barrière de la langue.

— Je retourne dans l'usine, dis-je, et James serra la mâchoire.

— Je veux te revoir.

Doucement, il porta ma main à ses lèvres où il déposa un baiser dans ma paume. Sa bouche chaude me fit frissonner. Une douce chaleur s'épandit dans mon ventre.

— Dis oui, Bianca.

Je hochai la tête. Dernièrement, je ne faisais que ça. Acquiescer et accepter.

Il relâcha ma main et caressa ma joue avec le dos de sa main.

— Je viendrai après-demain, jeudi. *Dopo domani, giovedi.*

Mes yeux s'élargirent. Avait-il appris l'italien ?

— *Sai parlare in Italiano ?*

Il rejeta la tête en arrière et se mit à rire.

— Whoa, attends un peu. Je n'ai pas la moindre idée de ce que tu dis.

Je le pointai du doigt.

— Tu parles italien ?

Il secoua la tête avant de lever un doigt, puis deux.

— *Uno or due parole.*

J'étais aux anges. James faisait un effort pour communiquer sans Ornella. Si nous voulions avoir un peu d'intimité, il fallait qu'il apprenne l'italien ou que j'apprenne l'anglais. Peut-être que nous devrions tous les deux faire un effort.

— *Dopo domani* ? répéta-t-il.

— Oui.

Il releva sa manche et me montra sa montre.

— A quelle heure ?

Je levai cinq doigts.

Il me sourit avant de sortir quelque chose de la poche de son manteau.

— C'est pour toi, fit-il en me tendant un dictionnaire miniature anglais/italien.

— Merci.

Exactement ce dont j'avais besoin. Avec ce mini-traducteur et les livres d'anglais qu'Ornella m'avait prêtés, je devrais être capable de communiquer assez rapidement. À partir de maintenant, j'écrirais mes propres lettres. J'en avais assez des filles qui intervenaient avec leurs commentaires inappropriés.

Je fis un signe d'au revoir puis franchis les portes de l'usine, heureuse de mon cadeau. Je jetai un rapide coup d'œil à l'intérieur. James avait écrit quelques mots accompagnés d'un cœur, et je me mis à sourire. Si je lui écrivais maintenant, avec un peu de chance, il recevrait la lettre demain matin. Je voulais le remercier. Quel meilleur moyen que d'écrire avec l'aide de mon nouveau recueil de phrases.

Dans ma chambre, je sortis mon matériel d'écriture. L'appartement sans Ornella et Florinda était calme. Parfait. Un peu de paix pour réfléchir.

Je mâchouillai mon stylo, en regardant le dictionnaire. Qu'est-ce que je pourrais écrire pour lui faire plaisir ?

***

— Bianca ! Bianca !

Je levai les yeux de ma boite en carton.

— James t'attend aux portes de l'usine. Il n'a pas l'air content.

Je regardai ma montre. Il n'était pas cinq heures. Pas jeudi non plus. Pourquoi était-il venu un jour plus tôt ? Et pourquoi Chiara avait-elle dit qu'il avait l'air malheureux ?

À peine avais-je franchi les portes de l'usine que James posa sa question.

— Pourquoi, Bianca ?

Je clignai des yeux. Pourquoi quoi ? Quelque chose avait dû le contrarier pour qu'il fasse tout ce chemin pour me poser une question. Une question à laquelle je n'avais pas la moindre idée de ce qu'il voulait dire.

James sortit ma lettre de la poche de son pantalon et la tint devant moi.

— Tu as écrit 'Au revoir, cher James'. Pourquoi ? Ça veut dire que c'est fini entre nous ?

Je levai la main et lui caressai la joue.

— Pas problème, *caro*. Je ne vais pas.

Du moins, pas pour le moment.

— Tu as écrit au revoir.

— Je sais. J'ai écrit *arrivederci*. C'est au revoir.

James jeta un coup d'œil autour de lui comme s'il cherchait des réponses.

— Ce n'est pas au revoir, au revoir. C'est au revoir, au revoir.

J'essayai de mettre plus d'intonation dans la deuxième partie de ma phrase. Il a dû comprendre car la ride entre ses yeux disparut.

Il passa une main dans ses cheveux.

— Tu m'as fait peur, Bianca.

Ma vision se brouilla. Je l'avais inquiété...mais comment réagirait-il si je retournais en Italie ?

Dans un élan d'émotions, James m'attira dans ses bras, m'embrassa avec force. Mes jambes se dérobèrent, les papillons au creux de mon ventre s'en donnaient à cœur joie. J'adorais être dans ses bras. Définitivement le meilleur endroit au monde. J'enroulai mes bras plus fort autour de sa taille.

— Ne me dis plus jamais au revoir.

Je ne pus que hocher la tête.

Il m'embrassa à nouveau. Bien qu'il ait fait bonne figure, il devait souffrir. Ma carte de séjour arrivait à échéance dans quelques mois, je devais décider si je voulais la renouveler.

Je n'avais pas particulièrement envie de rentrer chez moi, mais je ne voulais pas non plus continuer à travailler à l'usine. Mon rêve était de devenir styliste professionnelle, de me faire un nom. Mes objectifs étaient-ils trop optimistes ? L'Italie était l'endroit idéal pour la mode, mais pas avec les règles en vigueur chez moi.

J'avais passé de bons moments en Angleterre. J'avais appris à être plus indépendante. Même si je n'avais pu chercher un emploi de couturière, j'avais accompli quelque chose en décidant des choses par moi-même. Rencontrer James fut un plus. Cela ne m'empêchera pas de souffrir, cependant.

James monta dans le bus, se frayant un chemin à l'arrière. Je saluai, sans savoir s'il m'avait vue. Le bus disparut, je retournai à l'usine. Demain, Florinda serait de retour de son mois de vacances en Italie. Je mourrai d'envie d'avoir des nouvelles. Elle n'avait jamais été du genre à écrire. Une seule lettre en quatre semaines, et encore, elle n'avait rien dit de ce qui se passait à la maison.

Avant de partir, Florinda m'avait fait comprendre qu'à son retour, elle prendrait une décision pour son avenir. Soit de mettre fin à son contrat, soit de le renouveler. Nous étions bien payées. Après tout, quelques mois de travail supplémentaires ne feraient de mal à personne.

Peut-être que j'avais eu tort de choisir James plutôt que ma famille.

Je ne connaissais cet homme que depuis un mois. Qu'est-ce qui m'avait poussée à rester ? Ses yeux tristes lorsqu'il me demanda de ne pas partir ? Ou sa voix chaude et suppliante ?

Depuis, j'avais des doutes, et j'enviais Florinda. Elle était la seule à profiter de la chaleur de la famille, je regrettais de ne pas pouvoir parler avec mes amis. Une année entière était très long.

Comment seraient les choses lorsque je reviendrais ? Serais-je de nouveau chez moi là-bas ?

***

Florinda se précipita dans mes bras et s'effondra en larmes.

— Je suis si heureuse d'être de retour, réussit-elle à dire entre deux sanglots.

Et moi qui pensais qu'elle était bouleversée parce qu'elle avait dû quitter la famille à nouveau. Mes yeux brillèrent lorsqu'elle s'accrocha à moi comme si sa vie en dépendait, ses larmes mouillant mes cheveux.

Un bon moment plus tard, elle se retira de mes bras. Avec le dos de la main, elle s'essuya le nez avant de parler à voix haute. Son charabia commençait à m'énerver. Une de ses habitudes quand les choses ne se passaient pas comme prévu ou qu'elle était à cran.

— Ça ne peut pas être aussi terrible, dis-je en lui tendant un mouchoir.

Elle se moucha bruyamment avant de prendre une grande inspiration.

— Tu n'as aucune idée. J'ai cru que j'allais devenir folle. Papà était pire que jamais. Je ne pouvais prendre aucune décision, ni aller où je voulais. Quand j'essayais de protester, il m'envoyait dans ma chambre. Pas de rouge à lèvres ni de talons hauts autorisés. Mammà a dû sortir m'acheter une paire de chaussures plates.

J'écarquillai les yeux. Elle était en train d'inventer tout ça.

— Bon sang, Bianca, j'ai vingt-cinq ans. Une adulte. Pas une enfant. Quand Papà m'a laissée sortir, il m'a suivie de près. Observant chacun de mes mouvements.

J'imaginai sa détresse, me rendant compte qu'elle avait dû vivre un enfer malgré l'absence de Vittorio.

Les yeux rivés devant elle, Florinda marqua une pause, s'efforçant tant bien que mal de retenir à nouveau ses larmes.

— C'était affreux. Cent fois pire qu'avant, comme si Papà me faisait payer mon départ.

— Et Mammà ?

— Nous avons passé beaucoup de temps ensemble à parler. Elle m'a interrogée sur notre vie en Angleterre. Sur toi. Si on était heureuses, et quand on comptait rentrer pour de bon.

Je m'effondrai sur le lit, les yeux fixés sur ma sœur.

— Qu'est-ce que tu lui as dit ?

— Rien. Pas la peine de la contrarier davantage. Je crois que c'est elle qui souffre le plus. On a parlé de Vittorio au Venezuela. Papà refuse de lui pardonner, alors Vittorio refuse de rentrer. Je suis tentée de faire la même chose.

Je grattai la peau autour de mon pouce. Était-elle sérieuse ?

— Comment vont les autres ? demandai-je en espérant qu'aucun d'entre eux ne s'était transformé en un autre Vittorio.

Florinda vint s'asseoir à côté de moi.

— Je n'ai pas beaucoup vu Nino parce qu'il étudiait à Naples.

— Il veut toujours être architecte ?

— Oui. Et toujours le même garçon tranquille, ou jeune homme devrais-je dire. Je n'arrive pas à croire qu'il a vingt et un ans.

— Je me demande si Vittorio lui manque ?

Nino avait l'habitude de suivre son frère partout comme un chien obéissant, toujours prêt à lui faire plaisir. Une façon d'obtenir un peu d'attention, je suppose.

— Et les deux autres ?

— Fortunato est le même petit garçon fragile. C'est celui qui est le plus proche de Mammà. Il l'aide autant qu'il peut dans les tâches quotidiennes. Luca est celui qui a très mal pris les choses lorsque tu n'es pas venue.

Je déglutis, me rappelant la promesse que j'avais faite. De rester avec lui. Une promesse que je n'avais pas pu tenir.

— Quand je suis arrivée sans toi, Luca n'a même pas pris la peine de m'accueillir. Il s'est enfui dans le jardin, où je l'ai retrouvé plus tard en train de pleurer sous le grenadier.

Une larme coula sur ma joue. Luca avait toujours été sensible et ne

92

méritait pas la douleur que je lui avais causée. Me pardonnerait-il un jour ?

— Dans l'ensemble, peu de choses ont changé.

Florinda me caressa le bras, me sortant de mes pensées.

— Je ne m'attendais pas à ce que les choses soient comme ça. Mais plus j'y pense, Bianca, plus je me rends à l'évidence que la vie ne sera pas supportable en Italie.

Je me mordillai l'intérieur de la joue. Le fait d'être loin de la maison n'avait pas changé les manières strictes de notre père. Peut-être en avais-je trop espéré ? Je pensais que mon absence aurait fait revenir Papà à la raison. Si ce que Florinda avait dit était vrai, et elle n'était pas du genre à mentir ou à exagérer, alors il n'y avait pas d'avenir pour moi à Santa Maria la Carità. Vivre avec mes parents jusqu'à ce que mon père me trouve un homme à épouser ne m'attirait pas. Ce n'était pas l'idée que je me faisais de la vie. Et si les choses prenaient une mauvaise tournure, je finirais comme ma cousine, Emilia. Son père n'avait pas trouvé d'homme assez bien pour elle, alors la pauvre femme avait fini vieille fille, s'occupant de ses vieux parents.

Je fermai les yeux et fit une prière silencieuse. Ce n'était pas ce que je voulais. D'un autre côté, y avait-il un avenir pour moi en Angleterre ? Certes, j'avais ma liberté, ma sœur, un travail. Est-ce que je me voyais travailler dans une usine pour le restant de ma vie ?

À moins que quelque chose de spectaculaire ne se produise dans les mois à venir, comme être engagée en tant que styliste à Londres, ce qui n'arriverait pas car je n'avais pas encore commencé à contacter les boutiques, je retournerais en Italie.

Cependant, j'avais goûté à la liberté. Retourner en Italie serait comme boire à nouveau du vin blanc après avoir goûté au champagne. Plus j'y pensais, plus j'avais envie de rester en Angleterre. Et puis, cela ne m'empêchait pas de rentrer de temps en temps chez moi pour revoir ma famille.

***

Cette belle journée touchait à sa fin. Main dans la main, James et moi retournâmes à l'usine. Il m'avait emmenée pique-niquer parmi les marguerites et les boutons d'or dans un champ à la périphérie de la ville. Il avait même préparé notre déjeuner.

Nous arrivâmes aux portes de l'usine, et mon pouls s'emballa. Pendant des jours j'avais répété mon discours encore et encore dans ma tête.

Je pris une grande inspiration.

— Mon contrat fini. Je retourne Italie, mais je reviens.

— Tu reviens quand ? murmura-t-il.

— En septembre.

James passa une main sur le visage.

— Je savais que ça arriverait. Je ne pensais pas que ce serait si tôt.

J'avais le cœur lourd et triste. J'imaginais à quel point cela devait être difficile pour lui, je me détestais. Des larmes me piquèrent les yeux alors que l'inquiétude se lisait sur son visage. Pourtant, ses traits montraient autre chose. Tristesse ? Confusion ?

Il plaça ses mains de chaque côté de mon visage, ses doigts doux mais fermes. J'avalai ma salive lorsque je sentais son souffle sur ma joue.

— Je t'aime, chuchota-t-il. Et je ne te laisserai pas partir. Je sais que si tu retournes en Italie, tu ne reviendras pas. Est-ce que tu comprends ?

Je le regardai dans les yeux, en essayant d'avaler cette boule qui s'était formée au fond de ma gorge depuis que j'avais abordé le sujet.

— Nous allons nous marier.

— *Fidanzato* ?

— Oui, répondit-il.

Comment quelqu'un pouvait-il être si gentil ? Si calme ? Jamais un mot de colère. Il n'élevait jamais la voix quand il parlait. Si différent des hommes italiens. J'étais en train de tomber follement amoureuse de cet homme doux.

Il me donna un long baiser puis sortit une boîte de la poche de sa veste.

— C'est pour toi.

Les mains tremblantes, je pris la boîte en velours rouge et l'ouvris lentement. Un solitaire sur une délicate bande d'or blanc étincelait dans la lumière.

— J'aime beaucoup !

James la glissa à mon doigt.

— J'en suis ravi.

Il porta ma main à sa bouche.

— Je t'aime, Bianca. Tu me rends si heureux.

Il baissa la tête et fit glisser sa bouche le long de mon menton avant de poser ses lèvres au creux de mon oreille. Ma respiration devint plus lourde. Avec ses mains autour de mon visage, il couvrit ma bouche avec la sienne. Mon Dieu, je ne me lasserai jamais de ses baisers.

Je le regardai dans ses yeux sombres.

— Pourquoi tu aimes moi, James ?

Il embrassa la paume de ma main.

— Tu es belle. Tu n'es pas arrogante comme d'autres filles avec qui je suis sorti. Tu dis ce que tu penses. Tu es honnête. Tu es attentionnée. Et je veux simplement être avec toi.

Une chaleur douce irradia ma poitrine. Il savait manier les mots, je ne me lasserais jamais d'écouter sa voix grave et chaude. Les gens parlaient souvent de leurs âmes sœurs.

James pourrait-il être la mienne ?

***

— Hé, les filles, appelai-je en arrivant à l'usine. Regardez ce que James m'a offert.

Je levai ma main gauche et leur montrai ma bague d'amitié. Quelqu'un applaudit, puis quelqu'un d'autre. Bientôt, des cris et des hurlements remplissaient le dortoir.

Ornella cria par-dessus le vacarme.

— Tu as tellement de chance. C'est pour quand le mariage ?

Je la regardai l'air effarée.

— De quoi tu parles ? C'est seulement une bague d'amitié.

Ornella me pris la main et inspecta mon doigt.

— Bague d'amitié, mon œil. Je sais très bien que ce solitaire est une bague de fiançailles.

Ma respiration s'accéléra. Avais-je mal compris la signification de la bague ?

En Italie, lorsqu'un couple se *fidanzato*, c'était pour plusieurs années. Tous les garçons en Italie se fiançaient ; cela ne signifiait rien de sérieux. Cela impliquait que nous pouvions sortir ensemble d'une manière officielle avec le consentement de la famille.

Allais-je accepter d'épouser un homme que je ne connaissais que depuis deux mois ?

J'observai ma bague, la réalité me frappa de plein fouet. J'avais accepté d'épouser James. Que savais-je de cet homme ? En dehors du fait qu'il était follement amoureux de moi, je le connaissais à peine. Avais-je fait un pas trop rapide vers le mariage ?

Le mariage était un grand cap à franchir, mais James était déterminé à faire en sorte que ça marche. Et moi aussi. Pour l'instant, ce qui nous importait, c'était d'être ensemble. Du peu que nous avions été ensemble, j'avais découvert sa patience, sa considération sa compréhension. Tout ça n'était sûrement pas qu'un show ?

Je regardai ma bague à nouveau. Non. James ne jouait pas la comédie. Il m'aimait. Et si j'étais prête à tout abandonner pour lui...alors je devais être amoureuse aussi.

Au fond de moi, j'en étais sûre.

Chapitre 10

Juin 1959

Alors que je travaillais, étourdie, en empilant des boîtes de conserve à l'usine, je me demandai si je n'étais pas folle. Accepter d'épouser un homme que je connaissais à peine n'était pas ce qu'une femme saine d'esprit aurait fait. J'y avais réfléchi ces dernières semaines.

En devenant la femme de James, je ne retournerais plus jamais vivre en Italie ou avec ma famille. Je deviendrais une citoyenne britannique. Étais-je prête à renoncer à mes racines italiennes ? Plus d'étés chauds ou de discussions avec les filles. Je ne parlerai plus italien.

La seule bonne chose était que je serais libre de faire ce que je voulais sans me soucier de ce que les voisins penseraient. Papà s'assurait toujours de le rappeler à la famille. Il nous faisait comprendre que les murs avaient des oreilles — les voisins aussi.

Mais étais-je prête à rester en Angleterre pour toujours ?

L'émigration signifiait un aller simple. On quitte ceux qu'on aime, ou ceux qu'on n'aime pas dans certains cas. L'espace que j'avais occupé dans la vie de ma famille disparaîtrait, laissant un trou vide. Même si je revenais pour rendre visite, les choses ne seraient plus jamais les mêmes. Les gens changeaient. Moi aussi. J'étais devenue une nouvelle personne dans un nouveau monde, tout cela à cause du comportement de mon frère. J'avais cherché l'indépendance et je l'avais trouvée. Ce côté-là, je ne le regrettais pas.

Mais tout avait un prix. La liberté m'avait coûté de quitter mon pays et ma famille. James m'offrait une nouvelle vie comme un cadeau précieux. J'espérais que ce cadeau serait accompagné de jolis rubans, pas d'une ficelle effilochée.

Florinda m'avait qualifiée de courageuse. Peut-être que je l'étais. Il fallait être une personne aventureuse pour prendre un nouveau départ, saisir cette nouvelle vie. J'étais jeune, déterminée, forte. J'y arriverais.

Le sifflet de l'usine retentit, je sautai de mon tabouret. James m'attendait dehors. Il était resté dans un hôtel à proximité depuis une semaine pour que nous puissions nous retrouver tous les soirs quand je sortais du travail. J'aimais cette routine. Quelque chose à attendre après une dure journée à emballer des boîtes.

Je me précipitai dehors, dans ses bras. Il m'attendait toujours au même endroit. J'aurais juré qu'il passait toute la journée là, coincé entre le kiosque téléphonique et la boîte aux lettres rouge vif.

Ses bras chauds me serraient fort, je pris assez d'assurance pour poser la question qui me trottait dans la tête depuis quelques heures.

— Tes parents savent pour moi ?

— Plus ou moins.

Comment devais-je interpréter cela ? Je desserrai mon étreinte. Mal à l'aise, je levai les yeux vers les siens.

— Ils disent quoi ?

James prit ma main et la caressa avec son pouce.

— Ils peuvent dire ce qu'ils veulent. C'est ma vie, je choisis qui je vais épouser et avec qui je veux vivre.

— Ils sont d'accord ?

James me donna un petit coup de bec sur le nez.

— Nous ne sommes pas en Italie, Bianca. Les gens sont libres de faire ce qu'ils veulent ici.

Je mordillai l'intérieur de ma joue. Et si ses parents détestaient les étrangers ? Auraient-ils souhaité une femme anglaise pour leur fils ? Et si le père de James était comme Papà, pas d'accord avec ce mariage ? Serions-nous exilés comme Vittorio ?

— Tout ira bien, mon amour.

Nous nous promenâmes dans le parc puis nous prîmes place sur un vieux banc en chêne.

— La date du mariage a été fixée, me dit-il en tenant ma main.

— Quand ?

— Le 12 décembre.

Une étincelle brilla dans ses yeux, moi, je ravalai ma déception.

Je voulais un mariage d'été avec une réception en plein air. Une belle robe blanche en *organza* brodée de perles. De belles chaussures en soie à talons hauts bordées de dentelle. Un joli bouquet de fleurs d'oranger, de freesias blancs. Peut-être du lierre se faufilant entre leurs tiges.

98

Au lieu de cela, je devrais porter un manteau par-dessus ma robe de mariée ou un lourd châle pour me tenir chaud. Sans parler des bottes s'il neigeait. Et mes demoiselles d'honneur ? Je ne les verrais pas courir partout dans des robes à manches courtes.

Une boule se forma au fond de ma gorge.

— Pourquoi pas été ? demandai-je.

James se tourna pour me regarder.

— Ça me tue d'être séparé de toi. Je veux que nous soyons ensemble. Maintenant. Et je vais être honnête avec toi, car je ne veux pas de secrets entre nous. Je n'ai pas les moyens de faire tous ces allers-retours.

— Les moyens ?

— Je n'ai pas beaucoup d'argent.

Je fixai ma bague, des larmes roulaient sur mes joues. James avait sacrifié une énorme somme d'argent pour acheter cette pierre qui me regardait.

— Ne pleure pas, Bianca, dit-il en essuyant mes larmes avec son pouce. Nous ne serons pas toujours à court d'argent, je te le promets.

L'inquiétude se lisait sur ses traits. Étais-je égoïste ? Cet homme m'aimait et faisait tout pour me faire plaisir, et j'agissais comme une enfant gâtée.

Je pris son visage dans mes mains. Nous aurions notre mariage en décembre, et j'espérais qu'il soit très simple finalement. Pas besoin pour James de dépenser beaucoup pour une énorme réception. Nous avions besoin de cet argent pour notre avenir.

En l'embrassant sur les lèvres, je fis deux promesses. La première : un jour, nous serions riches. Assez riches pour avoir tout ce qu'on voudrait, quand on le voudrait. La deuxième : je ne montrerai plus jamais d'émotions négatives.

J'aimais cet homme, j'étais prête à le soutenir quoi qu'il arrive. L'un des vœux de mariage était 'dans la richesse et la pauvreté…' Dans mon livre de règles, il n'y aurait pas de pauvreté. J'y veillerais.

Dès qu'on se marierait et qu'on vivrait à Londres, je contacterais les boutiques de mode. Au bon endroit avec une meilleure connaissance de l'anglais, je trouverais un travail.

Je devais le faire.

***

Le samedi suivant, James vint me chercher à l'usine pour visiter Londres. Que nous deux. J'avais attendu cette occasion. Sans mes chaperons, j'allais visiter les boutiques de mode.

Nous déambulâmes main dans la main dans Carnaby Street ; le paradis de la mode à Londres. Quel bonheur !

Je ne savais pas où donner de la tête. Les vitrines criaient la mode, m'attirant vers elles comme un aimant.

Cependant, une boutique retint mon attention. Elle se distinguait par sa façade rouge cerise. La couleur me rappelait ma maison en Italie.

Les vitrines présentaient deux mannequins portant des robes élégantes. Rien de plus. Rien de fantaisiste. Rien d'extravagant. On m'avait toujours dit que moins était un signe de qualité. Trop de choses montraient un manque de classe et apportaient de la confusion.

— James, qu'est-ce écrit sur papier dans fenêtre ?

Je lui montrai ce que je supposais être une offre d'emploi.

— C'est une annonce pour un créateur de robes.

Mes mains devinrent moites.

— Tu penses peut-être bon pour moi ?
— Pourquoi pas. Tu veux entrer et demander ?
— Tu demandes. Mon anglais pas très bon.

James poussa la porte, un tintement annonça notre arrivée.

L'intérieur respirait l'élégance et la classe. Ses hauts murs affichaient des dessins en noir et blanc encadrés du même rouge que la façade de l'immeuble. Deux élégants canapés en velours se faisaient face ; une table basse ovale remplie de magazines de mode les séparait.

Une jeune femme vêtue d'un tailleur noir vint nous accueillir.

— Puis-je vous aider ?

James se racla la gorge.

— Oui. Ma fiancée souhaite postuler pour le poste affiché dans la vitrine.

— Ah, oui, l'annonce.

Elle s'empressa de la retirer.

— J'ai bien peur d'avoir oublié de l'enlever. Quelqu'un a été embauché ce matin.

James se tourna vers moi.

— Désolé, mon amour, le poste est pris.

Mes espoirs s'effondraient.

— Pas grave, je mentais, et nous fîmes demi-tour pour partir.

— Une minute, fit une voix derrière nous.

Un homme d'âge moyen avec d'épais cheveux poivre et sel, extrêmement bien habillé dans un costume noir élégant, s'approcha. Avec sa bonne mine et sa posture assurée, il aurait pu être mannequin.

— Mon nom est Roger Eastgrove.

Il tendit la main, James la serra.

— Je suis le gérant, et je dois dire que votre femme porte une jolie robe. Puis-je vous demander où elle l'a achetée ?

Je tirai sur la manche de James.

— Il dit quoi ? chuchotai-je. Je comprends pas tout. Il parle trop vite, mais il dit ma robe.

— Il veut savoir dans quel magasin tu l'as achetée.

James articula chaque mot en utilisant un langage simple.

— Je fais ma robe.

— Je sais, mon amour.

James se tourna vers l'homme, parla lentement, me permettant de suivre la conversation.

— C'est ma future femme, commença-t-il. Elle est italienne et la robe est l'une de ses créations.

L'homme haussa un sourcil.

— Fabuleux.

Il me regarda de haut en bas avant de sortir une carte de visite.

— Comme mon assistante vous a dit, nous venons d'embaucher quelqu'un, mais qui sait, peut-être qu'à l'avenir, si votre fiancée cherche encore du travail, elle pourra me contacter.

James pris la carte et me la tendit alors que la porte s'ouvrait et deux dames entraient.

— Si vous voulez bien m'excuser, fit le gérant en me tendant la main. Je dois organiser quelques essayages.

Nous sortîmes et rejoignirent la rue animée. Je caressai la carte qui s'avéra aussi élégante que la boutique.

— Je garde la carte ? demandai-je, craignant que, comme Papà, il ne refuse de me laisser avoir des contacts avec des étrangers.

— Bien sûr. Après le mariage, une fois que nous serons installés à Londres, si tu veux toujours tenter ta chance, tu pourras le contacter.

— Bien sûr, je veux ! et je me jetai dans ses bras.

James me serra fort, je m'imprégnai de sa chaleur.

J'avais un homme qui m'aimait, qui était d'accord pour que je fasse carrière. Que pouvais-je demander de plus ?

Mon avenir s'annonçait bien.

***

— Nous avons fixé la date du mariage, dis-je, en évitant le regard de Florinda. Je savais qu'elle serait déçue quand je lui annoncerai la date.

— Te connaissant, t'as choisi un mariage en juin ou en août.

Tête baissée, j'examinai le linoléum.

— Décembre.

— Quoi !

En deux grands pas, Florinda se plaça devant moi, me scrutant à travers des yeux plissés.

— Pourquoi si vite ? T'as fait des bêtises ?

Je la repoussai des deux mains.

— James est un gentleman, et tu le sais !

— Alors pourquoi si vite ? Pourquoi ne pas attendre l'été ou le printemps prochain ?

Je fixais le visage frustré de ma sœur.

— James veut que nous soyons ensemble le plus vite possible. Il déteste nos longues séparations. Et moi aussi.

— Cette relation est étrange depuis le début.

Florinda pencha la tête sur le côté et soupira.

— Tu dois être follement amoureuse de cet homme. Vous vous êtes rencontrés en avril, fiancés en mai, et maintenant vous allez vous marier en décembre.

Florinda avait raison. J'étais amoureuse de James, prête à prendre le risque.

— D'une certaine façon, je t'envie, dit Florinda en regardant par la fenêtre.

— Tu as rencontré l'homme de ta vie. Tu vas devenir sa femme, et je vais perdre ma sœur. Je serai ici toute seule, sans ma famille.

— Tu peux…

En un éclair, ma sœur se retourna et me coupa la parole.

— Et ne dis pas que je peux retourner en Italie, parce que ça n'arrivera pas.

— Ce n'est pas ce que j'allais dire, murmurai-je. Tu peux toujours venir vivre avec nous.

Florinda s'affaissa sur le lit, les épaules relâchées, les lèvres frémissantes.

— Je suis vraiment contente pour toi, Bianca. Sincèrement.

Je m'assis à côté d'elle et la serrai dans mes bras. Peu importe ce que je disais, rien ne pourrait apaiser sa douleur. Ma seule et unique sœur m'avait suivie en Angleterre, avait abandonné sa famille et son pays pour être avec moi, et je l'abandonnais à nouveau. Cependant, cette fois, elle ne pourrait pas me suivre. Elle resterait ici, continuerait à travailler à l'usine jusqu'à... jusqu'à quoi ?

Florinda s'accrocha à moi. Nous restâmes ainsi pendant un bon moment. Si cela lui apportait un peu de réconfort, qui étais-je pour me plaindre ?

Quand ses sanglots furent enfin calmés, je tirai un cheveu de son visage et la regardai droit dans les yeux.

— Un jour, tu trouveras aussi l'amour de ta vie, et nous serons toutes les deux heureuses.

Chapitre 11

Novembre 1959

Est-ce que j'avais pensé à tout ? Toutes mes affaires étaient-elles emballées ?

J'ouvris ma valise une nouvelle fois, touchai chaque objet soigneusement. Je ne pouvais pas me permettre d'oublier quoi que ce soit. Surtout ma robe de mariée. Je ne reviendrais pas. À moins que ma belle-famille ne le décide.

James prenait beaucoup sur lui. Non seulement il allait épouser une étrangère, mais en tant qu'anglican épousant une catholique, il devait suivre des cours pour apprendre la foi catholique et promettre d'élever nos enfants comme des catholiques également.

Au début, il fut un peu dubitatif, expliquant qu'il ne s'était jamais intéressé à la religion, qu'il s'agisse de l'Église anglicane ou de la religion catholique. Cependant, si cela signifiait que je puisse me marier avec la bénédiction du prêtre, il était prêt à faire l'effort.

La partie la plus angoissante pour James fut d'obtenir la permission de l'armée pour pouvoir se marier. Il devait obligatoirement obtenir l'approbation du commandant du régiment de cavalerie.

De mon côté, j'avais écrit à ma mère pour lui faire part de mon projet de mariage avec James. J'avais besoin de documents spéciaux de la part de l'église. Il fallait prouver que je n'avais jamais été mariée ou divorcée.

Dix jours plus tard, je reçus les documents accompagnés d'une longue lettre de sa part.

Mammà avait commencé par me donner des nouvelles de la famille, ce qui m'avait fait sourire. Tout le monde allait bien, heureux de mon futur mariage. Je doutais que Papà soit du même avis. Ce n'était pas lui qui avait choisi mon mari.

Mon sourire fut de courte durée. Ma gorge se noua lorsque je tournai la page.

Ils ne venaient pas pour le mariage.

Au fond de moi, je le savais, mais je gardai une étincelle d'espoir. Je fus certaine que Papà ne serait pas présent. Mammà, bien sûr, ne prendrait pas la décision de venir seule. Quand était-elle allée à l'encontre de la volonté de mon père ? De plus, elle avait dit qu'elle devait s'occuper des garçons.

Elle m'avait envoyé un souvenir. Un carnet avec toutes ses pensées depuis mon départ. Elle s'était épanchée sur le papier, ses mots m'avaient laissée avec une douleur qui me rongeait encore. Tant d'encouragements pour ma nouvelle vie.

Avec tous les documents nécessaires ainsi que la robe de mariage que Florinda m'avait aidée à confectionner, j'étais prête à partir. En raison des règles de l'église, je devais vivre dans la paroisse de mon mariage pendant six semaines avant la publication des bans.

Je vivrais avec la famille de James à Chilworth, un village du comté du Surrey. Un voyage d'une heure et demie en train depuis Londres, suivi d'un trajet en car.

J'appréhendais cette première rencontre avec mes futurs beaux-parents, mais si la mère était comme son fils, je n'avais pas de souci à me faire. Ma future belle-mère avait écrit aux autorités en expliquant qu'elle prendrait l'entière responsabilité de moi jusqu'au mariage. J'espérais qu'elle ne regretterait pas sa promesse.

— Bianca ? dit Florinda, attendant patiemment à la porte de notre appartement.

Je me retournai et me demandai si son visage triste correspondait au mien.

Je me précipitai dans ses bras et la serrai très fort. C'était devenu une habitude. Que des câlins et des baisers depuis notre arrivée en Angleterre. Je me demandai qui en avait le plus besoin en ce moment, moi pour partir ou ma sœur pour rester. Peu importe. Nous avions toutes les deux un besoin désespéré de contact physique.

— Je suis contente qu'Ornella t'accompagne à la gare, dit-elle en essuyant ses larmes. Tu es si courageuse.

Je reniflai puis laissai échapper un énorme soupir. Je reverrai Florinda dans six semaines, une absence plus longue que lorsqu'elle était allée en Italie. Seulement, à cette époque, j'étais avec James. Pendant l'absence de ma sœur, il m'avait rendu visite tous les jours. Chez ses parents, James ne viendrait que le week-end.

— Je te verrai au mariage, dit Florinda avant de m'aider à porter la valise dans le couloir.

Malgré le manque de chaleur de cet immeuble, il avait été cependant, mon foyer pendant plus d'un an depuis mon arrivée en juin 1958. Ce serait désormais la résidence de Florinda jusqu'à ce qu'elle décide de ce qu'elle allait faire.

Je n'étais pas triste de quitter l'endroit, un peu contrariée de quitter ma sœur, mais je devais regarder vers l'avenir. J'avais choisi de prendre ce chemin, comme j'avais choisi de quitter l'Italie pour ma liberté.

***

Le train avait du retard.

Ornella prit mes mains, nous frissonnâmes ensemble. J'avais du mal à me réchauffer sur le quai plein de courants d'air. Nous avions pris le bus de Long Sutton à la gare de Spalding. À partir de maintenant, j'étais seule.

Après un voyage en train de deux heures, j'arriverais à la gare de Kings Cross où je devrais traverser Londres jusqu'à la gare de Waterloo pour prendre le train pour Guildford — la dernière étape du voyage. James avait promis de me retrouver à Waterloo. Il fallait juste traverser Londres et trouver la bonne gare.

Le train finit par arriver, Ornella me serra la main.

— Tu vas t'en sortir, n'est-ce pas ?

— Bien sûr.

J'affichai un visage courageux, mes entrailles tremblaient. De froid ou d'anxiété ? Sans doute les deux. Je n'avais jamais voyagé seule. Encore moins dans un pays étranger.

Le vieux train entra en gare dans un grincement aigu. Quelques passagers descendirent avant que je hisse ma valise dans le wagon.

— *Ciao*, fit mon amie. Je te verrai au mariage.

Le sifflet perçant du chef de gare annonça le départ. Je fis un signe d'au revoir et m'installai sur un siège côté fenêtre. Ma valise resta devant mes pieds, trop lourde pour la mettre sur le porte-bagages au-dessus ma tête. De plus, je n'avais aucune envie de demander de l'aide. Si la personne descendait avant moi, qui récupérerait ma valise une fois à destination ?

Le train fit un bond en avant, sortant lentement de la gare. Avec mon front contre la fenêtre, je regardai le paysage défiler. De temps en temps, je baissais les yeux sur le papier dans ma main. James m'avait envoyé des instructions pour me rendre de Kings Cross à Waterloo. Pourvu que je ne me trompe pas dans un moment de panique.

En regardant ma main, j'admirai ma bague, serrant mon sac à main plus près de moi. Il contenait une belle somme d'argent. Les filles voulaient me faire un cadeau d'adieu. Elles savaient que je ne pouvais pas porter quelque chose d'encombrant, j'avais déjà du mal à transporter ma lourde valise. Florinda avait suggéré de l'argent. Je ne m'attendais pas à ce qu'elles soient si généreuses. En fait, je ne m'attendais à rien du tout.

Le train sortit de la gare de Peterborough. Un autre endroit morne. Bien que beaucoup plus grande que celle de Spalding, elle n'avait pas le même aspect attirant. Des bâtiments en briques rouges avec de grands hangars pour les wagons dominaient l'endroit, des abris en fonte sur les quais pour protéger les passagers.

Quelqu'un toussa tout près, je gardai la tête baissée. Une sueur froide parcourut mon corps lorsque l'homme toussa à nouveau. Pourquoi insistait-il ? Il y avait d'autres places vides dans le wagon. Pourquoi voulait-il s'asseoir ici ?

Sans lever les yeux, je sortis quelque chose en anglais :

— S'il vous plait, partez.

L'homme tapait d'un pied impatient sur le sol. Allait-il rester planté là pour le reste du voyage ? Je devrais peut-être changer de wagon.

— Bianca.

Je levai les yeux vers ceux de James et fondis en larmes.

Il attrapa ma valise, la hissa sur le porte-bagages avant de s'asseoir et de m'entourer d'un bras. Je pleurai contre sa poitrine jusqu'à ce qu'il n'y ait plus de larmes à verser.

— Ça va mieux ? me demanda-t-il.

— Tu me fais peur. Je n'attends pas toi dans le train maintenant.

Il essuya mes larmes avec le dos de sa main.

— Je m'inquiétais. Je ne voulais pas que tu erres dans Londres pour trouver la bonne gare.

— Pourquoi tu dis pas c'est James ? Je pense c'est mauvais homme.

James laissa échapper un petit grognement.

— Je voulais te faire une surprise. N'es-tu pas heureuse de me voir ?

— Si. Mais je peur.

— Désolé, mon amour. J'aurais dû m'en douter.

— Je ne suis pas belle, dis-je en sortant un miroir de mon sac à main.

James enfouit son visage dans mon cou.

— Tu seras toujours belle pour moi.

Il devait plaisanter. Des yeux gonflés et un nez rouge me fixaient du miroir. Il voulait me surprendre, c'était chose faite. Mais après m'avoir effrayé. Qu'aurais-je fait si cela n'avait pas été lui ? Je n'avais personne pour traduire. Personne pour s'occuper de moi.

Pour la première fois, je commençai à voir les choses sous un autre angle. Et si l'attitude possessive de mon père avait aussi été de me protéger ?

***

Nous descendîmes du car à Chilworth. Un paysage typiquement anglais, d'après mes livres d'école, s'étendait devant moi. Le charme et la tranquillité de la campagne me firent chaud au cœur. Le véhicule s'éloigna tandis que je tournai ma tête de droite à gauche, attentive au paysage. Quelques fermes se tenaient serrées les unes contre les autres au loin, chacune entourée de différents animaux.

Portant ma valise, James me conduisit sur la petite route de campagne.

— Ça, c'est la salle des fêtes, dit-il en désignant un bâtiment. Notre maison est la dernière du village, à côté du cimetière.

Le cimetière apparut, apportant le roucoulement paisible des tourterelles. La température avait chuté, me faisant frissonner, ou était-ce l'anxiété de rencontrer la famille de James ?

Je m'accrochai à la manche de son manteau, ravalant mon inquiétude. Qu'allaient-ils penser de moi ? James se retourna et ses lèvres se retroussèrent. Bien que son sourire n'ait pas réussi à apaiser mes craintes, je savais qu'il resterait à mes côtés. Il ne laisserait pas ses parents annuler le mariage. James savait ce qu'il voulait.

L'odeur de la mousse montait dans l'air. De temps à autre, la brise fraîche apportait le parfum de la terre humide et de la paille, me rappelant la maison de campagne de *Zia* Maria à Corbara, là où je passais la plupart de mes vacances avec ses poules et sa chèvre têtue.

Que de bons souvenirs.

Le cœur battant, j'observai la façade de la maison de James en briques rouges. Pas aussi grande que je l'avais imaginé. En fait, beaucoup plus petite que ma maison en Italie. Cependant, elle avait l'air accueillante. Tant mieux. Je vivrais ici pour au moins les six prochaines semaines.

James me scruta le visage, inquiet.

— Ça va, Bianca ?

Je hochai la tête avant qu'une grande femme ouvrit la porte. Elle devait être la mère de James. Même ligne de mâchoire, même regard pétillant. Ses cheveux gris étaient coupés court, et elle portait une paire de lunettes à monture noire, mettant en valeur ses yeux sombres. Un large sourire se répandait sur son visage. Je fus immédiatement sous son charme. Toutes mes craintes de rencontrer ma future belle-mère s'envolèrent. Je m'étais imaginée une dame fière au visage renfrogné comme ceux de certaines femmes de notre village.

Elle fit une petite bise sur la joue de son fils avant de me prendre dans ses bras. Au début, je me retins, ne sachant pas comment réagir. Après quelques secondes, je me détendis et enroulai mes bras autour d'elle. Elle sentait comme Mammà, le savon et la lavande. Je repoussai des larmes qui menaçaient de couler.

— Bienvenue, Bianca.

— *Grazie...* euh... merci, bégayai-je, surprise par cet accueil chaleureux.

Je suivis James et sa mère dans le salon où le reste de la famille attendait.

— Voici mon père, dit James en désignant un homme, affichant un air d'autorité.

— C'est un plaisir, dis-je en prenant sa main tendue.

Ses yeux bleu vif et son faible sourire adoucissaient ses traits, mais il ne fallait pas embêter cette personne. Sa poignée de main déterminée en disait long.

— Mon frère, John.

— Bonjour, belle-sœur, plaisanta-t-il.

Dans son sourire et ses yeux brillants, je vis une version plus jeune de son père. Il prit ma main, la serra chaleureusement.

— Enfin, ma plus jeune sœur, Pam.

La jolie adolescente au sourire espiègle approcha, et comme sa mère, me fit un câlin. Je fus immédiatement attirée vers elle, en espérant que nous nous entendions bien.

— Mes trois autres sœurs ne vivent plus ici, dit James en me tenant la main. Elles sont mariées. Tu les rencontreras avec leurs familles au mariage.

— Je suis heureuse être ici, dis-je, et je le pensais vraiment.

La maison n'était que sourires et rires. Chaque personne parlait d'une voix chaude et calme. Pas de cris, pas de bouderie, pas de bagarre. Tellement différent de ma maison en Italie. Une chaleur émotionnelle inondait cet endroit. Une chaleur qui venait de chacun d'entre eux. Quelque chose dans cette famille me réconfortait.

Chaque personne a besoin d'un port, d'un endroit où s'attacher pendant un moment. Je pensais que le mien était ici.

***

Deux semaines s'étaient écoulées depuis mon arrivée, je commençai à apprendre l'anglais avec Pam. Étant écolière, elle passait la plupart de son temps à étudier. Comme elle aimait m'apprendre de nouveaux mots et expressions, je faisais des progrès rapides. La seule chose que je n'arrivais pas à maîtriser, était l'accent anglais. Cela ne me dérangeait pas. Si les gens me comprenaient, c'était suffisant. D'ailleurs, qui a besoin d'un accent parfait pour créer des vêtements de mode ?

J'étais occupée à préparer de la sauce tomate pour le déjeuner quand on frappa à la porte. Le docteur. Le père de James était tombé de son vélo en rentrant du travail et s'était blessé à la jambe. Il se reposait dans son lit. Comme ma belle-mère s'était fait mal au dos, elle était également au lit.

Essuyant mes mains sur le devant de mon tablier, j'ouvris la porte et tombai nez à nez avec un homme grand et mince portant une mallette noire. Il se tenait debout avec la posture d'un soldat, vêtu d'un long manteau marron, et d'une écharpe de laine usée, serrée autour du cou. Il ressemblait à tout sauf au stéréotype d'un docteur, bien plus âgé que je ne l'avais imaginé. Si les parents de James lui avaient demandé de venir, ils lui faisaient confiance. Qui étais-je pour juger ?

— Je suis le Docteur Stevens. Il me salua d'un bref hochement de tête. Vous devez être la bonne.

Il força un sourire, qui n'adoucit pas ses traits. Je pris immédiatement cet homme en aversion.

— Je ne suis pas domestique, répondis-je avec mon meilleur accent anglais.

Ce n'était pas parce que je portais un tablier avec un foulard noué autour des cheveux qu'il devait en faire des déductions hâtives. S'il était aussi précis dans son diagnostic que dans ses suppositions sur mon statut, on n'était pas sorti de l'auberge.

Il passa brusquement devant moi et disparut dans les escaliers. Je retournai à ma cuisine.

Peu de temps après, des bruits de pas résonnèrent dans les escaliers.

Laissant ma cuisine, je me dirigeai dans le couloir pour le laisser sortir. Avant que j'aie eu le temps d'arriver, il ouvrit la porte sans même me saluer, et quitta la maison à toute vitesse.

Bouche bée, je secouai la tête. En Italie, lorsque le médecin venait en visite, il restait toujours pour prendre un café ou un verre de vin, discuter avec la famille. Apparemment ce n'était pas le cas en Angleterre.

Troublée, je retournai à mes tâches ménagères.

***

Trois jours plus tard, un policier nous rendit visite.

La mère de James était rétablie. Heureusement. La maison était morose sans personne à qui parler.

Le policier était sans doute là pour moi. Depuis mon arrivée en Angleterre, tout changement d'adresse devait être signalé à la police. Cela continuerait jusqu'à mon mariage. Pour les autorités, j'étais une étrangère. Une citoyenne non britannique. Et jusqu'à mon mariage, je le resterais.

L'homme se tenait raide dans son uniforme, le menton haut, les épaules en arrière, le torse bombé. Son regard se posa sur moi un instant. Petite, la peau foncée, des yeux vert d'eau. Personne ne pouvait me prendre pour une britannique.

Je faisais tourner ma bague de fiançailles avec mon pouce, en l'écoutant parler à ma future belle-mère. Mon beau-père était toujours au lit. J'aurais préféré qu'il soit là pour s'occuper du policier, mais Mum, comme elle m'avait demandé de l'appeler, s'en sortait plutôt bien. Elle tenait bon, ne montrant aucune crainte. Pas le moins du monde inquiète ou affectée par le policier. Mammà n'aurait pas été capable de s'affirmer ou prendre les choses en main.

Il posa quelques questions à ma belle-mère, sans jamais s'adresser directement à moi. L'arrière de mon cou commençait à me démanger. Son regard me rappelait celui de Vittorio. Le visage hautain, un regard direct donnait l'impression qu'il était supérieur aux autres.

Contrairement à mon frère, le policier n'éleva jamais la voix, ne montra aucune animosité. Du coup, sa nature calme me fit reconsidérer ma première impression. Il ne faisait que son travail. Depuis notre arrivée en Angleterre, la police contrôlait régulièrement les filles. S'assurant que nous étions toujours dans le pays, que nous allions bien.

— Donc vous voyez, elle est toujours avec nous, dit Mum. Une pointe de sarcasme teintait sa voix. J'espérais que cet incident ne la ferait pas arrêter pour impolitesse.

Apparemment satisfait, le policier nous salua puis quitta la maison. Je courus à la fenêtre. Il mit son casque sur sa tête, et monta sur son vélo.

— Ne t'inquiète pas, Bianca. C'est la routine, ma chère, dit Mum en me tapotant le dos.

L'admiration m'envahit.

Chez moi, seuls les hommes parlaient avec d'autres hommes. Ils ne laissaient jamais les femmes s'occuper d'autres choses que des tâches ménagères.

Je levai la tête et rencontrai son sourire. Elle avait un regard espiègle. Un regard que j'aimais bien. J'espérais qu'un jour je serais comme elle. Cette femme respirait la confiance. C'était peut-être le moment de lui confier mon secret. Il pesait si lourd sur ma poitrine qu'il commençait à m'étouffer.

— Mum, dis-je d'une voix calme.

— Oui, ma chère ?

— Je vais dire quelque chose. Mais, ne pas dire à James.

Je vis le regard perplexe sur son visage, immédiatement je regrettai d'avoir entamé cette conversation.

— Qu'est-ce que c'est, Bianca ?

Il était trop tard pour reculer et ne rien dire. Comment réagirait-elle ?

— J'ai l'argent.

— Comment ça, tu as de l'argent ?

Je sortis deux enveloppes de la poche de mon tablier et les ouvris. Les yeux de ma belle-mère s'agrandirent.

— C'est beaucoup d'argent, Bianca.

— Oui. Une enveloppe est l'argent des filles de l'usine. Cette enveloppe est l'argent Mammà me donne pour d'urgence.

Je fermai les enveloppes avant de les enfouir au fond de ma poche.

— Si James fait mauvaises choses ou mon mariage marche pas, je retourne Italie. C'est ticket de retour.

Mon estomac se crispa. Que penserait-elle de moi ? James travaillait dur et payait ses parents pour ma pension alors que j'avais de l'argent. J'espérais qu'elle comprenne ma position. Je n'aurais jamais fait de mal à James. Mais pour le moment, j'avais besoin d'une sorte de filet de sécurité.

Mum pinça la peau de sa gorge.

— James n'est pas comme ça, dit-t-elle. Mais si ça te rassure, je garderai ton secret.

— Merci.

Elle déposa un baiser sur le dessus de ma tête.

— Je suis heureuse que tu me fasses confiance.

Je lui pris sa main et l'embrassai. C'était une sacrée femme.

Chapitre 12

Décembre 1959

— Tu es si jolie, dit Florinda, ses lèvres contre ma joue.

Assise devant le miroir, je mettais mon voile en place avant qu'une larme égarée roule sur ma joue. Je l'essuyai avec mon mouchoir, priant pour que mon mascara ne coule pas — même s'il était waterproof.

— Je n'arrive pas à réaliser que je vais me marier.

— Tu peux toujours dire non, dit ma sœur en riant.

— Florinda !

Ma robe tombait en cascades lorsque je me levai. Elle était fabriquée dans le satin le plus fin. De la dentelle recouvrait mon cou et mes bras, sans oublier les plis rassemblés pour mon voile. La robe m'allait comme un gant. Pas de plis remontant dans mon dos, pas de tissu traînant sur le sol. Elle avait été faite sur mesure, j'en étais fière.

— A plus tard, murmura Florinda avant de quitter la pièce.

L'un des oncles de James allait l'escorter avec Ornella jusqu'à l'église catholique de Guildford. Un trajet de quinze minutes. Les samedis signifiaient toujours plus de voitures sur les routes. Je doutais que beaucoup de gens s'aventurent dehors par un jour froid de décembre. Je pouvais me tromper. Les Anglais ne ressentaient pas le froid autant que moi.

Enfilant mes gants en dentelle, je pris mon bouquet avant de sortir de ma chambre.

***

Je descendais de la vieille Bentley, prêtée pour le mariage par un cousin éloigné de James. Il me semblait que son nom était Rex. Avec cette grande famille, j'avais du mal à me souvenir de tous.

Malgré le froid de décembre, mes mains étaient chaudes et moites. J'entrai dans la petite église du XIXe siècle de Saint Mary, mon cœur battant contre ma poitrine. Je pris le bras de Rex tout en gardant les yeux fixés sur James qui attendait à l'autel. Rex serra mes doigts, une boule se forma au fond de ma gorge. Je devrais être avec Papà, écoutant ses paroles rassurantes. Pas cet étranger, murmurant des mots que je ne comprenais pas.

Je serrai mon bouquet tandis que mes pieds faisaient des pas déterminés sur les pierres froides du sol. C'était mon premier événement de la vie loin de chez moi, je n'avais pas d'autre famille que ma sœur pour s'en réjouir.

Les hautes fenêtres s'élevaient au-dessus de moi, ouvrant la voie à l'autel. Les têtes se tournèrent alors que je me déplaçais au rythme de la Marche Nuptiale. Les invités étaient vêtus de lourds manteaux. Certains portaient des chapeaux ; la plupart des femmes des gants fins.

Tristement, je regardai autour de moi. À part Florinda et Ornella, l'église était composée de la famille et des amis de James.

Mon regard se posa sur Margaret et Christine, les deux demoiselles d'honneur qui marchaient devant moi. Les pauvres chéries frissonnaient dans l'air froid de l'église. Toutes deux portaient une simple robe à manches courtes d'un bleu pâle, une couronne de fleurs fraîches sur la tête. Avec leurs courtes boucles blondes, elles ressemblaient à de petits anges, chacune arborant un air réjoui qui me faisait sourire malgré ma tristesse due à l'absence de ma famille.

Les magnifiques vitraux rayonnaient. La lumière du soleil filtrait dans l'église, baignant l'allée et les bancs de spectres de couleurs. Nous n'avions pas de tels vitraux dans mon village. Je devais admettre que l'atmosphère chaleureuse me plaisait, avec les bougies allumées et l'odeur des vieux livres de prières.

Toutes mes craintes disparurent lorsque James se tourna et croisa son regard avec le mien. Ses yeux sombres se promenèrent sur moi d'une manière qui me montrait qu'il approuvait. Dans peu de temps, je serais la femme de cet homme, je porterais son nom.

L'écho de mes pas s'arrêta lorsque je me trouvai à côté de mon futur mari dans son uniforme de Garde de la Reine. Il me tendit la main, je sus que je serais heureuse avec cet homme. Les efforts qu'il avait faits pour que nous puissions nous marier dans une église catholique prouvaient son amour pour moi. Mammà serait si fière de lui.

Le prêtre commença la cérémonie, je regardai la croix au-dessus de l'autel, attendant le moment pour prononcer mes vœux. Je les avais répétés encore et encore, déterminée à bien les prononcer. La plupart des gens disaient que mon accent était agréable à entendre. Charmant même. Je devais les croire sur parole.

Lorsque James prononça ses vœux, une agréable chaleur m'envahit. Ce n'était pas un mariage de convenance. L'homme qui se tenait à côté de moi, disant à tout le monde qu'il promettait de me soutenir dans les moments difficiles, était l'homme que j'avais choisi. Pas la personne que mon père m'imposait.

— ...jusqu'à ce que la mort nous sépare.

La voix de James me sortit de mes pensées. Il me sourit, je sus que j'avais trouvé mon prince. J'aimais croire que nous resterions ensemble dans cette vie et dans celle d'après.

James retira mon voile, se pencha pour effleurer ses lèvres contre les miennes. Pendant cette brève seconde, je n'eus aucun regret d'être Madame Delucey. Le nom sonnait bien. Il s'accordait bien avec Bianca. C'était mon nom maintenant. Florinda disait que ce n'était pas un nom très anglais. Et alors ? J'avais épousé l'homme. Pas son nom.

Le son des cloches résonna. Notre signal pour partir. James pris ma main la porta à ses lèvres avant de la placer dans le creux de son bras.

— Je t'aime, Madame Delucey.

Ses mots me réchauffèrent le cœur.

— Je veux que tu savoures chaque minute de ce jour spécial, continua-t-il. Et je te promets de te rendre heureuse jusqu'à la fin de mes jours.

Ses mots touchants me firent monter les larmes aux yeux. Je n'avais jamais pensé que quelqu'un pourrait m'aimer autant. James m'avait donné son nom, prêt à me rendre heureuse. Que pouvais-je demander de plus ?

Dehors, six de ses amis formaient une haie d'honneur avec leurs épées dégainées, captant le faible rayon de soleil sur les lames brillantes.

Les cloches se mirent à sonner. Leur bruit assourdissant n'était pas de longue durée. Trop froid pour s'attarder, les invités disparurent, impatients de rejoindre la chaleur de la salle des fêtes de Chilworth, où un repas chaud nous attendait.

***

J'observai quelques secondes la salle, stupéfaite.

116

Mon nouveau mari se tenait à mes côtés, lui aussi surpris par les magnifiques décorations dorées. De longues tables aux nappes blanches étaient recouvertes de plateaux remplis de nourriture appétissante. Plusieurs serveurs se tenaient près de la porte, attendant pour nous servir le repas.

La pièce vibrait de voix animées, nous fûmes accueillis par des applaudissements enthousiastes. Des chaises raclèrent le vieux parquet tandis que les invités se levaient, nous encourageant à venir vers la table d'honneur.

Tenant la main de James, je me dirigeai à ma place. Une fois assise, James m'embrassa, déclenchant les acclamations. À côté, Florinda et Ornella bavardaient tranquillement, regardant autour d'elles, riant de temps en temps.

— Quel beau couple ? dit quelqu'un à ma gauche.

Même si je ne comprenais pas tout ce qui se disait, j'adorai écouter les discussions et les rires des gens qui m'entouraient. C'était ma famille maintenant. Ils m'avaient accueillie chez eux. Je leur en serais éternellement reconnaissante.

— Tu fais une belle mariée, me dit James

— Tu es beau aussi, répondais-je, lui caressant sa joue.

Lorsque tout le monde fut calmé, James fit un signe de tête et les serveurs commencèrent à servir le repas.

— Vin rouge ou blanc ? demanda un jeune serveur, en montrant deux bouteilles.

J'ouvris la bouche pour répondre, James répondit à ma place.

— Ma femme prendra un verre de vin blanc.

Je me tournai dans sa direction.

— Nous buvons vin rouge à la maison. Papà sert toujours *Chianti* et *Valpolicella*.

James me regarda dans les yeux avant de murmurer :

— Crois-moi, le blanc est meilleur.

Ne pouvais-je pas choisir mon vin ? L'une des raisons pour lesquelles j'avais quitté l'Italie était justement de pouvoir prendre mes propres décisions.

Un verre de vin rouge pétillait sur la table voisine. Je m'abstins de dire quoi que ce soit et pris une gorgée de vin blanc.

— *Putana* !

Le liquide roula dans ma bouche avant de racler le fond de ma gorge lorsque j'essayai d'avaler. Je reposai le verre sur la table avant de prendre une énorme gorgée d'eau, essayant de calmer ma bouche et mon estomac en feu.

James rit de mon visage pincé.

— Et tu voulais un verre de rouge ?

À part l'incident avec le vin, la réception se passa bien. La famille de James était joyeuse, plaisantant, taquinant, s'amusant tout simplement. Tellement différent de ce que j'avais connu en Italie.

Un peu avant minuit, nous rentrâmes à la maison. J'avais une envie folle d'enlever mes chaussures. Avant d'entrer dans la maison, James pressa ma main contre ses lèvres, retenant mon regard. Pendant une seconde, je vis son visage ardent, alors qu'il me soulevait sans effort dans ses bras.

Il me serra contre lui et me porta pour franchir le seuil et monter à l'étage. Il s'arrêta un moment à la porte de la chambre et dit d'une voix étranglée,

— Je t'aime, Bianca Delucey.

Je posais ma paume sur sa joue.

— Je t'aime aussi, James.

Dans notre chambre, il défit ma robe. Elle tomba en plis, chatoyants autour de mes chevilles. L'air froid me donna la chair de poule. Ce n'était que le début de ce qui allait venir.

Mes yeux se promenèrent sur James pendant qu'il se déshabillait. Je n'aurais pas froid longtemps. Mes mains devinrent moites, une bouffée de chaleur me monta au visage, mon pouls s'accéléra. Une vague d'excitation m'envahit lorsque James tira les couvertures. Je pris sa main tendue, me glissai sous les draps.

J'allais me donner à cet homme. À mon mari. À la personne que j'avais choisi d'épouser de mon plein gré. À l'homme que je soutiendrais pour le meilleur et pour le pire.

Nous nous allongeâmes l'un en face de l'autre, mon corps se délectant de sa chaleur. Pas besoin de mots, nos yeux disaient tout. M'attirant davantage contre lui, il approfondit son baiser. Mes pensées s'envolèrent. Plus rien n'existait autour de moi. Que le goût de ses lèvres.

Après plusieurs longs moments, il se retira et me regarda. Il y avait de l'amour, du respect dans ses yeux.

— Bianca...

Je plaçai ma bouche sur la sienne. Je voulais tellement cet homme.

***

Quinze jours plus tard, James se précipita dans la maison, un grand sourire aux lèvres. Il me prit dans ses bras, m'embrassa avec fougue.

— Demain, nous partons pour notre nouvelle maison à Londres. Tu comprends, Bianca ?

J'acquiesçai de la tête.

Nous vivions avec les parents de James depuis notre mariage. Il était temps d'avoir notre propre appartement. La veille, nous avions fêté le réveillon de fin d'année avec tout ce que cela impliquait : manger, boire, rire.

J'avais un mari qui m'aimait, une famille qui se souciait de moi. Et la liberté.

Une nouvelle année était sur le point de commencer. Il était temps de regarder vers l'avenir. De trouver un emploi de styliste professionnelle. De vivre mon rêve.

Chapitre 13

1960

Ma gorge se noua lorsque j'entrai dans le petit appartement. Rien qu'en regardant le plancher déformé, j'avais le tournis. Deux petites fenêtres éclairaient la pièce. L'une donnait sur l'arrière-cour, l'autre sur la route principale. La peinture s'écaillait, un flux continu d'air froid s'infiltrait par les fissures entre le bois et le verre.

Le moral dans les chaussettes, je m'approchai de la fenêtre, effleurant de mes doigts les rideaux marron poussiéreux suspendus en lourds plis. Je ne m'attendais pas à entrer dans un appartement moderne, mais les rideaux et les meubles avaient connu des jours meilleurs. Sans doute à la mode il y a quelques décennies.

Une fois dans la chambre, nouvelle déception. Petite fenêtre, lino sur le sol, tout juste la place pour mettre un lit double.

Qu'avais-je espéré ? Un palais ? Pas avec le salaire de mon mari.

James passa un bras autour de ma taille.

— C'est jusqu'à ce qu'on trouve quelque chose de plus grand.

Je souris. Il fallait essayer de voir le bon côté des choses. Même si nous partagions la salle de bain sur le palier, au moins je n'aurais plus à sortir dans le froid pour aller aux toilettes comme chez les beaux-parents.

L'appartement semblait être un endroit assez agréable. J'achèterai du linge de maison et du tissu pour de nouveaux rideaux. Cependant, je ne voulais pas trop dépenser. Pour le moment, nous n'avions que le salaire de James. Quand je l'avais rencontré, il n'avait fait que la moitié de son service militaire de deux ans. Etant Garde de la Reine, la durée était de trois ans.

Mammà m'avait toujours dit d'économiser. Et je le faisais. Personne ne savait quand un imprévu pouvait survenir.

***

Je regardai autour de moi dans le salon, satisfaite. L'endroit était douillet. James ne cessait de me dire combien il était heureux. Trois semaines après notre arrivée, la pièce était meublée de rideaux et des coussins assortis.

Une chose me chiffonnait, cependant : ne pas avoir de balcon. Un endroit où sortir et profiter de la brise fraîche, pour regarder les étoiles en plein air. Il n'y avait pas beaucoup de balcons en Angleterre. Soit trop froid, soit trop humide. Le plus souvent, les deux.

En Italie, j'étais autorisée à sortir sur le balcon, à l'arrière de la maison, bien sûr, à l'abri des regards. Mon père ne voulait pas que je me donne en spectacle pour les garçons.

Un coup léger à la porte me fit sortir de mes pensées.

Madame Stratton, notre propriétaire, se tenait dans l'embrasure de la porte, les cheveux platine attachés en un chignon lâche, de petites lunettes en écaille de tortue perchées sur le bout de son nez, serrant son sac à main usé. Depuis le peu de temps que nous vivions ici, elle n'avait jamais porté d'autre couleur que le noir. Cette femme donnait l'impression d'être une femme stricte, alors qu'elle n'était que gentillesse.

— Je vais en ville, dit-elle, en utilisant ses mains pour accompagner ses mots. Voulez-vous venir faire un tour dans les magasins ?

Je n'étais pas d'humeur à me balader en ville, d'autant plus que l'argent manquait. Pas la peine de me mettre l'eau à la bouche si je ne pouvais pas en boire. J'étais sur le point de refuser lorsque la carte de visite de Carnaby Creations me revint à l'esprit.

— J'ai boutique spéciale à visiter, lui dis-je, en retournant dans l'appartement pour fouiller dans mon sac.

Elle entra, et je lui tendis la carte.

— Un homme me donne ça. Il dit je le contacte. Peut-être qu'il me donne un travail.

La vieille dame examina la carte pendant quelques instants.

— Allons-y, alors.

J'avais envie de crier sur les toits. J'enfilai mes chaussures et mon manteau, mis mon carnet de croquis dans mon sac et quittai l'appartement avec ma logeuse.

Un quart d'heure plus tard, nous arrivâmes à la boutique, nichée entre un café et une grande librairie. Je n'avais pas oublié la façon dont elle se distinguait par sa façade rouge cerise.

— Je vous laisse, ma chère, dit Madame Stratton, faisant un signe de tête vers la porte de la boutique.

En un éclair, mon corps devint chaud. Comment allais-je rentrer par mes propres moyens ? Je n'avais pas fait attention à la route, trop occupée à réfléchir à ce que j'allais dire au gérant. La chaleur monta à mes joues, ma bouche devint sèche.

Madame Stratton avait dû détecter mon désarroi. Elle posa une main sur mon bras.

— J'ai quelques courses à faire. Je serai de retour dans une demi-heure environ. Je vous attendrai ici.

Je hochai la tête, collai mon sourire le plus éclatant sur mon visage, puis j'entrai dans la boutique, portant la même robe que la dernière fois. Si le gérant ne se souvenait pas de moi, peut-être qu'il se souviendrait de ma tenue.

La robe me collait au dos, mes jambes étaient sur le point de céder. Et si tout cela n'était qu'une perte de temps ? S'il n'y avait pas de poste disponible ?

Au bout d'un moment, une femme apparut de derrière un rideau cramoisi. Avant que j'aie pu dire un mot, le gérant s'approcha, tel un acteur entrant en scène.

— Vous êtes revenue, ma chère.

— Oui. Ça fait longtemps. Je suis mariée, nous vivons Londres maintenant. Je suis Madame Delucey.

— Comme c'est charmant.

D'un geste du poignet, il congédia la jeune femme.

— Je vois que vous portez la même robe. Avez-vous d'autres modèles à proposer ?

S'il pensait que je n'avais rien d'autre à montrer, il avait tort. Je pris place sur une chaise, et lui tendis mon calepin de créations.

— Pas mal. Pas mal du tout, confirma-t-il en jetant un coup d'œil sur mes esquisses.

Un autre tintement, la porte de la boutique s'ouvrit à nouveau. Le gérant détourna son regard de mes dessins, je vis son visage passer de l'admiration à la frustration.

Je jetai un coup d'œil par-dessus mon épaule et fixai la personne qui marchait la tête haute vers nous.

— L'une de nos meilleures clientes, bien que difficile à satisfaire, chuchota-t-il. Si vous pouvez la contenter avec l'une de vos créations, je vous embauche.

Il se leva et s'empressa d'aller saluer la cliente.

— Madame Astley ! Qu'est-ce qui vous amène aujourd'hui ?

— J'ai besoin d'une tenue pour le mariage de ma fille.

Le ton arrogant de la dame laissait entendre qu'elle s'attendait à être servie sur le champ, qu'elle n'accepterait pas un non comme réponse.

— Vous avez de la chance. Voici Madame Delucey. Elle vient d'Italie, où elle a acquis la réputation d'être l'une de leurs meilleures créatrices.

D'où il sortait ça ?

— Si vous voulez bien vous asseoir, continua-t-il, je suis sûre que Madame Delucey pourra vous aider à choisir quelque chose d'époustouflant.

La dame s'assit en face de moi. Monsieur Eastgrove se tenait à quelques pas sur ma gauche, les mains derrière le dos, un énorme sourire sur le visage.

— Alors, vous êtes italienne, dit-elle en faisant glisser ses gants de cuir sur la table.

Je hochais la tête.

— J'ai besoin de quelque chose de différent. Une tenue qui fera tourner les têtes. Quelque chose à la mode. Je crois que les Italiens sont en avance sur nous sur ce point.

— De deux à trois saisons, répondis-je, en poussant mes croquis devant elle.

— J'aime celui-là, fit-elle en désignant une robe pêche au-dessus du genou avec un énorme nœud en satin noué autour de la taille.

Elle n'avait pas la bonne silhouette pour ce modèle. Pas assez grande. Pas assez mince.

Je tournai les pages, mais elle m'arracha le calepin des mains et fit défiler les pages jusqu'au modèle initial.

— Celui-là ! Elle pointa un doigt déterminé dessus. J'ai dit que je voulais que toutes les têtes se tournent.

Pas moyen ! Cela ne lui rendrait pas service. Sa carrure volumineuse devait être cachée, pas accentuée par une ceinture serrée autour de sa taille inexistante.

— Vous choisi ça, et toutes les têtes tournent. Mais pas pour bonne raison.

— Comment osez-vous !

Le gérant fit un pas en avant, mon regard le fit s'immobiliser sur le champ.

— Je dis que je pense, et je donne avis honnête. Je ne suis pas comme autres créateurs qui disent vous êtes jolie pour vendre robes.

Elle froissa ses gants.

— Mais je suis la cliente, et les clients sont des rois.

— Vous voulez être roi, alors soyez le roi. Pas avec moi.

Je ramassai mes créations, les regroupai pour les enfiler dans mon sac, et repoussai ma chaise pour me lever.

Son visage devint livide, un hoquet s'échappa du fond de sa gorge.

— Que suggérez-vous, alors ? Je suis la mère de la mariée, après tout.

Je revins vers le modèle pour les femmes plus rondes. Dans mon esprit vous pouvez être élégante même étant ronde si vous choisissez la bonne tenue.

— Ça c'est bien pour vous, dis-je en montrant le croquis. Robe droite en forme de A. Ourlet sous les genoux. Manches courtes avec tissu imprimé abstrait bleu et blanc.

— Je dois admettre que c'est un joli dessin, murmura-t-elle, une lueur dans les yeux. Je pourrais porter une large ceinture.

— Pas de ceinture. Vous portez une longue et ample veste en satin bleu marine par-dessus robe. Nous mettons bandes blanches autour des manches et col de la veste. Pour rappeler couleur blanche de la robe.

— Vous êtes sûre que cela m'ira ?

— C'est parfait pour vous. C'est généreux ici et ici, dis-je en tapant mes mains sur ma taille et mes hanches. Le bleu est bonne couleur pour les mariages. Très élégant.

— Peu de gens portent du bleu aux mariages, dit-t-elle, un peu inquiète.

— Alors vous êtes la première, et vous tourner les têtes. Tout le monde en Italie porte bleu pour mariages. C'est la mode.

Un léger sourire s'afficha sur ses lèvres, ses yeux pétillaient en regardant l'esquisse sur la page. Après quelques longues secondes, elle se tourna vers le directeur, lui adressa un discret signe de tête.

— Je vous fais confiance, Madame Delucey.

Je venais de décrocher mon premier emploi.

***

Je posai mon front sur la vitre et regardai dehors. Le ciel était recouvert d'une couverture anthracite si dense qu'il était difficile de faire la différence entre le ciel et l'horizon. Une pluie fine dégoulinait le long de la vitre. Le temps humide de juin commençait à me déprimer.

À chaque goutte qui tombait, j'imaginais les larmes de ma mère. Loin de sa fille qui ne reviendrait pas de sitôt. J'étais liée à ce nouveau pays par mon mari, une femme mariée n'abandonnant jamais sa moitié, quoi qu'il arrive. Mammà était un exemple vivant. C'était ainsi que les choses se passaient dans la famille.

Six mois s'étaient écoulés depuis que nous avions emménagé dans l'appartement. Mon expérience de la couture m'était très utile. J'avais réussi à changer la déco de l'appartement avant de décrocher le contrat avec Carnaby Creations. Satisfait de mes dessins, le directeur m'avait également demandé des broderies. Cet arrangement me convenait parfaitement.

Dehors, le vent changeait de direction, la pluie ne tombait plus contre la vitre, me permettant de distinguer les immeubles de l'autre côté de la rue. Ils étaient aussi mornes que le temps. Quelques-unes des fenêtres du premier étage étaient condamnées. La plupart des portes avaient besoin d'une nouvelle couche de peinture.

Avec un profond soupir, je jetai un coup d'œil à ma montre. Quelques minutes avant 18h. James devrait arriver d'une minute à l'autre. Je ferais mieux de mettre la table.

J'allumai la gazinière jusqu'à ce que la flamme bleue dégage une chaleur constante. Je sortis la casserole de minestrone du réfrigérateur, la plaçai sur le brûleur. James ne se plaignait jamais, mangeait tout ce que je lui servais, ne cessait de répéter combien il était heureux d'avoir une femme aussi aimante.

En me baissant pour prendre les assiettes dans le placard, ma vision s'obscurcit pendant un bref instant, et je fus prise de vertige. Je secouai la tête. Je m'étais réveillée un peu malade. En fait, j'étais comme ça depuis quelques jours. Pourtant, James avait mangé la même chose que moi, et il allait bien.

La nausée monta de mes tripes à ma tête. Je respirai de toutes mes forces. Sous mes pieds, le sol oscillait comme un bateau dans la tempête. Ma peau s'humidifiait, une bouffée de chaleur me traversa.

Une clé dans la serrure annonça l'arrivée de mon mari. J'essuyai mon front et allai à sa rencontre.

Un ronron profond résonna à mes oreilles. Mes jambes se dérobèrent, et quelques secondes plus tard, je m'effondrai comme une marionnette. Je ne m'étais pas sentie tomber, mais je sentis les bras puissants de mon mari m'entourer avant qu'il ne me pose doucement sur le sol.

J'ouvris les yeux. Son visage se balançait à travers le brouillard devant moi. Je clignai des yeux plusieurs fois, il finit par s'immobiliser.

— James ?

— Où pensais-tu aller ? plaisanta-t-il.

Je me frottai le visage, consciente que mon corps revenait à la normale.

— Je pense que tu as besoin de voir le médecin, mon amour.

— Je vais bien, répondis-je en me levant.

James me porta sur le canapé, me chuchotant des mots rassurants.

D'un coup, mon cœur manqua un battement. Etais-je enceinte ? Je n'avais pas prêté attention à mon absence de règles. Mais l'évanouissement changeait tout. Je ne m'évanouissais que très rarement.

— Je ne suis pas malade, dis-je, tendant la main pour caresser sa joue. Je pense je porte le bébé.

Ma poitrine se serra. Je me préparai à sa réaction. Je devrais sans doute arrêter de travailler à l'arrivée du bébé. Je ne pourrais pas faire des allers-retours avec un bébé dans les bras. À moins que je ne travaille à la maison ?

Je me détendis. Je trouverai une solution. Combien de femmes en

Italie travaillaient à domicile en confectionnant des vêtements pour les magasins ? Elles avaient le plaisir d'être avec leurs enfants tout en travaillant. Un sourire se dessina sur mon visage.

— Es-tu heureux d'être père ? demandai-je alors qu'aucune réaction ne venait de sa part.

James me regarda sans ciller avant que son visage ne se transforme en un large sourire. Ses yeux brillaient, un gloussement étouffé s'échappait du fond de sa gorge.

— Bien sûr que je suis heureux.

Je jetai mes bras autour de son cou, l'embrassai encore et encore, le faisant rire.

— Je vais avoir garçon pour toi.

— Je me fiche de ce que nous aurons, dit-il, repoussant une boucle de cheveux derrière mon oreille. Je veux que tu sois heureuse, c'est tout. Mais s'il te plaît, vas-y doucement. Ne descends plus les escaliers en courant.

— Avoir un bébé n'est pas une maladie, James.

— Je sais, mon amour. Mais je veux que tu prennes soin de toi. Nous prendrons rendez-vous avec le médecin demain.

Je passai ma main sur mon ventre. J'allais avoir un bébé. Notre enfant. J'allais être maman.

***

J'étais dans mon septième mois, et je me portais bien. Dès que le médecin avait confirmé ma grossesse, James s'engagea pour quatre années supplémentaires dans l'armée, ce qui signifiait une augmentation de salaire.

L'été avait passé, je n'avais pas trop souffert de la chaleur. J'avais profité des belles journées pour me promener dans le parc voisin, remplissant mes poumons de l'odeur de la terre humide ou de l'herbe fraîchement coupée. Quel plaisir d'être enfermée entre quatre murs.

Nous avions convenu de rester dans l'appartement. Le loyer était abordable, nous pouvions mettre un lit d'enfant dans notre chambre. Si nécessaire, nous déménagerions plus tard.

Je me dirigeai vers la fenêtre, levai mon visage vers le ciel afin de profiter du peu de soleil qui filtrait à travers les nuages. Les mêmes toits me regardaient.

Quelle que soit la saison, la vue ne changeait jamais. Au moins chez moi en Italie, lorsque je regardais vers les montagnes, il était facile de reconnaitre la saison. Des bourgeons au printemps. Le vert des champs en été. Les feuilles rousses en automne. Les branches hérissées en hiver.

Qu'est-ce que je donnerais pour être là-bas en ce moment. Ma famille devait se préparer à cueillir les raisins dans les vignobles pour faire du vin. Ces moments me manquaient.

De la rue, j'aperçus Florinda, son sac bien rangé sous un bras, l'autre se balançant énergiquement. Elle se dépêchait pour rejoindre l'appartement, je fus submergée de culpabilité. Ma sœur avait d'autres choses à faire : sortir, s'amuser, discuter avec ses amies au lieu de me rendre visite. Mais elle insistait. Elle adorait me donner régulièrement des nouvelles de l'usine, des filles, de ses journées de travail.

Je fermai la fenêtre et ouvris la porte, en rangeant mon chiffon dans la poche de mon tablier. Sur le palier, je jetai un coup d'œil par-dessus la rampe. Ma sœur montait l'escalier en colimaçon. Il n'y avait pas d'ascenseur. En temps normal, il ne fallait pas longtemps pour monter les trois étages. Ma grossesse avait mis un terme à cela.

— Bianca ! T'as l'air en pleine forme, dit Florinda hors d'haleine.

Elle m'attrapa le bras, me poussa dans l'appartement et me força à m'asseoir.

— Tu dois te reposer.

— La maison est une porcherie. Je ne peux pas m'asseoir en espérant que la saleté disparaisse ! Et j'ai un col à broder sur une nouvelle robe pour la boutique.

— Je n'ai jamais vu une maison aussi propre, répondit ma sœur en posant une main sur mon ventre arrondi. Arrête de t'énerver. Ce n'est bon, ni pour toi, ni pour le bébé !

Comme s'il l'avait entendue, le bébé se mit à donner des coups de pied comme un joueur de football, enfonçant ses pieds sous mes côtes. Florinda avait raison. Je devais me calmer si je souhaitais un bébé calme.

Nous bavardâmes pendant au moins deux heures. Pendant que je brodais le col, Florinda fit un peu de ménage. Comme à son habitude, elle me donna des nouvelles de l'usine. Depuis mon départ, elle avait été promue. Cela signifiait plus d'argent et un meilleur appartement dans les locaux. Elle n'avait plus besoin de le partager avec d'autres filles.

— Je dois préparer le dîner. James va arriver d'une minute à l'autre, criais-je en regardant ma montre.

— Assieds-toi. Il mangera du pain et du fromage ce soir.

— Tu plaisantes !

James entra, se dépêchant dans le salon.

— Qu'est-ce qui se passe, Bianca ? Je t'ai entendu crier depuis l'escalier.

Florinda roula les yeux.

— Ne t'inquiète pas, James. Ce sont ses hormones.

James poussa un soupir de soulagement.

— Je n'arrête pas de lui dire d'y aller doucement. Elle n'écoute pas.

— Je dois retourner à l'usine, dit Florinda en attrapant son sac à main.

James arrêta de déboutonner son manteau.

— Je vais t'accompagner à l'arrêt de bus.

— Non, tu restes. Je connais le numéro du bus. Bianca a besoin de toi.

Elle m'embrassa. James la raccompagna à la porte pendant que j'essayai de m'asseoir confortablement. Les courbes changeantes de mon corps rendaient la position assise inconfortable. Mon dos me faisait mal.

James jeta son manteau sur une chaise.

— Donne-moi tes pieds, Bianca, dit-il en prenant place à côté de moi.

J'ôtai mes chaussures puis ramenai mes pieds sur ses genoux avec un gémissement de soulagement.

— Tu as passé une bonne journée ? me demanda-t-il en massant mes pieds avec de lents mouvements circulaires.

— Oui, je fais draps pour le lit du bébé.

— Tu n'as pas besoin de te fatiguer à faire ça. Nous pouvons acheter des draps tout faits.

Je retirai mes pieds de ses mains.

— J'essaie d'être bonne épouse et économise de l'argent.

Je regardai son visage et fondit en larmes.

— Qu'est-ce qu'il y a, Bianca ?

— Je suis horrible avec toi. Je crie tout le temps. Je suis tout le temps en colère.

James passa un bras réconfortant autour de mes épaules.

— Tu te sentiras mieux quand le bébé sera là.

Il fouilla dans la poche de son manteau, sorti son portefeuille et me donna un billet.

— Va en ville avec Madame Stratton et achète des draps pour le bébé.

J'hésitai.

— Prends-le, Bianca, et dépense-le, s'il te plaît.

Tendant la main, je pris l'argent, sachant parfaitement que je ne le dépenserais pas. Je ferais les draps moi-même. Cet argent rejoindrait l'enveloppe dans mon Vanity.

***

Allongée sur le dos, les mains appuyées sur mon ventre arrondi, j'essayais de me détendre. Le bébé n'arrêtait pas de donner des coups de pied. Impossible de dormir. Il devait arriver dans une semaine, quelques jours avant Noël, mais des petites contractions me titillaient depuis plusieurs jours déjà. Depuis que j'avais dévalé les quelques marches menant de la cuisine au salon.

Selon Mammà, les femmes qui tombaient ou trébuchaient pendant leur grossesse avaient une fille. Cela me convenait parfaitement. Si James était d'accord, je l'appellerais Bella. Comme ma poupée.

Un autre coup de pied, mes muscles se contractèrent avant de devenir durs. Je pris une longue inspiration avant que le bébé appuie sur ma vessie. Encore une fois.

Avec beaucoup d'efforts, je me dirigeai en dehors de l'appartement vers la salle de bain sur le palier lorsque quelque chose céda. Un liquide chaud coulait le long de mes jambes.

— James ! James !

Mon mari arriva en courant, se cognant aux murs, faisant de son mieux pour se réveiller. Il me souleva dans ses bras et nous regardâmes le sol mouillé.

Je fermai les yeux, mettant en pratique tout ce que j'avais appris aux cours d'accouchement.

— Ça fait mal ? demanda-t-il.

— Oui, ça fait mal. Il faut aller à l'hôpital, *caro*.

Nous arrivâmes à la maternité environ vingt minutes plus tard. L'endroit n'avait rien à voir avec l'hôpital de Naples où tout était lumineux et neuf.

Ici, les murs, autrefois beiges, avaient besoin d'une nouvelle couche de peinture. La peinture crème s'écaillait, laissant apparaître un mur gris terne. Tout le monde partageait la même salle. Pas d'intimité. À moins que l'intimité soit de tirer un rideau en plastique autour de chaque lit.

Ils m'emmenèrent dans la salle de travail. James attendait dans le couloir. Je ne comprenais pas tout ce que disait la sage-femme. Peut-être à cause de son vocabulaire, ou à cause de la douleur. Sûrement les deux.

Les contractions devenaient de plus en plus fréquentes, la douleur plus intense que tout ce que j'avais pu imaginer. Un autre élancement dans le bas-ventre, et je criai de douleur.

— Tout va bien.

La voix de la sage-femme était calme et encourageante.

— Vous pourrez pousser après la prochaine contraction.

Une autre sage-femme vint se placer à côté de moi, m'essuyant le front. Elle avait un visage angélique, me rappelant la Madone dans notre église à Santa Maria la Carità.

— Maintenant poussez aussi fort que vous le pouvez.

Elle me regarda dans les yeux, et gonfla ses joues. Je pris une grande inspiration et l'imitai. Après trois ou peut-être quatre poussées, le bébé arriva dans les mains de la sage-femme. Je m'allongeai, soulagée et fière.

Après un bref examen, je câlinai mon bébé sur ma poitrine. Son petit corps s'était accroché aussitôt au mien.

James fut autorisé à entrer dans la pièce. Des larmes perlèrent dans ses yeux lorsque son regard rencontra le mien.

— C'est une fille.

Ma voix n'était qu'un murmure. Notre fille était enfin là. J'aimais déjà tellement cet enfant.

Satisfaite, la sage-femme me souriait tandis que je caressais la tête de ma fille, les souvenirs de l'accouchement oubliés.

Incapable de parler, James regardait sa fille qui, par instinct, cherchait mon sein ou quelque chose à téter.

James tendit un doigt, caressa son petit visage avant d'essuyer une larme perdue sur ma joue.

— Alors, nous sommes d'accord pour le nom ?

Le visage de James se fendit d'un large sourire.

— Bien sûr, répondit-il en embrassant la tête du bébé. Bienvenue au monde, petite Bella.

Chapitre 14

1962

Deux ans plus tard, les cris d'un nouveau-né remplissaient à nouveau la chambre.

— C'est une fille, chuchota la sage-femme en me mettant Laura dans les bras.

Je l'accueillis sur mon sein, admirant sa masse de boucles noires. Si différents des cheveux fins et duveteux de Bella lorsqu'elle était venue au monde. Laura avait des poumons solides, déterminée à le faire savoir.

La porte s'ouvrit doucement, Bella trotta vers moi.

— *Vieni*, appelais-je en tapotant le matelas. Viens rencontrer ta petite sœur.

James aida sa fille aînée à grimper sur le lit, puis s'assit de l'autre côté avant de prendre le bébé dans ses bras.

J'étais tellement soulagée qu'il soit là pour la naissance. J'avais refusé d'accoucher à l'hôpital. Je détestai l'odeur forte de l'antiseptique, les patients allongés dans leur lit si près de moi avec seulement un mince rideau pour nous séparer. Je voulais que mon bébé naisse à la maison. À mon grand soulagement, Florinda avait accepté que j'accouche chez elle.

— Je suis heureuse que tu es là pour la naissance, dis-je, tandis que James berçait Laura dans ses bras.

Il avait terminé ses fonctions de Royal Horse Guard en septembre de l'année précédente. Depuis il était dans la division blindée — et souvent absent.

Nous avions abandonné l'appartement à Londres et mis nos affaires dans un garde-meuble avant que j'aille vivre chez ses parents. Coincée dans le village de Chilworth avec les parents de James depuis le début de ma deuxième grossesse, mon moral s'effondra au cours des derniers mois. Je me languissais de Londres, de ma sœur, de mes activités de couturière. Dieu merci, Roger accepta de garder mon poste.

Quand j'avais parlé à Florinda de mon désarroi, elle insista pour que je reste chez elle. Bella lui manquait. J'aurais pu pleurer de joie. En moins de deux heures, j'avais fait mes valises et j'attendais que Don et Florinda me ramènent à Londres.

Maintenant, en regardant Laura blottie dans les bras de James, je me dis que j'avais fait le bon choix.

Bella me caressa la main, ses yeux papillonnants entre James et le nouveau-né.

— Tu veux tenir le bébé, Bella ?

Elle leva les yeux vers moi et hocha la tête.

James mit Laura dans les bras de Bella. Une sorte de chaleur irradia dans ma poitrine lorsque Bella pencha la tête pour embrasser le nez du bébé.

— Je pense que Florinda aimerait aussi voir le bébé, dit James en souriant à ses filles.

Florinda et son mari, Don, attendaient en bas.

Ils s'étaient rencontrés dans un pub près de l'usine. Une chose en entraînant une autre, Florinda avait fini par se fiancer. Son mariage avec un Anglais confirma ce qu'elle avait dit depuis le début : elle n'avait aucune intention de retourner en Italie.

— Je suis content d'être avec toi et les enfants, dit James en déposant un baiser sur le front de Laura. Même si nous ne sommes pas chez nous.

— Je suis heureuse avec ma sœur. Elle m'aide beaucoup. Elle aime les enfants.

Je voulais lui poser une question, redoutant déjà la réponse.

— Combien de temps tu restes ?

Peut-être qu'en tant que père pour la deuxième fois, l'armée envisagerait de laisser James travailler plus près de chez lui.

Mon mari continua à embrasser la tête de Laura. Pas bon signe.

— James ?

— Je vais être transféré à Herford le mois prochain.

— Où est Herford ?

James caressa ma joue avec le dos de sa main.

— En Allemagne.

Un grand cri s'échappa de ma gorge. Bella fondit en larmes. Je la mis sur mes genoux, et enfoui ma tête dans ses cheveux. Nous pleurâmes toutes les deux en nous balançant d'avant en arrière.

— *Germania, Germania,* continuai-je à marmonner. Combien de temps vas-tu rester ?

— Trois ans.

La bile s'accumula au fond de ma gorge. Je ne pouvais pas rester trois ans avec ma sœur. Injuste pour chacune de nous. Pourrais-je vivre seule dans un appartement à Londres ? Si je devais, je le ferais.

— Il y a des logements familiaux à Herford. Quand je serai installé, tu pourras venir avec les enfants.

Je ne voulais pas aller en Allemagne. Les Allemands étaient l'ennemi. Je n'oublierai jamais le matin où ils entrèrent dans notre maison, menaçant Mammà avec leurs fusils. Ou la façon dont Clemente s'était débattu quand ils l'emmenèrent pour ne jamais revenir. Et puis il y avait mon travail. Je ne voulais pas l'abandonner.

— Tu ne pourras pas venir tout de suite.

Le chagrin teintait sa voix.

— Jusqu'à ce que tout soit réglé, je veux que tu retournes chez mes parents à Chilworth. Je ne supporte pas l'idée que tu puisses vivre seule à Londres avec deux jeunes enfants.

Des larmes chaudes coulèrent sur mes joues. Bella avait cessé de pleurer. Pas moi. Même si j'aimais ses parents, retourner vivre au milieu de nulle part me déprimerait. Et qu'en était-il de mon travail ? De la réputation que j'avais acquise en tant que couturière à Londres ? Pour qui diable dessinerais-je des robes au fin fond de cette campagne ?

Si je renonçais à mon travail, mon moral serait au plus bas. J'imaginais déjà le visage de Roger lorsque je lui annoncerai la nouvelle.

— Je ne pars pas avant un mois.

Ses grands yeux bruns étincelaient alors qu'il tentait de retenir ses larmes.

— Nous pourrons nous écrire à nouveau comme lorsque nous nous courtisions. Mais tu n'écriras plus de 'au revoir James', d'accord ?

J'eus un petit rire.

— Promets-moi que tu m'écriras régulièrement, Bianca.

— Oui, j'écris.

— Tes lettres seront la seule chose qui me permettra de continuer. Et avec un peu de chance, je serai peut-être de retour dans deux mois. Pour Noël.

Je devais me montrer forte. Pour mon mari, pour mes enfants. Il était temps d'arrêter de m'apitoyer sur mon sort. Je ne voulais pas laisser James aller, Dieu sait où, avec l'idée que je sois déprimée. Je regardai la commode où ma valise était ouverte avec mes vêtements soigneusement pliés à l'intérieur. Tout ce que je faisais, c'était de vivre dans ma valise.

Nous allions nous manquer, mais peut-être que cette séparation me rendrait plus forte, plus indépendante même. Je devais essayer pour le bien de mon mari.

— Je vais avec tes parents, et j'écris souvent.

James me regarda, les yeux larmoyants.

— Merci, mon amour. Je sais que je te demande un énorme sacrifice en abandonnant ton travail...

Je mis un doigt sur ses lèvres.

— Ne dis pas plus. Mais tu gardes les enfants pendant que je vais voir mon patron. Il connaît peut-être une boutique près de Chilworth qui a besoin d'une couturière.

***

Dix jours plus tard, Florinda m'accompagna à Carnaby Creations. J'avais besoin d'un soutien moral. Mon estomac se tordait, anticipant la réaction de Roger. Accepterait-il même de me donner une lettre de recommandation ou le nom de quelqu'un qui serait prêt à m'embaucher ?

Ma sœur plaça sa main sur mon avant-bras.

— Tout va bien se passer, Bianca. Tu auras ta recommandation. Roger ne jure que par toi.

— Je sais. Mais quel plaisir j'aurai à faire des retouches ?

Je donnai un coup de pied dans un petit caillou.

— Je sais que faire des retouches c'est un bon travail. Mais quand vous êtes habitués au caviar, ce sera comme manger des œufs de lump.

Florinda s'arrêta net et me fit face.

— C'est peut-être le moment de créer ta propre entreprise. Tu es bonne dans ce que tu fais. Pourquoi travailler pour les autres quand tu peux le faire pour toi-même ?

Je roulai des yeux.

— Il y a assez de maisons de couture pour couler un navire. Pourquoi la mienne serait-elle différente ?

— Parce que tu es bonne.

J'attrapai le bras de ma sœur, la tirant vers moi.

— Les autres aussi, sauf qu'elles sont déjà établies avec des clientes régulières et fidèles.

— Je croyais que tu étais déterminée à faire quelque chose de ta vie ?

— Ce n'est pas le bon moment. Pour l'instant, je dois affronter Roger, et pour être honnête, je le redoute.

Je restai debout devant la boutique et pris une grande inspiration. En poussant la porte, mon pouls s'accéléra. Encore davantage lorsque Roger m'accueillit les bras grands ouverts un immense sourire sur les lèvres.

— Bianca, très chère, je ne vous attendais pas. Cette visite fortuite signifie-t-elle que vous avez d'autres créations ? Les dernières ont eu un énorme succès.

Je me mordis l'intérieur de la joue. Comment allais-je lui annoncer la nouvelle ? J'avais répété ce que j'allais dire pendant des jours.

— J'ai quelque chose à dire.

Son sourire se transforma en une moue tandis que nous nous regardions dans un silence gênant.

— Je ne peux plus travailler pour vous.

Mes mots déferlèrent. Je les regrettai aussitôt qu'ils quittèrent ma bouche.

Roger trébucha en arrière, s'effondra sur une chaise voisine, les yeux papillonnant dans toutes les directions.

— Qui sont-ils ? Combien de plus vous offrent-ils, Bianca ?

— Je ne comprends pas ?

— Si vous voulez plus d'argent pour rester avec nous, nous devons en discuter.

Je m'assis sur la chaise à côté de lui, ma main sur son bras.

— Personne me contacte, Roger. Je quitte Londres car mon mari partir en Allemagne, et je vivre avec ses parents à Chilworth.

Un soupir de soulagement lui échappa tandis qu'il posait une main chaude sur la mienne.

— Je croyais que vous vouliez nous quitter pour une autre maison de couture.

— J'adore travailler ici, mais il n'est plus possible. J'espère vous connaissez quelqu'un près de Chilworth qui me donne du travail.

Roger réfléchit quelques secondes.

— Et bien, peut-être. Elle travaillait pour nous avant de créer sa propre entreprise à Guildford. Je ne peux rien vous promettre. Il pourrait seulement s'agir de faire des retouches.

— C'est bien. J'ai besoin de quelque chose, sinon je deviens folle. Tu comprends ?

— Je comprends, Bianca.

Il se leva, disparut derrière les immenses rideaux avant de revenir avec une feuille de papier.

— Voici le nom et l'adresse de la personne à Guildford. Je lui passerai un coup de fil plus tard.

— Merci, lui dis-je en glissant le papier dans mon sac.

— Savez-vous combien de temps vous allez partir ?

— Mon mari va en Allemagne pour trois ans. Après je vais partir avec lui aussi. Quand il finit, nous reviendrons à Londres. Vous me redonnez du travail ?

Je croisai mes doigts sous la table.

— Cela va de soi, ma chère.

Un poids énorme quitta mes épaules.

— Je vais continuer faire des créations, d'accord ?
— D'accord, Bianca.

Roger m'accompagna jusqu'à la porte. Des larmes menaçaient de s'échapper, la boule au fond de ma gorge me faisait un mal de chien. Il était temps de partir avant que je ne me mette dans l'embarras.

— Au revoir et merci pour tout, réussis-je à dire.

— Au revoir, Bianca, et bonne chance.

Je sortis de la boutique, me précipitai vers Florinda qui m'attendait.

— Tout va bien ? me demanda-t-elle.

— Roger va me reprendre dès mon retour. En attendant, il m'a donné le nom d'une personne à contacter à Guildford. Peut-être je trouverai un emploi jusqu'à ce que je parte en Allemagne.

— C'est une excellente nouvelle.

Elle avait raison. Les choses s'amélioraient, j'avais hâte de le dire à James.

***

Le mince voile de neige cédait sous mes pieds alors que je marchais sur l'allée du jardin en revenant des toilettes. Sans toilettes intérieures, j'avais deux choix. Le pot de chambre ou faire la marche dans le froid jusqu'aux vieilles latrines au fond du jardin.

Je refusai d'utiliser le pot de chambre.

Le soleil aqueux faisait de son mieux pour réchauffer mon corps. C'était le solstice d'hiver. Non seulement il marquait le milieu de l'hiver, il me rappelait aussi que James était parti depuis quatre semaines.

Le calme absolu régnait dans les champs. Rien ne bougeait. Aucun mouvement. Pas un son. Le froid glacial de la campagne me fit claquer des dents, d'autant plus que le vent du nord soufflait fort. Ma respiration chaude faisait des nuages dans l'air, mon nez coulait tandis que je comptais mes pas vers la porte arrière de la maison.

James nous avait accompagnés, les enfants et moi, à Chilworth après avoir rangé toutes nos affaires dans un garde-meuble. Nous avions pris le train, puis le bus. Le voyage avait été long et difficile. Et si froid. Je n'avais pas imaginé que le temps deviendrait plus froid.

Je m'étais trompée.

Une fois à l'intérieur, je tapai des pieds énergiquement sur le paillasson avant d'enfiler mes pantoufles. L'excès de neige fondait dans le tapis. Le feu au charbon apportait la chaleur dans le salon, le poêle à bois nous donnait la chaleur dans la cuisine. On ne pouvait pas en dire autant pour le reste de la maison.

Je m'assis devant la machine à coudre à pédale que Mum m'avait donnée. C'était celle de sa tante. Ma belle-mère ne l'utilisait jamais. La couture l'énervait. Trop compliqué. Elle préférait de loin le tricot.

Mes pieds se balançaient d'avant en arrière sur la pédale comme si je courais vers la ligne d'arrivée d'un sprint. J'avais toujours été une travailleuse rapide. Encore plus lorsque j'avais besoin de me réchauffer.

Le claquement de la boîte aux lettres me fit me précipiter vers la porte d'entrée où je ramassai le courrier. En feuilletant les lettres, je trouvais celle avec un timbre des forces britanniques. Celle de James.

J'avais hâte de savoir s'il rentrerait pour Noël. Cependant, il ne fallait pas se donner de faux espoirs. Cette lettre allait soit me rassurer, soit me plonger dans la déprime. En me précipitant dans la cuisine, je donnai les autres lettres à ma belle-mère.

— Tu en as une de James ? me demanda-t-elle.

Je fis un petit hochement de la tête, la tenant près de ma poitrine.

— Et si je donnais le petit déjeuner à ces deux chéries pendant que tu montes dans la chambre pour la lire ?

Je la serrai hâtivement dans mes bras avant de courir vers l'escalier.

— Je la lis rapidement, criai-je par-dessus mon épaule.

— Prends tout le temps que tu veux. Espérons qu'il rentre pour Noël.

À peine arrivée en haut des escaliers, je déchirai l'enveloppe tandis que je me dirigeai vers ma chambre.

Mon amour,

Pas besoin de dire combien je t'aime ou combien tu me manques. Tu le sais déjà.

La vie ici est morne.

Chaque jour, nous patrouillons la frontière entre l'Allemagne de l'Est et de l'Ouest. Bien que Berlin soit séparé par un mur, le reste de l'Allemagne est séparé par des clôtures. Il y a une double clôture de chaque côté de la frontière avec une sorte de 'no man's land ' au milieu.

De temps en temps, des gens essaient de s'échapper du côté Est. Bien que les soldats Est-Allemands essaient de les abattre, beaucoup réussissent à passer. Mes ordres sont de n'aider les réfugiés que lorsqu'ils atteignent le côté Ouest. Il est affligeant de voir que certains d'entre eux ne parviennent pas à traverser, qu'ils sont abattus ou ramenés de force.

Hier, alors que je patrouillais avec mon copilote, nous avons rencontré deux enfants qui ne devaient pas avoir plus de quatre ou cinq ans. Ils jouaient dans la neige avec leur luge. Ils la tiraient vers le haut de la colline avant de glisser vers le bas. J'ai vu qu'ils avaient du mal, alors je suis allé les aider. Ça m'a fait penser à la façon dont Bella et Laura joueront ensemble plus tard.

Au début, les enfants étaient un peu méfiants à mon égard. Ils savaient que j'étais un soldat britannique et que leur mère me surveillait depuis la maison. Mais après quelques minutes, ils se sont amusés. Ils devaient apprécier d'avoir quelqu'un qui tirait la luge en haut de la colline pour eux.

Après environ une heure, il était temps pour nous de rentrer à la caserne. Avant de partir, leur mère nous a offert une boisson chaude. J'ai vraiment apprécié cela car il fait si froid ici. Beaucoup plus froid qu'en Angleterre. Certains jours, la température descend à moins vingt, voire moins trente.

Assez parlé de moi, parle-moi de toi et des enfants. Vous allez bien à Chilworth ? Les enfants vont bien ? Vous me manquez tous tellement.

Mon amour, j'ai deux dernières nouvelles qui me brisent le cœur.

D'abord, je suis si loin sur la liste des logements qu'il me faudra encore au moins deux ou trois ans pour arriver en haut. Le seul autre moyen de contourner cette situation est de demander une résiliation de mon contrat, et même si cela était accepté, nous n'avons pas d'argent. Cela coûterait deux cents livres. Comment pourrais-je m'en sortir alors que je ne gagne que 30 livres par mois ? Désolé, mon amour. On dirait que ce n'est pas prêt d'arriver.

Deuxièmement, je ne rentrerai pas à la maison pour Noël. Aucun soldat n'a reçu de permission — peut-être le mois suivant.

Tu ne peux pas imaginer à quel point je suis triste, sachant que cette lettre va te causer du chagrin. S'il te plaît, pardonne-moi.

Ecris-moi quand tu peux. Tes lettres sont mes seuls moments de plaisir.

Je t'aime comme toujours. James.

P.S. Dis bonjour à ma famille et n'oublies pas de faire plein de câlins et de bisous à Bella et à Laura.

Je portai la lettre à mon visage, respirant l'odeur de l'encre. Combien de ses lettres avais-je reçues dans le passé et fais la même chose ? Respirer l'odeur du papier et son odeur à lui ?

Luttant contre mes larmes, je pliai la lettre, et la mis dans mon soutien-gorge comme si les mots qu'il avait écrits allaient sortir du papier pour entrer dans mon cœur.

Je traînai mes pieds dans les escaliers, des larmes coulant sur mes joues. Dans quatre semaines, ce sera Noël. Je détesterai chaque minute des préparatifs.

James était parti depuis si longtemps qu'il commençait à devenir fictif, j'avais besoin qu'il soit à nouveau réel. Parfois, le désir me submergeait, la colère s'installait. En colère parce que nous devions être séparés, en colère parce que nous ne pouvions pas être ensemble au moins pour Noël. En colère parce que ma vie ne se déroulait pas comme prévu.

Malgré la présence de ma belle-famille, je me sentais si seule. J'avais besoin qu'il revienne, et vite.

En entrant dans la cuisine, Mum leva les yeux et vit mon visage triste.

— Oh, Bianca, dit-elle, ses bras grands ouverts.

Je me jetai dans ses bras, pleurant comme une madeleine. Elle me caressa la tête tout en me berçant doucement.

— Je sais que Noël ne sera pas pareil sans James, mais nous sommes là. Nous t'aimons tous.

Ses mots gentils me firent sangloter davantage. À son tour, Laura se mit à pleurer. Puis Bella entendant sa sœur brailler, se joint à nous jusqu'à ce que tout le monde pleure.

Mon beau-père arriva du jardin en courant.

— Qu'est-ce qui se passe ? demanda-t-il en se grattant l'arrière de la tête. Je ne suis pas parti plus de dix minutes. Quand je reviens, tout le monde est en train de brailler, les enfants inclus.

— Oh, retourne dans le jardin et arrête de te plaindre, vieux fou.

Dad roula les yeux avant de partir, me laissant bouche bée.

Si Mammà avait parlé à Papà de cette façon, Dieu sait ce qui serait arrivé. Mum tira sur la peau de son cou. Nos regards se croisèrent. Après quelques secondes, nous éclatâmes de rire à travers nos larmes.

***

Le jour de Noël arriva.

Nous étions tous autour du sapin. Mum et Dad dans leurs rocking-chairs respectifs, Bella et Laura avec moi sur le canapé, John et Pam allongés sur le tapis devant la cheminée. Les autres sœurs n'avaient pas pu venir. Une épaisse couche de neige avait recouvert la campagne, rendant tout déplacement impossible.

Je n'avais jamais vu Bella aussi excitée. À deux ans, ses couinements continus nous faisaient tous sourire.

À part des jouets achetés pour elle, la plupart des cadeaux étaient faits main. J'avais fabriqué des sachets de lavande, d'une couleur différente pour chaque membre de la famille. Mum avait offert du caramel fait maison dans de petits bocaux en verre, les couvercles attachés avec un beau ruban rouge. Dad avait donné de l'argent à tout le monde.

— J'ai une surprise pour vous tous, annonça Dad en se levant. J'ai eu une prime de Noël, et je vais vous donner cinq livres chacun.

Pam tapa dans ses mains. Du coin de l'œil, je vis un sourire se dessiner sur le visage de John.

Mon beau-père distribua les billets avant de s'asseoir à côté de moi.

— Et ceci est pour toi, ma chère, murmura-t-il en me tendant un billet.

— Mais, je ne suis pas ton enfant.

Des larmes perlaient dans les yeux du vieil homme.

— Quand tu as épousé James, tu es devenue un membre de la famille.

Des larmes m'envahirent. Mes beaux-parents me traitaient comme leur propre enfant. Ils n'avaient pas répliqué lorsque James m'avait laissée chez eux avant de partir pour l'Allemagne. Ils m'avaient acceptée, traitée avec respect, n'avaient jamais élevé la voix. Si Papà avait été aussi prévenant que mon beau-père, je ne serais pas ici maintenant, si loin de chez moi, si loin de mes racines.

— Qu'est-ce que tu vas acheter, Bianca ? me demanda Pam. Je vais m'acheter une veste.

Elle rangea son argent dans sa poche.

— Je garde l'argent.

— Tu as besoin d'un nouveau manteau. Regarde l'état du tien.

Je secouai la tête, songeant à mon Vanity.

— Mon manteau va bien. Je vais garder l'argent pour James, lui dis-je en regardant ma belle-mère.

Elle me fit un signe solennel de la tête, un léger sourire se dessina sur son visage. Elle avait compris. Nous en avions beaucoup parlé. Mon argent servirait à ramener James à la maison.

Je ne supportai pas d'être séparée de lui. Je ne voulais pas attendre deux ou trois ans de plus pour qu'il obtienne un logement familial. Et si les règles changeaient entre-temps ? Et si James n'avait jamais de maison pour nous ? Les enfants grandiraient sans leur père. Il deviendrait un total étranger pour eux. Et je craquerais avant.

Il me manquait tellement. Pas un jour ne passait sans qu'il ne soit dans mon esprit. Les premières nuits après son départ, je pleurais jusqu'à m'endormir. Sans ses bras pour me tenir la nuit, je trouvai du réconfort auprès de mes enfants. Chaque nuit, nous nous blottissions les unes contre les autres dans mon lit, Laura suçant sa tétine, Bella serrant son ours en peluche. Lorsque je devenais un peu plus gaie, je leur chantais des berceuses italiennes, en espérant que mon chant leur apportait autant de réconfort qu'à moi.

À une ou deux reprises, alors que j'étais allongée dans l'obscurité, écoutant la douce respiration de mes enfants, mes pensées se dirigeaient vers la poche secrète de mon Vanity et l'argent qui s'y trouvait. La pile de billets continuait à s'empiler. Grâce au coup de fils de Roger à l'un de ses amis à Guildford, j'avais décroché un emploi de couturière. Ce n'était pas génial, mais je ne pouvais pas espérer mieux. Comme Roger l'avait dit, Londres était l'endroit idéal pour la haute couture.

Travailler pour le magasin de vêtements était un début. Après seulement quelques semaines, on me donna de plus en plus de retouches à faire. Étant à la campagne avec peu de transports publics, je devais remercier ma bonne étoile. Dad proposa de faire les allers-retours. Il parvenait toujours à équilibrer les sacs de retouches sur sa Lambretta.

Comme ma belle-mère s'occupait des enfants, je m'étais vite fait un nom. Pas pour mes dessins qui prenait la poussière dans les tiroirs, mais pour ma rapidité. Parfois, Dad récupérait deux ou trois livraisons en une semaine. À ce rythme, j'aurais bientôt assez d'argent pour en envoyer à mon mari.

Je lui avais écrit pour lui dire qu'il pouvait demander la résiliation de son contrat, ce qu'il avait fait. À ma grande joie, ses supérieurs avaient

144

accepté la demande.

Au printemps prochain, mon mari quitterait l'Allemagne pour de bon. Nous retournerions vivre à Londres. Mes enfants retrouveraient leur père. Je serais plus proche de ma sœur.

Et je retournerais travailler pour Carnaby Creations.

Chapitre 15

Mai 1963

J'avais choisi de louer un appartement à Londres deux mois plus tôt, quelques jours après Pâques.

Comme le frère de James avait des affaires à régler dans la capitale, il m'aida pour le déménagement. Il n'y avait pas grand-chose. Quelques meubles qui avaient été entreposés lors de notre dernier départ de Londres, les jouets des enfants, quelques valises et, bien sûr, mes précieux dessins.

Quel soulagement d'être de retour dans la capitale après tant de mois. L'appartement que John m'avait aidée à louer semblait plus petit que le premier. Peu importe. J'étais chez moi. De plus, Londres offrirait plus de chances à James pour trouver un emploi maintenant qu'il était libéré de l'armée.

Dès que j'avais posé le pied dans la capitale, j'avais contacté ma sœur. Florinda était heureuse de m'avoir à nouveau dans les parages.

Un après-midi, je lui avais demandé de garder les enfants pendant que je me précipitai à Carnaby Creations munie de mon carnet de croquis, priant que Roger me reprenne.

À peine entrée dans la boutique que Roger se précipitait à ma rencontre...

— *Vous avez mis du temps à revenir. Un sourire effronté se dessina sur son visage.*

— *J'ai été absente quatre mois.*

— *Cela m'a semblé être une éternité.*

Je m'assis à la même table où, trois années plus tôt, j'avais traité avec la difficile Madame Astley, décrochant mon premier emploi.

— *Alors quand est-ce que vous pouvez reprendre ?*

Il s'assit en face de moi.

— *Je peux commencer maintenant. J'ai d'autres modèles. Je vous montre ?*

— *Evidemment.*

Il feuilleta les pages de mon calepin.

— *Vous avez un flair naturel pour les couleurs et les tissus, ma chère.*

— *Je pense la passion coule dans mes veines.*

— *Très convaincant. Nous avons un show dans quelques mois. J'aimerais que vous dessiniez la robe de bal.*

Je hochai la tête.

— *Vous me donne quelques jours, et je crée quelque chose de magnifique. Vous ne regretterez pas.*

Roger posa sa main chaude sur la mienne.

— *Je n'ai jamais regretté de vous avoir engagée, Bianca. Vous ne m'avez jamais déçu.*

Je me levai et lui tendis ma main.

— *Je reviens après-demain avec les dessins, d'accord ? Et merci de me reprendre.*

Roger embrassa le dos de ma main.

— *Je suis content que vous soyez de retour, et j'attends vos dessins.*

Je sortis de mes pensées, et repris le ménage. La seule chose que je faisais depuis ce matin. Se concentrer sur autre chose était presque impossible. James était sur le chemin du retour. Son long voyage depuis l'Allemagne.

Dans l'une de ses lettres, il expliquait qu'il devait prendre le train de Herford à Hook of Holland (Pays bas). Un voyage de trois heures. De là, traversée en ferry de six heures pour Harwich, suivi d'un autre voyage en train de deux heures pour Londres. Il serait épuisé.

Je regardai l'horloge au-dessus du buffet. Neuf heures dix. Les enfants étaient au lit, la table mise pour manger. James allait arriver d'une minute à l'autre.

D'un coup, ma gorge devint sèche. Comment allais-je réagir ? Etais-je prête pour son retour ? J'étais seule à prendre des décisions depuis son départ pour l'Allemagne, il y a six mois. J'étais devenue plus indépendante. Accepterait-il mon changement ?

On frappa à la porte, mon cœur palpita. Je courus pour l'ouvrir, impatiente d'avoir les bras de mon mari autour de moi, de m'envelopper dans sa chaleur.

James entra dans l'appartement, me déséquilibrant avec l'un de ses beaux sourires. Je me jetai dans ses bras, seuls mes sanglots fendirent le silence. L'espace d'un instant, rien d'autre n'exista que moi dans ses bras.

Je me cramponnai à lui dans une étreinte désespérée, le tweed de son manteau frottant ma joue. Son cœur battait au même rythme que le mien. Rapidement. Je tremblai, pleurant les mois perdus.

Je voulais lui parler. Lui expliquer qu'il m'avait manquée. Lui dire à quel point je l'aimais. Je ne fis que pleurer.

— Mon Dieu, comme tu m'as manqué, souffla-t-il dans mon cou.

— Tu m'as beaucoup manqué aussi.

James gloussa.

— Ton anglais s'est amélioré, mon amour. Tu n'as jamais dit ça avant.

— Je ne suis plus dans l'usine à parler italien avec les filles. Je ne parle italien qu'avec Florinda et parfois avec les enfants.

— Les enfants dorment ? J'ai besoin de leur faire un petit bisou.

Je ne voulais pas le lâcher. J'avais besoin de cet homme comme j'avais besoin d'oxygène. Besoin de son amour, de ses bras autour de moi, ses lèvres, son corps, son amour. S'il me quittait à nouveau, je ne pourrais plus respirer. Je suffoquerais tout simplement.

Essuyant mes larmes, je l'amenai dans la chambre des enfants. L'appartement n'avait pas de grandes chambres, mais j'avais réussi à caser deux lits dans une petit pièce normalement utilisée comme débarras. Nos affaires étaient empilées dans tout l'appartement. L'endroit ressemblait à un magasin de bric-à-brac. Sauf que c'était notre ferraille. Cela me rappelait la boutique de Giuseppe en Italie, où j'avais acheté ma valise.

Bella se tenait dans son lit, désignant James.

— *Babbo* !

— *Si*, Bella. Ton père est rentré.

— *Ciao, Babbo*, dit-elle en ouvrant les bras.

Des larmes roulèrent sur le visage de James alors qu'il soulevait sa fille dans ses bras, l'embrassant encore et encore. Une nouvelle boule se forma au fond de ma gorge. Ses enfants lui avaient manqué. Nous lui manquions tous. Je ne regrettais absolument pas d'avoir abandonné mes économies pour acheter la liberté de cet homme. Pour lui offrir le bonheur d'être avec sa famille.

James reposa Bella dans le petit lit, lui tira la couverture sur ses épaules avant de se tourner vers le berceau.

— Donc, c'est toi, Laura ?

James passa un doigt sur sa joue.

Laura était couchée sur le dos, une masse folle de boucles couleur encre recouvrant l'oreiller. Elle restait complètement immobile. Le seul mouvement fut celui de ses yeux brillants qui suivaient chaque geste de son père.

— Elle a tellement grandi. Quand je suis parti, elle n'avait que quatre semaines. Je n'arrive pas à croire qu'elle a déjà sept mois. Il essuya ses larmes du dos de sa main. Tant de mois gâchés.

Il se pencha par-dessus son lit et l'embrassa tendrement sur le front.

— Nous avons tout le temps maintenant, dis-je, en le conduisant dans notre chambre.

Ses lèvres savouraient chaque centimètre de mon visage, de mon cou, faisant battre mon pouls. Je glissai mes mains derrière sa nuque. Sa langue se mêla à la mienne.

James était avec moi dans la chambre. Réel et vivant. Pas un autre de mes rêves.

— Promets-moi tu ne partes plus, lui dis-je en déboutonnant sa chemise, impatiente d'avoir sa peau sur la mienne.

James jeta sa chemise puis me déshabilla avec des mouvements rapides et précis, me faisant frissonner plus par excitation que par le froid. Nous nous glissâmes dans le lit dans la chambre faiblement éclairée. Je n'arrivai pas à croire que nous étions à nouveau ensemble. Notre amour était plus fort qu'avant. Plus intense. Plus éloquent. Nous avions tellement de choses à nous prouver l'un à l'autre.

James avait besoin d'être rassuré sur mon amour. Il devait savoir que malgré tous ces mois de séparation, bien que je sois devenue plus indépendante, je n'avais pas changé. J'étais toujours la même. Sa femme qui ne pouvait pas vivre sans lui. Cet homme était mon ancre. L'amour de ma vie.

Ce soir, il avait besoin d'être aimé. Ce fut exactement ce que j'avais l'intention de faire.

***

Quelques heures plus tard, je me glissai hors du lit pour aller voir les enfants. À part le léger soulèvement et l'abaissement de leur poitrine alors qu'elles respiraient paisiblement dans un profond sommeil, la chambre était silencieuse.

Bella était étendue comme une étoile de mer, son visage angélique tourné sur le côté, la bouche béante, faisant de légers gargouillis. Laura était recroquevillée en position fœtale, les poings serrés en boules.

— Dormez bien, mes anges.

Je quittai la chambre, le cœur léger. Mes filles étaient heureuses. James était à la maison pour de bon. Une nouvelle vie allait commencer.

**

Le lendemain matin, je préparai le café pour le réveil de mon mari. Les enfants jouaient paisiblement dans leur parc.

Je me tenais devant l'évier de la cuisine à faire la vaisselle de la veille, à réfléchir à notre avenir.

James devait trouver un emploi. Qu'allait-il faire ? Et où ? Devrions-nous déménager ? Probablement. L'appartement n'était pas assez grand pour nous quatre.

Des bras chauds m'entourèrent. Pourquoi ne l'avais-je pas entendu entrer dans la cuisine ? En regardant le sol, je souris. Il était pieds nus. Cet homme ne sentait jamais le froid.

— *Caffè* ? demandai-je, en frottant ma joue contre son bras.

— S'il te plaît.

Je versai le café pendant qu'il s'assit à la table. Nous prîmes une longue gorgée chacun avant que James ne parle.

— Nous devons penser à l'avenir, mon amour. Je dois trouver un travail.

Je fis oui de la tête, heureuse que nous fussions sur la même longueur d'onde.

— Que veux-tu faire ?

Je plaçai les toasts dans son assiette.

— Je n'en ai encore aucune idée, mais je n'ai pas l'intention de me prélasser. Nous avons besoin d'argent, et je suis prêt à accepter n'importe quel travail.

— J'ai mon travail.

Il caressa ma joue.

— Je sais, mon amour, mais il nous faut un peu plus. J'aimerais une maison avec un jardin pour que les enfants puissent jouer sans que nous allions jusqu'au parc. Une autre chambre. Une salle de couture pour que tu puisses créer tes robes. Je veux te rendre heureuse.

Je pris sa main et embrassai sa paume.

— Je suis heureuse.

Mon mari avait une chose en commun avec Papà. Il avait une famille dont il devait s'occuper.

James étala du beurre sur sa tartine.

— J'aimerais revenir à mes racines, dit-il entre deux bouchées. Ma famille me manque.

Ma poitrine se serra. Je savais exactement ce qu'il ressentait. Même si j'avais surmonté mon mal du pays, que j'avais tourné la page, de temps en temps, certaines pensées me venaient à l'esprit, et un nœud se formait dans mes tripes.

Ma famille était loin. Qu'est-ce que je donnerais pour vivre plus près d'eux.

Avec le temps, j'essayais d'imaginer ce que serait ma vie en Italie. Les gens changeaient. Les choses changeaient. Même moi, j'avais changé. Je détesterais probablement la vie là-bas.

— Nous retournerons vivre avec ma famille à Chilworth. Mon père connaît beaucoup de gens. Ils m'aideront à trouver un travail.

J'avalai une gorgée de café de travers. James voulait retourner à la campagne. Retourner dans les champs. Retourner à ses racines. Pourrais-je affronter ça à nouveau ? Être coincée au milieu de nulle part, entourée de vaches et de corbeaux ? Et mon travail ? Je devrais aller affronter Roger à nouveau. Je ne travaillais pour lui que depuis deux mois. Il me prendrait pour une enfant capricieuse.

Je clignai des yeux pour refouler mes larmes. Il ne serait pas juste de priver James de sa famille. J'étais déjà loin de la mienne. Pourquoi rendre deux personnes malheureuses ?

***

James porta nos valises jusqu'à la chambre chez mes beaux-parents à Chilworth.

La pièce n'avait pas changé. Tout aussi accueillante avec le grand lit en laiton, son édredon en patchwork. Un lit de bébé avait été placé au pied du grand lit pour Laura. Le lit simple de Bella épousait le mur en face.

Et me voilà à nouveau, vivant dans ma valise.

Après avoir donné aux enfants une toilette rapide, j'entrai dans la salle à manger avec Laura perchée sur ma hanche, Bella me suivait de près. L'atmosphère était amicale, ma mauvaise humeur s'envola. Peut-être avais-je besoin d'une bonne nuit de sommeil.

Mum avait préparé mon dessert préféré. Un pudding au pain noir avec de la cannelle et de la noix de muscade. Je m'étais habituée à ce dessert. Pas aussi léger que le *panettone* de Mammà, mais les épices apportaient un goût rafraîchissant à ce pudding humide.

Je souris en plongeant mes dents dans le gâteau. Ce dessert était fait de pain rassis, alors que chez nous, Mammà trempait le pain dans l'eau et le donnait aux poules.

— Nous sommes heureux que vous soyez de retour, dit Mum en donnant à manger à Bella, assise sur ses genoux.

— C'est bon d'être ici.

En fait, c'était agréable d'être de retour. Entourée par la famille et mon mari. Mon seul regret était d'avoir abandonné Carnaby Creations. Aurais-je un jour l'occasion de retravailler dans une boutique de mode ?

— Tu retournes à ton ancien travail, Bianca ? demanda mon beau-père.

— S'ils veulent de moi, oui.

— Je les ai entendus se plaindre qu'ils ne pouvaient pas trouver quelqu'un de bien pour te remplacer.

Mon visage s'éclaira.

— Vraiment ?

— Vraiment. On dirait que je vais devoir recommencer à faire tes livraisons.

Il me fit un clin d'œil avant qu'un sourire malicieux ne se dessine sur son visage

Un gémissement vint de la part d'Oscar. Un chien bâtard avec un pelage tacheté, une touffe de fourrure supplémentaire autour du cou. Il était assis à côté de mon beau-père à table, ses yeux fixés sur le visage de l'homme. De temps en temps, Dad prenait un morceau de viande, le tendait au chien. D'un coup de tête, Oscar dévorait la viande en une seule bouchée, attendant la suivante.

— Ça suffit. Maintenant, oust, dit mon beau-père en repoussant le chien.

J'essuyai mes lèvres et me levai de table.

— Laura doit manger.

Dans le salon, Oscar était allongé devant le parc de ma fille cadette, sans me prêter la moindre attention jusqu'à ce que j'approche. Ses oreilles se dressèrent, un grognement profond résonna dans sa gorge. Comme un avertissement. Me faisant savoir qu'il gardait le bébé, que personne n'allait le prendre.

Bien qu'assez petit, le chien me faisait peur. Il refusait de me laisser prendre ma fille. Une fois de plus, j'approchai ma main du parc, une fois de plus, le chien montra les crocs. Une sueur froide me traversa.

— Mum, appelai-je. Oscar ne me laisse pas prendre Laura.

— Oscar ! cria mon beau-père. Au pied !

Pas de mouvement.

— J'ai dit, viens ici !

La voix de mon beau-père hurla dans la pièce. Le chien dressa une oreille mais ne bougea pas.

— J'ai peur, criai-je à qui voulait m'entendre.

Mon mari quitta la table. Le chien posa ses yeux sur lui et grogna. Au moment où James tendit la main vers Laura, le chien poussa un aboiement puissant, qui me fit sursauter.

Ma belle-mère se leva à son tour, se précipitant vers nous. Elle attrapa le chien par la peau du cou et le traîna dehors.

— Et tu restes là, cria-t-elle.

James pris Laura dans ses bras qui réveillée par les cris, hurlait à pleins poumons.

Mon moral tomba en chute libre. Je ne pouvais supporter de vivre au milieu des champs. Pas avec ce chien. Il semblait que Mum fut la seule personne qui avait de l'autorité sur lui. Que se passerait-il quand elle ne serait pas là ?

— Je n'aime pas ça, James. Je n'aime pas ça du tout.

Je quittai la pièce, serrant Laura contre moi.

***

Après avoir passé des semaines à chercher des emplois par l'intermédiaire d'amis, James se rendit au centre pour l'emploi de Guildford, où il postula pour entrer dans la police.

Son choix ne m'avait pas surprise. Étant un homme honnête et prévenant, il n'hésitait jamais à aider les gens. Il serait parfait pour maintenir la paix, juger les gens d'un œil juste.

Mon bonheur fut de courte durée. Ce soir-là, allongée dans le lit, James pris ma main dans la sienne. Je ne pouvais pas distinguer clairement son visage dans la lumière tamisée. Cependant, je perçus l'anxiété dans sa respiration.

— Quel est problème, James ?

Il prit une profonde inspiration avant de parler.

— Je dois faire un stage de trois mois à Chantemarle.

Je n'aimais pas ça du tout. La dernière fois qu'il m'avait dit qu'il partait, il se rendit en Allemagne.

— C'est dans le Dorset, continua-t-il.

— C'est loin ? demandai-je, redoutant la réponse.

— Un peu, mais c'est un stage résidentiel de trois mois. Je dois y rester pendant tout ce temps.

— Donc, je ne te reverrai pas pendant trois mois ?

Je laissai échapper un profond soupir. Serions-nous jamais ensemble pendant plus de deux mois ?

— Je sais que c'est dur pour toi, mon amour. Mais ce sera la dernière fois, je te le promets. Quand j'aurai fini ma formation, nous aurons une maison de fonction et nous serons ensemble pour de bon.

Si mon mari attendait que je riposte, il allait être déçu. Je n'avais plus la force de me battre ou de faire quoi que ce soit d'autre. J'avais traversé beaucoup d'épreuves depuis mon mariage avec cet homme. Et seule pour la plus grande partie.

J'avais besoin de recharger mes piles. De retourner chez moi, auprès de ma famille. C'était peut-être le moment de partir. Je n'avais pas d'obligations professionnelles. Personne à qui rendre des comptes. Pas de mari à la maison. Il était grand temps que Bella et Laura rencontrent leurs grands-parents italiens. Mammà serait si heureuse, elle parlait toujours des enfants dans ses lettres. Les photos que je lui envoyais seraient bientôt une réalité.

À mon retour, je chercherai un emploi. Ou peut-être monterai-je ma propre affaire ? L'idée me trottait dans la tête depuis un moment déjà.

En Italie, je pourrais aussi récupérer certaines de mes affaires personnelles, certains des cols brodés de Mammà. J'en avais même imaginé un en collier. Peut-être qu'elle me ferait un collier spécial. Un collier avec une pointe tombant sur la poitrine avec une grosse perle ovale qui y pendrait.

— Ma mère me manque, murmurai-je.

James porta ma main à sa bouche.

— Alors va la voir, mon amour.

— Vraiment ?

— Bien sûr.

Je caressai sa joue lorsque mes lèvres se fendirent d'un immense sourire. Mes émotions m'étouffaient, me laissant sans voix. Je retournais voir ma famille.

Ma seule crainte était, comment réagiraient mes parents lorsque j'arriverai sans mari ?

Chapitre 16

Juillet 1963

L'horloge de la place sonna six coups. J'étais de retour dans ma ville natale.

Cinq longues années s'étaient écoulées depuis que j'avais quitté Santa Maria la Carità avec le souvenir de mon père disparaissant dans les collines. C'était étrange d'être à nouveau sur la *piazza* avec les maisons familières, les mêmes personnes. Je n'avais pas vu ma mère ni entendu sa voix depuis cinq longues années.

Le taxi s'éloigna, me laissant dans la tranquillité de l'aube avec une énorme valise et deux enfants endormis. Bella s'agrippa à mes jambes, les yeux vides, bâillant profondément. La pauvre chérie n'avait pas beaucoup dormi la nuit dernière, le voyage avait été long pour elle. Pour moi aussi, mais l'idée de serrer ma famille dans mes bras me tenait en haleine.

Nous n'avions pas eu d'autre choix que de prendre le vol de nuit de Gatwick. C'était les billets les moins chers. James avait tout organisé avant de partir pour son stage. Il s'était également assuré que Florinda et Don m'accompagnent à l'aéroport. Une fois de plus, ma sœur était là pour moi, je ne pourrais jamais la remercier assez.

Malgré ma longue absence, peu de choses avaient changé. Le vieux chêne protégeait la fontaine à sa base, l'énorme croix en bois trônait au sommet de la colline qui surplombait la place, la cloche du village annonçait toujours l'heure. La peinture du mur de notre maison était passée du rouge grenadine au magenta délavé. Des larmes me piquèrent les yeux.

Je regardais les enfants. Leurs vêtements étaient froissés. Je devais être dans le même état. Ma gorge se serra, regrettant que James ne soit avec moi pour me soutenir. D'un coup, la solitude me submergea.

Je traversai la place avec Laura dans les bras, traînant mon bagage et Bella derrière moi. Mon cœur battait à cent à l'heure. L'excitation qui m'avait envahie lorsque j'avais décidé de surprendre mes parents avec cette visite inattendue, était maintenant retombée. Pendant le vol, j'avais réfléchi à mon geste. Mammà serait ravie de me voir. Comment réagirait Papà ? M'accueillerait-il à bras ouverts ? J'étais partie depuis si longtemps. Mais c'était ma maison. J'espérais que l'amour, la chaleur, le bonheur m'attendraient.

Fatiguée et sans doute affamée, Laura commença à gémir. Me baissant du mieux que je pouvais avec un bébé de neuf mois assis sur ma hanche, j'enroulai mes doigts autour d'un caillou, le pesant dans ma main. Assez lourd pour attirer l'attention. Assez léger pour ne pas causer trop de dégâts.

Le caillou vola jusqu'à la fenêtre du balcon — la pièce où dormaient mes parents. Aucun mouvement. Je pris un plus gros, le lançai plus fort.

Un visage apparut à la fenêtre.

Mammà !

Mon cœur fit un marathon, prêt à s'échapper de ma cage thoracique alors que je luttais pour comprendre qu'elle était réelle, pas une des photos à côté de mon lit.

La porte s'ouvrit lentement, le visage aimant de ma mère apparut Je m'approchai, sa main hésitante toucha mes cheveux.

— C'est vraiment toi ? chuchota-t-elle en essuyant ses joues mouillées du revers de la main. Je n'arrive pas à croire que tu sois là.

À chaque douce caresse, des larmes coulaient sur mes joues. Des larmes qu'aucune de nous n'essuya. Elle m'enveloppa dans ses bras, un doux sourire aux lèvres.

— Mammà.

Je fondis en larmes tandis qu'elle nous serrait dans ses bras, Laura et moi, me demandant pourquoi je n'étais pas revenue plus tôt.

Mon corps tremblait, libérant la tension accumulée au cours des cinq dernières années. Dans l'étreinte douce et chaleureuse de ma mère, le monde s'arrêta, mon esprit était en paix. J'étais enfin de retour à la maison.

Par-dessus l'épaule de ma mère, Papà sortit de l'ombre. Je retins mon souffle. Il avait vieilli, mais se tenait toujours droit, portant sa fierté comme un rempart. Un bouclier qu'il utilisait pour se protéger. Ses yeux avaient le même regard glacé qu'il y a cinq ans, sa bouche était toujours aussi fine.

Nous sommes restés à nous regarder pendant un bref instant. Je voulais lui dire que je l'aimais. Ma voix se transforma en croassements. Après tant d'années, avions-nous une chance de faire la paix ? Avec Vittorio loin, était-ce possible ?

Son regard s'adoucit, un sourire léger se forma sur ses lèvres. Cependant, la tristesse et le regret se lisaient sur son visage. Je le plaignais. Cet homme fier et strict, aux principes élevés, avait changé en mon absence. Pas seulement dans son apparence physique, quelque chose dans son regard.

Papà pris une grande inspiration, et comme il le faisait lorsque j'étais enfant, il me tendit les bras.

Mammà pris Laura, et je courus pour enfouir mon visage dans sa poitrine, mes sanglots se mêlant aux siens. Aucun de nous ne parla. Nous nous serrâmes fort l'un contre l'autre, comme si notre étreinte pouvait nous débarrasser de notre douleur. Les regrets surgissaient à chaque fois que je respirais. Mon corps tremblait, pleurant le temps perdu que nous savions tous deux ne jamais retrouver. Ce qui était fait était fait.

— Je t'aime, papa, balbutiai-je entre deux sanglots.

Il me relâcha pour s'essuyer le visage avec son mouchoir en coton. Puis je suivis cet homme aux épaules affaissées, et je sus qu'il m'avait pardonnée. Pas besoin de mots.

Nino, Luca, et Fortunato déboulèrent dans le salon. Bella n'avait jamais eu autant d'attention ou entendu autant de bruit auparavant. D'énormes larmes coulaient sur ses joues potelées alors qu'elle levait les yeux vers moi.

— Bianca ! appela Luca, se jetant dans mes bras. Tu m'as tellement manqué.

— Toi aussi, chuchotai-je à son oreille.

— Tu dois être Bella, fit Luca, prenant ma fille dans ses bras.

— Tout va bien, ma chérie, je lui dis. Voici ton *Zio* Luca.

Mammà s'approcha et se tourna vers Luca.

— Aide Bianca à porter sa valise dans sa chambre, puis va à côté et demande à Carmella si nous pouvons emprunter le lit de sa petite-fille.

Luca me passa Bella et hissa ma valise dans les escaliers. Une fois au premier étage, je le suivis dans le couloir jusqu'à mon ancienne chambre. Il abandonna la valise dans l'embrasure de la porte et s'éclipsa.

J'assis Bella sur le lit avant que mon regard ne se promène dans la chambre que je partageais autrefois avec Florinda. Rien n'avait changé. Les deux lits simples étaient recouverts des mêmes couvertures que ma mère avait crochetées dans un fin coton écru. Des photos de famille trônaient sur les étagères en bois, me regardant comme si elles me souhaitaient la bienvenue. La seule personne manquante c'était Vittorio.

En jetant un coup d'œil dans le coin le plus éloigné, Bella, ma poupée, était assise sur le vieux rocking-chair, exactement à l'endroit où je l'avais laissée il y a cinq ans. Hésitante, je la touchai du bout des doigts, de peur d'abîmer ses vêtements fragiles. Je la soulevai devant moi, sa tête se pencha sur le côté. C'était Vittorio qui l'avait jetée par-dessus le balcon dans un moment de rage.

— A qui est cette poupée ? La petite voix de Bella me ramena au présent.

— La mienne, chérie. Elle s'appelle Bella.

Les yeux de ma fille s'illuminèrent.

— Comme moi.

— Oui, comme toi.

— Viens !

Fortunato prit Bella par la main. Ils se dirigèrent dans le couloir où Mammà câlinait Laura.

— Nous allons leur donner le petit-déjeuner, dit ma mère en posant sa joue contre le visage poupin de Laura.

— Je descends dans une minute, répondis-je.

Mes yeux balayèrent à nouveau la pièce avant de se poser sur la coiffeuse. Je m'approchai, passai la main derrière le miroir perché contre le mur. Le coffret en bois contenant tous les trésors collectés durant mon enfance était toujours en place. Je le sortis, soufflai sur l'épaisse couche de poussière. L'ongle de mon pouce fit sauter le fermoir, un sanglot incontrôlable s'échappa du fond de ma gorge.

Malgré l'odeur fanée du minuscule sac de lavande, le parfum de ma mère était toujours présent. Les souvenirs me vinrent en mémoire alors que mes doigts survolaient le contenu de la boîte. Ils caressèrent le bracelet en bois offert par ma mère pour mon dix-huitième anniversaire. Enfant, j'avais l'habitude de le caresser lorsque je m'asseyais avec Mammà dans le jardin, sous le grenadier. Les billes arrondies de couleur magenta me rappelaient de petites grenades alignées. Elles étaient de la même couleur. Mammà avait promis de m'offrir le bracelet pour mon dix-huitième anniversaire, chose qu'elle avait faite.

Transmis à ma mère par sa grand-mère, c'était une sorte d'héritage familial. Un précieux rappel du passé. Pour moi, c'était les couleurs de la maison. Même si j'étais sortie de leur vie, ces trésors étaient ancrés dans ma mémoire.

Je remis le bracelet en place avant de prendre le trésor suivant. Un mot de mon premier petit ami, Paolo, si je pouvais l'appeler ainsi. Nous n'étions jamais sortis ensemble. C'était interdit. Cependant, il passait des heures à me regarder du chêne sur la place. Les rares fois où nous avions échangé des mots, étaient à l'église. C'était notre lieu de rencontre secret. En y repensant maintenant, c'était un miracle que Papà n'ait jamais deviné. Le temps que j'avais passé à écouter la messe sur les bancs de bois inconfortables, à attendre que Paolo apparaisse, aurait dû éveiller quelques soupçons.

Une bouffée de regret me saisit lorsque je pris la carte de visite. Celle que Papà avait déchirée après qu'un étranger ait frappé à la porte et proposé de m'emmener chanter à Naples. Un sourire amer se forma sur mon visage en regardant la carte que je n'avais jamais eu l'occasion d'utiliser.

Au fond de la boîte, parmi d'autres petits boutons, perles et pierres semi-précieuses, se trouvait la fleur que j'avais détachée du jasmin du voisin. Elle avait séché depuis, mais le souvenir était resté.

En un éclair, mes remords se transformèrent en colère alors que j'écrasais les pétales séchés dans ma main. Si les choses avaient été différentes, si mon père n'avait pas été aussi rigide, je n'aurais pas à ruminer le passé.

Le soleil se glissa à travers les volets, mes yeux retournèrent vers la fleur écrasée dans ma main. La poussière collait à mes doigts moites comme si elle voulait ne pas être oubliée.

Je fermai les yeux, laissant la positivité me traverser. Il était temps de regarder vers l'avenir. De pardonner le passé.

***

Tout le monde vaquait à ses occupations quotidiennes sans moi. Je ne faisais plus partie de leur vie. Ils faisaient ce qu'ils avaient à faire, moi, j'étais devenue une étrangère. Je n'avais plus ma place ici. Du temps s'était écoulé, l'horloge ne pouvait pas revenir en arrière. Ma vie était avec James en Angleterre. Aucun doute là-dessus.

— Comment va ta sœur ? demanda ma mère.

Son visage avait vieilli. De nouvelles rides sillonnaient les côtés de ses yeux, sa bouche avait adopté un pli permanent.

Je vins me placer à côté d'elle pendant qu'elle remuait la sauce tomate. Ses cheveux gris, maintenant courts étaient soigneusement coiffés. Les mèches rebondies qu'elle avait l'habitude d'enrouler en un élégant chignon me manquaient.

— Elle va bien. Don est un homme bien, ils sont bien ensemble. Cependant, ce n'est pas la personne que je m'attendais à voir Florinda épouser.

— Pourquoi ?

— Tu sais comment elle est. Si attachée aux apparences physiques.

Je trempai mon doigt dans la sauce, le portai à ma bouche.

— Don est blond aux yeux bleus. Tout le contraire de l'homme rêvé par Florinda.

Mammà se tourna vers moi.

— Le caractère est plus important, Bianca.

— C'est vrai. Quand j'ai parlé avec Don, j'ai compris ce que Florinda voyait dans cet homme. Il est calme, patient, réfléchi, exactement ce dont Florinda a besoin. Quelqu'un qui s'occupe d'elle. Tout en la gardant dans le droit chemin quand elle dérape.

Mammà arrêta de remuer la sauce.

— Je suis contente de l'entendre, mais mes deux filles me manquent tellement.

— Tu as les trois mousquetaires, dis-je en essayant de prendre la chose à la légère.

— Oh, Bianca, pourquoi es-tu partie ?

Elle jeta la cuillère en bois dans l'évier avant de s'effondrer sur le tabouret.

— N'as-tu pas réfléchi avant d'agir, *cara* ?

Ma voix mourut dans ma gorge alors que le visage de ma mère s'affaissa dans le désespoir, ses yeux débordant de larmes. Bien sûr que j'y avais pensé. L'idée de partir avait traversé mon esprit pendant des mois. Des années même.

— J'ai fait ce que je devais faire, Mammà. Peut-être que mon choix ne te convenait pas, mais je n'en pouvais plus. J'avais besoin de m'éloigner. De respirer.

Ma mère essuya ses larmes sur le devant de son tablier.

— Si je n'avais pas rencontré James, je serais rentrée, ajoutai-je.

Ce que je venais de dire ne soulagea pas sa douleur. Mais là encore, j'essayais seulement de la réconforter. Après ce que Florinda avait enduré lorsqu'elle était revenue pour ses vacances, James ou pas James, je ne serais pas revenue.

Prenant une profonde inspiration, ma mère se leva et continua à remuer sa sauce comme si rien ne s'était passé. Comme si notre conversation n'avait jamais eu lieu. Une des nombreuses choses que je détestais dans notre famille. Personne ne s'attarde jamais sur un sujet délicat. Et il y en avait eu un tas dans le passé.

J'aidai ma mère à porter les assiettes à table. Je pris place à l'endroit où j'avais l'habitude de m'asseoir, sous le tableau de la Madone, face à l'horloge. Mon père prit place à un bout de la table. Mammà à l'autre. Luca et Fortunato se mirent en face de moi.

— Où est ton mari ? demanda Fortunato.

— En Angleterre. Pourquoi ?

J'essuyai la sauce tomate des lèvres de Bella.

— Je suis étonné qu'il t'ait laissé venir seule ?

— Pourquoi pas ? Il ne peut pas venir. Il suit une formation pour devenir policier.

Mon père faisait tourner les spaghettis autour de sa fourchette, encore et encore, sans jamais les porter à sa bouche. Avec ses sourcils froncés, j'étais sûre qu'il se demandait si James existait.

— J'espère pour toi qu'il viendra un jour, dit finalement mon père. Les voisins pourraient penser que tu n'as pas de mari. Seulement deux enfants. Une mère célibataire.

— Je me moque de ce que les voisins pensent. Ils peuvent tous aller en enfer !

— Bianca !

Le visage de ma mère blanchit.

— Mais qu'est-ce qui te prends ? Est-ce les manières que tu as apprises en Angleterre ?

Luca et Fortunato éclatèrent de rire.

— T'es géniale, dit Luca en me faisant un clin d'œil. Je ne me suis pas autant amusé depuis que tu es partie.

Fortunato acquiesça.

— La maison est devenue une morgue. Plus de cris ou de disputes avec Vittorio et...

— Ça suffit !

Papà se leva, faisant déraper sa chaise sur le carrelage.

— Je ne veux plus jamais entendre son nom dans cette maison.

Il quitta la pièce en trombe, je regardai ma mère en secouant la tête. J'avais espéré, sans trop y croire, qu'il changerait en vieillissant.

— Maintenant tu sais pourquoi Florinda et moi sommes parties. Ce n'était pas sur un coup de tête, Mammà. Les choses n'ont pas changé.

***

Mammà m'avait demandé d'étendre le linge sur la terrasse du haut. Le soleil chaud frappait les maisons de la place, créant une illusion d'images tremblantes. Il me léchait le visage, s'enroulait autour de mes jambes comme un serpent glissant.

Je jetai la chemise humide dans le panier à linge et sortis mon carnet de croquis de la grande poche avant de mon tablier. Mon carnet m'accompagnait partout. Certaines personnes avaient des porte-bonheurs. La plupart des femmes avaient du rouge à lèvres dans leurs sacs à mains. Moi, j'avais mon carnet, mes crayons. Je pris une page blanche, et commençai à dessiner.

Les mannequins défilaient déjà devant moi sur le podium. Des mètres de tissu s'agitaient sur ma table de coupe, le tonnerre des machines à coudre résonnait dans ma tête. Mon crayon dansait sur le papier, donnant vie à mon imagination. Je fus surprise que la vue sur la *piazza* m'inspire autant. Peut-être que ce furent les gens du coin. Peut-être les couleurs chaudes de l'Italie. Peu importe. Trois magnifiques créations virent le jour.

La robe de bal serait composée de bandes de soie dans différentes teintes de rouge et d'auburn, tombant en piques jusqu'à l'ourlet juste au-dessus du sol. Elle serait fluide et tourbillonnante lorsque le mannequin marcherait sur la passerelle. Un sourire satisfait balaya mon visage.

Si un jour j'avais ma propre entreprise, cela serait ma première création.

***

Mis à part le débordement au début de mon séjour, le reste du temps fut agréable. Mammà s'occupa des enfants pendant que je rendais visite à mes oncles et tantes. Luca m'accompagnait. Sans doute pour rassurer Papà. Aussi parce qu'il voulait passer du temps seul avec moi. Il était curieux de savoir comment était la vie en Angleterre. Nous avons passé des heures à bavarder.

La date de mon départ approchait. J'étais en Italie depuis trois mois. Les enfants s'étaient habitués à la chaleur, à la nourriture. Bella répétait tout, faisant des phrases plus longues, plus cohérentes en italien. Mes crayons avaient trouvé l'inspiration ici. J'avais esquissé des dessins fantastiques. Mammà m'avait donné une pile de cols en dentelle qu'elle avait brodés.

Avant de rentrer en Angleterre, j'avais encore une chose à faire.

— Je crois que je vais aller visiter Anna, dis-je un jour à ma mère. Je ne l'ai pas vue depuis qu'elle a quitté l'Angleterre, il y a tant d'années.

Mamma hocha la tête sans rien dire. Il se passait quelque chose. Qu'avait-elle à divulguer au sujet d'Anna ?

Je pris une grande inspiration avant de poser ma question.

— Est-ce qu'elle vit toujours dans le coin ?
— Elle s'est mariée il y a quelques années.
— Avec qui ?

Je retins mon souffle

— Je ne sais pas, *cara*. Tout ce que je sais, c'est qu'elle vit dans une ferme à Fuscoli.

Je mâchai l'ongle de mon pouce.

— Tu crois qu'elle aimerait me voir ? Nous avons traversé beaucoup de choses ensemble.

— Elle a tendance à se tenir à l'écart. Mais je suis sûr qu'elle aimerait te revoir.

Qu'est-ce qui avait pu arriver à Anna ? L'amie qui m'avait poussée à partir en Angleterre avec elle. L'adolescente sauvage qui aimait parader en ville. La personne à qui je serais éternellement reconnaissante de m'avoir montré quelque chose de nouveau dans la vie.

Ça ne ressemblait pas du tout à mon amie. Il était hors de question que je retourne en Angleterre sans lui rendre visite.

***

Papà avait réussi à trouver l'adresse exacte d'Anna. Mammà avait accepté de s'occuper des enfants.

Je sortis du taxi et regardai la ferme. Elle était grande, bien entretenue. Jusqu'à ce que j'y regarde de plus près. Les boiseries avaient besoin d'une nouvelle couche de peinture, la porte, qui pendait légèrement sur le côté, avait besoin de nouvelles charnières.

Accrochant mon sac sur mon épaule, je marchai prudemment sur le gravier menant au bâtiment principal. Un coq se pavanait devant moi comme si l'endroit lui appartenait, ses plumes irisées captant le soleil. Après quelques mètres, il s'arrêta, se redressa de toute sa hauteur en chantant à tue-tête. Comme s'il annonçait mon arrivée.

Une femme sortit précipitamment de la maison, et sans prendre le temps de regarder autour d'elle, traversa la cour.

— Anna ?

La femme se retourna laissant échapper un soupir.

— Bianca ? Ce n'est pas possible.

Nous nous précipitâmes dans les bras l'une de l'autre, riant et pleurant en même temps. Mon amie avait pris du poids. Avec les cheveux attachés dans un foulard, elle ressemblait à une femme de la campagne. Des sabots de bois aux pieds, pas de maquillage, un tablier sale noué autour de la taille.

— Tu es magnifique, Bianca. Tes cheveux te vont bien coupés courts.

Je passai mes doigts dans les courtes mèches sauvages.

— C'est la mode en Angleterre en ce moment.

Elle me prit par le bras comme elle l'avait fait dans notre jeunesse et me conduisit vers la terrasse. À part quelques fleurs fanées qui se froissaient le long du mur de la maison, l'endroit était bien entretenu par rapport au bâtiment. Aucune mauvaise herbe ne poussait entre les pierres.

— *Limonada* ? demanda-t-elle en m'asseyant sur une chaise rembourrée.

— S'il te plaît.

Je mourais d'envie de savoir qui elle avait épousé, si elle aimait son mari, s'il la rendait heureuse. Bien que nous soyons meilleures amies depuis des années, je ne pouvais pas me résoudre à le lui demander. Pas encore. Je me sentais comme une étrangère. Comme si je n'appartenais plus à son monde. Le ressentait-elle aussi ?

Elle revint avec un pichet de limonade fraîche et me versa un verre. Mmm. Le goût acidulé des agrumes chatouillaient mes papilles. Si rafraîchissant.

— Alors, quoi de neuf ?

Nous avons toutes les deux lâché la phrase en même temps avant d'éclater en rires nerveux.

Elle tendit sa main par-dessus la table et serra mon bras. Je mis la mienne sur la sienne puis souris.

— Hé, Anna ! cria quelqu'un de l'intérieur.

Anna retira sa main.

— Mon mari, dit-elle.

L'homme sortit à la lumière du jour, je restai bouche bée, clignant des yeux plusieurs fois, essayant de me convaincre que je n'avais pas bien vu. Impossible de se tromper sur cette silhouette.

Le mari d'Anna n'était autre que son cousin, Paolo. Le jeune homme pour lequel j'avais eu le béguin dans le passé.

J'avais souvent rêvé de lui avant de rencontrer James. De notre vie ensemble. Mariés. Des enfants. Lui travaillant. Moi m'occupant de la maison tout en continuant à coudre pour les boutiques de mode de Naples.

Je tournai mon regard pour cacher ma surprise. Anna avait épousé Paolo et était retournée vivre dans un village. Dans une ferme tranquille. Était-elle heureuse au moins ?

166

— Ciao, Bianca !

Paolo s'approcha, me donna une bise sur la joue.

— Tu n'as pas changé du tout. Pas comme Anna.

Tête baissée, Anna cacha un cheveu égaré sous son foulard. Un picotement parcourut l'arrière de mon cou.

Je frottai le bras de mon amie. Elle laissa échapper un petit rire gêné. Quel salaud. Il n'y avait pas d'autre mot. Pourquoi diable Anna l'avait-elle épousé ?

— Contente de te voir aussi, Paolo, réussis-je à répondre, souhaitant qu'il retourne d'où il venait. La façon dont il me fixait était irrespectueuse envers sa femme.

Comme s'il pouvait lire dans mes pensées, il avala un verre de limonade puis se dirigea vers l'autre côté de la terrasse, où il s'effondra dans un hamac. Avec le visage caché sous son chapeau, il commença à se balancer doucement.

Je pris une autre gorgée de ma boisson.

— Jolie nappe, dis-je en faisant glisser ma main le long du coton frais. As-tu réussi à obtenir un contrat avec les maisons de couture de Naples ? Tu étais parmi les meilleures.

Anna secoua la tête.

— Quand nous nous sommes mariés, Paolo ne voulait pas que je travaille, alors il a déchiré mon diplôme.

— Quoi !

Paolo retira le chapeau de son visage avant de nous regarder, en affichant une grimace de colère. Je lui fis un signe de la main. Il me fit un signe de tête.

— Tu plaisantes, j'espère ?

Anna frotta ses doigts de haut en bas de son verre, hésitant quelques secondes avant de répondre.

— Paolo voulait que je m'occupe de la ferme et de sa mère. Et si nous avions des enfants un jour, il voulait que je m'occupe d'eux. Pas comme sa mère qui l'avait négligé quand il était enfant.

— Nous n'étions que trois à recevoir le diplôme ce jour-là. Nous étions les meilleures, Anna. Si tu l'avais voulu, tu aurais pu aller loin. On aurait pu aller loin ensemble.

— Hé, Anna ! appela Paolo. Donne-moi à boire. J'ai soif.

Anna sauta sur ses pieds, se précipitant dans la maison avant de revenir avec une bière.

Je la regardai faire, mon esprit bourdonnant d'incompréhension. Paolo avait détruit son diplôme, la seule preuve qu'elle avait réussi dans la vie. Et James, qui voulait encadrer le mien, l'accrocher au mur dans la salle de couture qu'il espérait m'offrir.

Ma rencontre avec James fut une aubaine. J'étais libre de faire ce que je voulais dans la limite du raisonnable. Il ne me criait jamais dessus, je n'avais pas besoin d'être à sa botte. Tout le contraire d'Anna. Si j'étais restée en Italie, j'aurais pu épouser Paolo. Dieu m'en préserve. Avec mon franc-parler, j'aurais senti le revers de sa main plus d'une fois.

Anna revint et vit mon regard.

— Il a un bon fond.

— Comment as-tu fini par épouser ton cousin ?

Ma voix sortit dans un murmure de colère.

— Ma mère voulait garder nos terres dans la famille.

— Tu as donc sacrifié ton bonheur pour un misérable morceau de terre ? Ça ne te ressemble pas du tout.

Anna laissa échapper un profond soupir.

— Ce qui est fait est fait. Ça ne sert à rien d'en faire tout un fromage.

J'avalai la boule qui se formait au fond de ma gorge. Pourquoi diable était-elle retournée en Italie ? Elle aurait dû signer pour une autre année comme je l'avais fait. Peut-être qu'elle aurait épousé un Anglais, vécu heureuse pour toujours. Ou du moins plus heureuse qu'elle ne l'était ici. Nous aurions monté une affaire ensemble. On se serait fait un nom. Nous avions toujours été sur la même longueur d'onde pour tout. La couture incluse. Quel gâchis.

— Alors, quand vous êtes-vous mariés ? demandai-je.

— À l'automne, après mon retour d'Angleterre. Notre famille était impatiente de nous marier.

— C'était un peu rapide, non ? répondis-je avant de me mordre la langue.

N'avais-je pas rencontré et épousé James sur une période de neuf mois ?

Anna haussa les épaules.

— On se connait depuis l'enfance. Et puis, nous avons toute une vie pour nous connaitre.

J'avais déjà cerné Paolo. Un salaud égoïste. Une personne qui s'attendait à ce qu'on s'occupe de lui. Il ne semblait pas y avoir d'amour entre ces deux-là. Avait-il déjà pris une maîtresse ?

— Tu l'aimes vraiment, Anna ?

Anna regarda son mari qui ronflait dans le hamac.

— Je crois que oui.

Je secouai la tête. Anna n'était pas heureuse, j'en aurais mis ma main au feu.

— Assez parlé de moi, fit-t-elle, en me tendant une assiette de *cantuccini*. Parle-moi de toi. Je crois que tu es mariée, que tu as deux belles filles.

Je pris un biscuit avant de lui raconter tout ce qui s'était passé depuis qu'elle avait quitté l'usine. Ma rencontre avec James, mon mariage, mon travail chez Carnaby Creations, mes deux enfants, la formation de James pour devenir policier.

Anna écouta sans m'interrompre pendant que je racontais ma vie. Je lui donnai tous les détails. Je vis ses yeux se remplir de larmes.

Ce ne fut que lorsque j'arrêtai de parler que je me rendis compte de tout ce que j'avais fait dans ma vie. Et de la chance que j'avais.

***

Quand le moment vint de quitter ma famille, des sentiments contradictoires m'envahirent. Même si je détestais quitter ma famille, James me manquait terriblement.

Contrairement à mon départ cinq ans plus tôt, nous avons tous fait nos adieux. Même Papà, était présent.

Ma mère s'accrochait à Bella, gémissant tandis que ses larmes coulaient sans réserve. Papà serrait Laura dans ses bras, l'étouffant de baisers comme s'il n'y avait pas de lendemain.

Cela me faisait toujours mal au cœur de voir le visage déconfit de ma mère. J'imaginais ce qui se passait dans sa tête. Se demandant quand elle reverrait ses petits-enfants.

Je ne fis aucune promesse. Ce ne serait pas juste.

Si tout allait bien, que James réussissait ses examens pour entrer dans la police, il aurait un revenu décent, et nous envisagerions de revenir dans quelques années. Une sacrée longue attente, mais ma vie était en Angleterre avec James. J'aimais profondément mon mari. Même après trois ans et demi de vie conjugale, mes pensées allaient constamment vers lui. Encore plus lorsque nous étions séparés. Il était mon roc. Je voulais passer le restant de ma vie avec lui.

J'avais adopté l'Angleterre comme pays. J'avais même renoncé à mon passeport italien, j'étais devenue citoyenne britannique. J'avais renoncé à mon nom, à ma nationalité, à ma patrie, mais comme le dit le proverbe italien : on peut avoir plus d'un foyer, mais les racines restent inchangées.

Chapitre 17

1965

L'excitation m'envahissait, un peu d'appréhension aussi. Après-demain, ce serait l'ouverture officielle de mon entreprise. Ce n'était pas une grande affaire, mais cela signifiait beaucoup pour moi.

James avait été promu à Guildford où nous avions une nouvelle maison de fonction avec trois chambres. Elle donnait sur la route principale où le trafic était dense. James se plaignait du bruit. Moi j'adorai être de retour dans le brouhaha de la vie urbaine. Un pur bonheur. Je n'avais jamais pu m'habituer aux vaches ni aux corbeaux à Chilworth.

Bella et Laura étaient devenues amies avec les enfants des voisins, qu'elles avaient rencontrés à l'école primaire. On nous avait dit que c'était une bonne école avec d'excellents professeurs. Pour couronner le tout, l'école était accessible à pied.

Cette maison était maintenant devenue un foyer. Ma maison. Avec ma nouvelle entreprise à côté.

James avait parlé avec notre voisin avec qui nous nous entendions bien. Mon mari lui avait fait part de mon désir de créer un petit atelier de couture. Comme son salon de coiffure n'était plus utilisé, James demanda si nous pouvions louer l'endroit. Le voisin refusa toute somme d'argent, heureux que l'ancien salon soit utilisé à bon escient. Nous l'avions donc transformé en boutique. Un endroit où je pourrais accueillir des clients, créer et coudre.

À mon retour d'Italie, deux ans plus tôt, j'avais contacté mon ancien employeur à Guildford, qui accepta de me reprendre. Au bout de dix-huit mois, par le biais du bouche à oreille, des clients me contactaient directement. J'acceptai toutes commandes, signifiant que j'avais besoin d'un endroit dédié à la couture. D'où l'idée de James d'avoir une pièce pour mon atelier.

Je restai en contact avec Roger. Il avait proposé d'acheter mes créations, que j'envoyais par la poste. Je devais admettre que Carnaby

Creations payait bien. Après une longue conversation téléphonique, nous étions parvenus à un accord mutuel. Roger avait ri lorsque je lui avais exposé mes conditions.

— *Vous voulez que j'envoie des dessins ?*

— *C'est ça, Bianca. Cela pourrait marcher dans les deux sens. Tu peux vendre tes créations, et nous pouvons les fabriquer et les commercialiser. C'est un partenariat gagnant-gagnant.*

C'était le moment de négocier. Roger voulait mes créations parce qu'elles étaient belles. S'il était déterminé à les avoir, il accepterait mes conditions.

Je pris une grande inspiration.

— *J'accepte, mais à une condition.*

Un grognement vibra au fond de sa gorge.

— *Laquelle ?*

— *Quand vous fabriquez mes vêtements, vous mettez Bianca's Originals sur les étiquettes.*

Silence complet.

— *Roger ?*

Une respiration rapide résonna dans mon oreille. Avait-il des doutes ? Suis-je allée trop loin ? Je croisai les doigts et retins ma respiration.

Après un autre long silence, le rire de Roger retentit dans le téléphone.

— *Tu es une négociatrice coriace, Bianca. J'aime ça.*

— *C'est bon alors ?*

— *À condition que vous ne fabriquiez pas les mêmes modèles dans votre boutique. Carnaby Creations a toujours vendu des modèles uniques. Aucun vêtement identique ne quitte notre boutique.*

Ce fut à mon tour de réfléchir. Il n'y aurait aucun problème pour trouver assez de modèles pour nous deux. Parfois, mon esprit s'emballait, brûlant d'envie de couvrir le papier de mes créations. Je pourrais travailler dans ma boutique à Guildford et avoir ma marque vendue à Londres. Si les touristes achetaient chez Carnaby Creations, qui sauraient d'où venaient mes créations ?

Mon estomac fit un saut.

— *Je suis d'accord.*

Un sifflement vibra dans mon oreille.

— *Je vais rédiger le contrat et vous l'envoyer.*

— *Merci, Roger. Je suis heureuse de travailler avec vous.*

— *Pas autant que moi, Bianca.*

Je regardais mon atelier de couture, fière de l'avoir meublé à moindre frais. J'avais réussi à obtenir une grande table de coupe et un mannequin de tailleur. James avait construit des étagères où des boîtes étaient empilées avec des morceaux de tissu récupérés sur d'autres vêtements. Des boutons découpés dans des vêtements, des bandes de rubans de toutes les couleurs, et assez de dentelle pour décorer la Tour de Londres.

Mon achat le plus cher fut la machine à coudre électrique, cependant la machine à pédale trônait toujours dans un coin de la pièce, sous mon diplôme encadré. Je refusais de me séparer de ce vieux souvenir.

— Tu viens te coucher, mon amour ? demanda James depuis le seuil de la porte.

— Pas tout de suite. Je travaille encore.

— Il est plus de onze heures.

— Vas-y, je viens plus tard, d'accord ?

— Pourquoi ne pas...

Je roulai les yeux.

— S'il te plaît, James.

Mon mari eut le bon sens d'aller se coucher. Malgré mon épuisement, je voulais finir la robe qui serait posée sur le mannequin lorsque ma boutique ouvrirait au public le soir de l'inauguration.

Seule face au tic-tac de l'horloge, je lissai le tissu azur avant d'épingler le patron sur le dessus. Je découpai la robe avant que l'aiguille n'entre et ne sorte du tissu. Tout le monde allait adorer cette petite robe.

J'étirai mes bras au-dessus de ma tête. Mes yeux me piquaient, mon dos me faisait mal, mes doigts étaient engourdis. Un courant d'air souffla dans mon dos. Le poêle à paraffine n'avait plus de combustible à brûler, me laissant froide et raide. Il était temps d'aller au lit.

En sortant de la pièce, je regardai la dentelle argentée accrochée au dossier de la chaise. Dans mon esprit, elle recouvrait déjà le tissu bleu. Je l'avais achetée à un bon prix sur l'étal du marché. Personne n'en voulait. Personne ne savait quoi en faire. Je le savais parfaitement. La robe ferait sensation.

***

Deux jours plus tard, une demi-douzaine de femmes se présentaient à l'ouverture de Bianca's Originals.

J'étais prête.

J'avais décoré la pièce en suivant les lignes simples mais élégantes de Carnaby Creations. Elle n'égalerait jamais celle de la boutique londonienne, cela ne m'avait pas empêché d'accrocher certains de mes dessins encadrés, ainsi que mon diplôme italien.

Un élégant fauteuil faisait face au mannequin habillé d'une de mes dernières créations. La grande table de couture était couverte d'autres créations, d'une douzaine de cartes de visite que James avait confectionnées.

James, malheureusement, était au travail. Il ne pouvait pas s'occuper de Bella et Laura. Dieu merci, Florinda avait accepté de surveiller les filles. Une fois de plus, ma sœur était là pour moi.

Quand nous avions déménagé à Guildford, Florinda fut contrariée. Je lui manquais, ainsi que les enfants. Don était tellement occupé par son travail que Florinda passait la majeure partie de son temps seule. Même l'arrivée de leur fille, Nina, l'année dernière, n'avait pas apporté beaucoup de réconfort.

Connaissant les manières persuasives de ma sœur, elle avait probablement harcelé son mari jusqu'à ce qu'il accepte finalement de déménager.

Don avait réussi à trouver un emploi d'ingénieur TV et radio dans l'une des plus grandes entreprises de la ville. Florinda travaillait à la maison, comme moi. Tous les jeudis, pendant que les enfants étaient à l'école, Don s'occupait de Nina, et Florinda passait l'après-midi avec moi, à dessiner des robes, à ajouter sa touche spéciale à la broderie. Nous travaillions bien ensemble.

La sonnerie de la porte d'entrée retentit. Je me dépêchai dans le couloir, passant mes mains moites sur le devant de ma robe. En ouvrant la porte, je vis six femmes souriantes. Deux d'entre elles étaient des clientes régulières, les autres devaient être des amies, ce qui était bon signe.

— Madame Delucey, dit une cliente de sa voix exubérante. J'ai amené une de mes amies journaliste avec moi. Elle cherche de nouveaux vêtements. Je me suis dit qu'un peu de publicité vous ferait du bien.

Elle me fit un léger clin d'œil et virevolta dans sa jupe. Une que je lui avais confectionnée.

Le cœur battant fort contre ma poitrine, je les suivais dans la boutique. Les choses semblaient prometteuses. Serait-ce le début de quelque chose de grand ?

Elles se jetèrent sur les carnets de croquis étalés sur la table, dévorant le contenu. Si elles passaient quelques commandes, si la journaliste écrivait un article amenant plus de monde dans la boutique, j'aurais peut-être assez d'argent pour retourner en Italie.

Cette fois avec James.

***

Je regardai par le hublot alors que l'avion commençait sa descente vers Naples. Après deux longues années d'économies acharnées, je retournais visiter ma famille en Italie.

L'avion vira sur le côté, je m'accrochai au bras de James, me préparant à l'atterrissage. Je détestais prendre l'avion. Être coincée dans une boîte métallique dans le ciel jusqu'à ce que le pilote atterrisse.

Les enfants dormaient. Nous avions pris un vol à l'aube car les prix étaient intéressants. Cela signifiait que nous arriverions pour le déjeuner.

— Ça va aller, dit James.

Je sortis de mes pensées, lui adressai un faible sourire avant de regarder son bras. Des marques rouges ressortaient sur sa peau, là où j'avais enfoncé mes ongles.

— Oh, *caro*, désolée !

Je frottai son bras, espérant que les marques gonflées disparaissent rapidement. Si seulement mon angoisse pouvait disparaitre aussi.

Les roues de l'avion touchèrent le tarmac avec une secousse jubilatoire. Je desserrai finalement mes poings. L'atterrissage fut mieux que la dernière fois. L'avion avait heurté la piste, j'avais été projeté en avant comme une pierre sortant d'une catapulte.

James caressa ma joue.

— On y est presque, mon amour.

On avait nos valises à récupérer, puis un taxi à trouver. Dans moins d'une heure, je serais avec la famille.

***

Nous entrâmes dans la maison, Mammà se précipita pour embrasser les enfants. Après m'avoir longuement enlacée, elle leva les yeux vers James et sourit.

— Cet homme me plait, dit-elle, en lui serrant la main.

James se pencha, lui déposa un baiser sur la joue.

— Je suis heureux de vous rencontrer, répondit-t-il.

Rayonnants, Papà et Fortunato sortirent de la cuisine. Mon frère s'empressa de me serrer dans ses bras.

James tendit la main, mon père la serra dans les siennes, chose qu'il faisait lorsqu'il aimait la personne. Mon estomac se détendit. James avait passé la première épreuve. Si mes parents appréciaient mon mari, alors Nino et Luca aussi. À cause de leur travail respectif, ils ne seraient avec nous que plus tard dans l'après-midi.

À peine avions-nous posé nos valises dans notre chambre que la cloche de l'église sonnait midi. Nous nous installâmes pour manger. Lorsque le basilic de la sauce tomates me parfuma la bouche, je fermai les yeux et souris. Un pur bonheur. J'avais oublié à quel point la cuisine de ma mère me manquait.

Des bavardages joyeux remplirent la pièce jusqu'à ce que James commence à manger. Toutes les têtes se tournaient dans sa direction, un silence gênant s'installa, comme si tous retenaient leur souffle.

Les yeux de Papà s'agrandirent. Il secoua la tête tandis que Fortunato gloussait derrière sa serviette. James était en train de couper ses spaghettis. Un énorme sacrilège pour les mangeurs de pâtes. Si vous ne saviez pas comment enrouler vos spaghettis autour de votre fourchette, vous demandiez une cuillère pour vous aider. Personne ne coupait jamais ses pâtes.

Je croisai le regard de mon mari. Il me fit un clin d'œil.

— C'est excellent, dit-il, et continua à manger, imperturbable dans le silence.

Après avoir fait bonne impression en arrivant, James venait de jouer son joker. A notre retour en Angleterre, je lui apprendrai à utiliser sa fourchette et sa cuillère pour les spaghettis.

176

Le reste du repas s'était bien passé. James pratiquait son italien avec mon père, Fortunato. Mammà et moi nous nous occupâmes des enfants.

— *Caffè* ? demanda ma mère en rassemblant les assiettes.

James repoussa sa chaise, rassembla le reste des assiettes, en les empilant soigneusement.

Les narines de Papà se dilatèrent avant qu'il ne se racle la gorge.

— Bianca, siffla-t-il entre ses dents. Dis à ton mari de s'asseoir maintenant. Ce n'est pas à lui de faire ça.

— Je comprends ce que vous dites, répondit James en portant les assiettes dans la cuisine. Il n'y a pas de mal à aider, n'est-ce pas ?

Merde ! Je ne m'attendais pas à ce commentaire de la part de James. Un autre point en moins.

Mon mari n'avait pas été élevé à rester assis pendant que les autres travaillaient. Ses parents avaient appris à leurs enfants à partager les corvées à la maison. Même John faisait la cuisine et le repassage.

Papà ne comprendrait jamais le mode de vie anglais, où les gens vivaient calmement. Personne n'élevait jamais la voix. Du moins, pas dans la famille de James. Personne ne faisait d'histoires pour des choses insignifiantes.

Je n'étais plus à ma place ici, préférant de loin le style de vie anglais. Pour être honnête, je n'avais jamais été à ma place ici.

Le temps passé en famille fut agréable. Luca et Nino me rendaient souvent visite. C'était bon de passer du temps avec mes frères, surtout Luca. Nous passions beaucoup de temps dans le jardin, sous le grenadier, à parler de son avenir. Il avait étudié pour devenir tailleur et avait une bonne réputation à Naples. Il semblait que la couture soit une valeur familiale. Même Fortunato espérait suivre les pas de notre frère.

Mon seul souci fut Mammà. Bien qu'elle ne se plaignît jamais, à quelques reprises, elle avoua que ses filles lui manquaient.

Nous n'avions jamais eu ce lien fusionnel. Peut-être était-ce dû au fait que j'avais quitté la maison à vingt et un ans. Peut-être dû au fait que j'avais été élevée par mon père pendant la plus grande partie de mon enfance. Pauvre Mammà. Elle n'avait pas non plus eu cette relation avec Florinda. Ses deux filles avaient quitté la maison à cause de la manière dont Papà gérait sa famille.

Personne ne parla de Vittorio. Je crois que le chagrin rongeait ma mère de l'intérieur. Souriant rarement, elle n'avait personne à qui se confier. Papà n'avait jamais été du genre à s'asseoir, à écouter, à réconforter. Ce n'était pas dans son répertoire, et ne le serait probablement jamais.

***

Je ramassai ma couture. C'était bon d'être de retour à Guildford.

James avait apprécié la rencontre avec ma famille. Toutes mes tantes, oncles et cousins inclus. La seule chose qu'il n'avait pas pu supporter, c'était le temps. Les nuits chaudes et moites n'étaient pas à son goût. Il avait passé de nombreuses nuits à errer sur la terrasse. Peu importe que nous ayons gardé les fenêtres ouvertes ou fermées, je devais admettre qu'il faisait une chaleur étouffante. J'avais oublié à quel point.

Les adieux avaient été aussi douloureux que d'habitude. Nous avions promis de revenir. Nous ne savions pas quand, incertains de ce que le travail de James nous réservait. Il était déterminé à obtenir une promotion, ce qui signifiait plus d'argent. Cela signifiait aussi un autre déménagement dont je n'avais pas envie.

La sonnette retentit. Je revins à ma couture. En un éclair, je posai ma broderie sur la table, et me dépêchai pour ouvrir la porte. Cela pouvait être un client.

Une dame élégante se tenait sur le seuil de la porte. Ses cheveux couleur nuit tombaient sur ses épaules, son teint olivâtre laissait penser qu'elle n'était pas anglaise.

— Bianca Delucey ? demanda-t-elle, je perçus son accent italien.

— Oui.

— Pouvons-nous parler italien ?

— Bien sûr.

— Je suis venue pour un essayage. On m'a dit que vous étiez la meilleure couturière de la ville.

Un picotement frémit dans mon estomac.

— S'il vous plaît...entrez.

Mon nom avait-il été diffusé dans toute la ville ? Si cette cliente retournait en Italie avec l'une de mes créations, je deviendrais peut-être célèbre.

— Je cherche quelque chose d'original.

178

Son rire me ramenait à la conversation.

— Je suppose que toutes les femmes disent ça ?

Je fis mon plus beau sourire.

— Oui, en effet.

Elle me suivit dans l'atelier et prit place à ma grande table de couture.

— Que cherchez-vous exactement ? lui demandai-je.

— Je suis en Angleterre pour ma lune de miel. Je veux quelque chose à ramener en Italie.

Mon cœur s'emballa.

Pourquoi cette femme élégante voulait-elle quelque chose que j'avais créé alors qu'elle vivait dans un pays où la mode était réputée ? Sa robe évasée jusqu'aux genoux était coupée pour mettre en valeur sa silhouette bien sculptée. Quel que soit le créateur, il connaissait parfaitement son métier.

Cela dit, qui étais-je pour remettre en question son choix ?

Je récupérai mon carnet de croquis sur une étagère voisine. Une vie entière d'imagination et de dessins s'y trouvait. La plupart d'entre eux étaient devenus réalité. Certains attendaient encore de prendre vie. Peut-être que l'un d'entre eux se rendrait en Italie.

Je plaçai mes croquis devant elle. Ses yeux marron brillaient en passant d'un dessin à l'autre. À chaque tour de page, ses ongles rouge carmin brillaient sous la lumière vive de la pièce. Quelle femme élégante. Parfaite. Aucun doute qu'elle rendrait justice à mes tenues.

— J'aime ce que je vois, Madame Delucey. Vous êtes très talentueuse. Je n'arrive pas à décider lequel choisir. Je vais peut-être devoir en acheter plusieurs.

Son rire jovial résonna dans la pièce ce qui provoqua une sensation de bien-être. Mes espoirs grimpèrent en flèche tandis que mes entrailles vibrèrent.

— Malheureusement, je n'ai pas le temps de vous laisser prendre mes mesures maintenant.

Elle se pencha plus près, une main posée délicatement sur sa poitrine.

— Pour être honnête, Madame Delucey, je suis venue voir ce que vous aviez à offrir.

179

Je hochai la tête, appréciant son honnêteté.

Sans un autre mot, elle repoussa sa chaise avant d'enfiler ses fins gants de cuir.

— Puis-je revenir demain ? Disons vers cinq heures ? J'aimerais amener mon mari avec moi. C'est lui qui va payer, après tout.

Son rire résonna à nouveau dans la pièce, et je ris avec elle. Typiquement italien. Les hommes payaient pour leur femme. Ce n'était pas mon problème. Tant que l'un d'eux réglait la facture.

Après que je lui aie montré la sortie, je revins dans mon atelier de couture.

— Gagné !

***

Le lendemain, cinq minutes avant 17 heures, on sonna à la porte.

Je jetai un dernier coup d'œil autour de moi avant d'aller ouvrir à ma cliente. Tout était prêt. Les boutons étaient répartis sur la grande table à côté des nouveaux croquis. Il ne me manquait plus que les mesures de cette femme, la couleur qu'elle souhaitait.

Son visage rayonnait lorsque j'ouvris la porte.

— Mon mari est en train de garer la voiture. Il ne sera pas long, me dit-t-elle.

Je lui serrai la main.

— Entrez. Je vais laisser la porte entrouverte pour lui.

Nous allâmes dans la salle de couture où elle s'assit.

— Est-ce pour moi ? demanda-t-elle, désignant les croquis exposés sur la table.

— Oui, ils sont idéals pour mettre en valeur votre silhouette.

— Ils sont fantastiques. Quelles couleurs suggérez-vous ?

— Je vais vous montrer.

Je m'éloignai de la table pour chercher du ruban dans le placard à couture.

— *Ciao*, Bianca !

Un frisson glacé me parcourut. Il n'y avait aucun doute, je savais à qui appartenait cette voix de démon.

Mon pouls résonnait dans mes oreilles tandis que mes yeux

regardaient frénétiquement autour de moi avant de saisir une paire de ciseaux. Je me retournai lentement pour trouver Vittorio qui me souriait.

— Tu as donc rencontré ma femme, dit-il en faisant un signe de tête à ma cliente.

Mais non !

Une bouffée d'adrénaline me traversa. Cette femme était ma belle-sœur ? La femme qui était partie vivre au Venezuela avec Vittorio ? Ou était-ce une autre de ses conquêtes ?

— Attends-moi dehors, Silvia, dit-il, en désignant la porte.

Comme un chiot obéissant, Silvia sortit de la pièce sans même un au revoir, le regard baissé.

La colère m'envahit. Tout cela n'était qu'une mise en scène. Cette femme avait été envoyée par son mari. J'avais cru à son discours sur le fait que j'étais la meilleure en ville. Elle m'avait même fait croire que je deviendrai célèbre en Italie avec mes créations. Bon sang, je pouvais hurler de rage.

— Je suis retourné en Italie, et j'ai parlé à Mammà, dit-t-il, avec son air de supériorité.

— Et ?

— Elle m'a dit que tu t'étais fait un nom, que ton mari est policier. Tu dois rouler sur l'or.

Il accompagna ses mots d'un geste dédaigneux.

Des signaux d'alarme clignotèrent dans ma tête. Il voulait de l'argent. Fortunato avait vaguement mentionné que Vittorio avait de sérieuses dettes au Venezuela. Le jeu était devenu un de ses passe-temps. Un passe-temps coûteux.

Si mon frère avait fait tout ce chemin pour me demander de l'argent, il pouvait aller au diable. Pas question qu'il obtienne un centime de moi. Pensait-il honnêtement que je lui donnerais quelque chose ? Quel imbécile.

— Je suis dans une mauvaise passe, poursuivit-il en faisant quelques pas en avant.

Je fis quelques pas en arrière.

— Mammà et les garçons m'ont donné un peu d'argent pour que je puisse m'en sortir. Je n'ai rien demandé à Papà. On ne se parle plus.

Ma vision se troubla, mes mains devinrent moites. Ce bâtard avait réclamé de l'argent à notre mère. La pauvre femme avait dû donner ce qu'elle avait réussi à économiser avec l'argent du ménage.

— Maintenant, c'est à ton tour.

Ses mots me sortirent de mes pensées.

— Et ne me raconte pas de conneries sur le fait que t'as pas d'argent. Apparemment, ton mari a fait bonne impression en Italie. Et les policiers gagnent bien leur vie.

Mon frère se promenait dans la pièce comme si l'endroit lui appartenait, faisant glisser son doigt sur le bord de la table, observant mon travail.

— Sors d'ici !

Vittorio passa sa langue sur ses lèvres, regardant autour de la pièce. Mon cœur battait si fort contre ma poitrine, j'avais presque mal.

— Ton mari sait-il à quel point tu es une terreur ? Tu l'as enroulé autour de ton petit doigt ? Tu le fais marcher autour de toi comme un toutou ?

— Va-t'en, Vittorio.

— Est-ce une façon de traiter la famille ? T'as perdu tes bonnes manières ? Si tu ne t'étais pas enfuie, je t'aurais appris à te comporter correctement.

Ses manières arrogantes me donnaient envie de vomir. Pour qui se prenait-il ? Une sorte de Dieu ? Il avait un sérieux problème de personnalité.

— J'ai fait un long chemin, Bianca.

— T'aurais dû y réfléchir avant.

Sa mâchoire se contracta.

— Tu n'as pas changé. Toujours aussi franche. Est-ce que ton mari arrive à te supporter ?

— Et ta femme ? Arrive-t-elle à te supporter ? Je lui répondis en tendant le menton. Je vois qu'elle est docile comme tu les aimes. Ça te plait, hein ?

J'aperçus un tressaillement dans sa joue gauche. Celui qui se déclenche lorsqu'il ne maîtrise pas la situation.

— Tu m'as fait passer pour un idiot, lorsqu'on m'a traîné hors du train à Naples. Je n'ai jamais été aussi humilié de toute ma vie.

— Avoir quelqu'un qui te rend la pièce de ta propre monnaie ne plait jamais, n'est-ce pas ?

Vittorio continua à se pavaner, ignorant mes propos.

— J'ai vu ce que ton mari a fait dans la chambre principale à la maison. Pas mal. Même si cela aurait pu être mieux.

— Alors pourquoi t'es pas resté dans le coin pour le faire toi-même ? Trop occupé à mettre les femmes enceintes ?

Ses yeux brûlaient de rage tandis qu'il frappait du poing sur la table, faisant sauter les épingles. D'un pas rapide, il contourna la table, les narines dilatées comme un taureau se dirigeant vers une cape rouge.

J'esquivai sa main et me précipitai vers la porte. Dans son état actuel, il était capable de tout. Avec un dernier regard par-dessus mon épaule, je courus vers la porte.

Un cri étouffé s'échappa lorsque je fus arrêtée brusquement. D'un geste rapide, James me tira derrière lui et avança dans la pièce à grandes enjambées.

— Je crois que ma femme t'a demandé de partir, dit-t-il, dominant mon frère.

Des larmes de soulagement coulaient sur mon visage. À cause de mon altercation avec Vittorio, je n'avais pas entendu mon mari entrer.

Je dus admettre qu'il avait l'air imposant dans son uniforme. Le mètre soixante-huit de Vittorio n'était rien comparé au mètre quatre-vingt-dix-huit de James. Mon frère avait l'air pathétique. Comme un coq essayant d'ébouriffer ses plumes pour impressionner la basse-cour. Ça ne marchait pas sur James.

— Tu m'as entendu ? demanda James.

Il avait appris assez d'italien pendant nos six années ensemble pour le maitriser. De plus, il savait comment je considérais mon frère.

Les yeux de Vittorio se rétrécirent. James affichait un visage neutre. Cependant, la façon dont la bouche de mon mari était devenue dure ne signifiait rien de bon.

Vittorio fit quelques pas en arrière, les bras croisés sur sa poitrine. James restait imperturbable. Probablement habitué à traiter avec des voyous.

— Tu as besoin d'aide pour partir ?

James desserra ses poings qui s'étaient fermés en boules pendant tout ce temps.

Des gouttes de transpiration se formèrent sur le front de mon frère, l'odeur âcre de sa sueur emplit l'air. L'idiot refusait de céder malgré sa peur. James ne serait pas le premier à reculer. C'était son domaine, l'ennemi n'était pas le bienvenu.

Les deux hommes se regardèrent fixement pendant ce qui semblait être une éternité. Vittorio les bras toujours croisés, James les jambes écartées, tout en gardant un visage dur. Que se passait-il dans la tête de mon mari ?

— Bon, ça suffit !

La voix grave de mon mari résonna dans la pièce, me faisant sursauter.

Avant que Vittorio n'ait eu l'occasion de déplier ses bras, James l'attrapa par le col, le poussant vers l'entrée, ne relâchant prise que lorsqu'ils atteignirent la porte d'entrée.

— Vous pouvez sortir d'ici de manière civilisée, dit James dans son meilleur italien. Si cela n'est pas dans votre répertoire, je vais vous aider.

Vittorio rajusta sa veste.

— Bianca ! appela James, le visage impassible.

Je me hâtai vers eux, tout en gardant mes distances au cas où un caprice de dernière minute traverserait l'esprit de mon frère.

James se tourna vers moi.

— Je veux que tu répètes exactement ce que je viens de dire. Mon italien est loin d'être aussi bon que ton anglais, mon amour. Je ne veux pas que Vittorio dise qu'il n'a pas compris.

J'ouvris la bouche pour parler, Vittorio leva une main.

— J'ai compris, grogna-t-il.

Bien sûr qu'il avait compris. Même si l'italien de mon mari n'était pas parfait, n'importe quel idiot comprendrait lorsqu'on le met à la porte. Au moins James lui avait permis de quitter l'endroit dignement.

James ouvrit la porte, mon frère sortit sans dire un mot. Vittorio était venu pour nous soutirer de l'argent, déterminé à me contrôler à nouveau après toutes ces années. Avait-il vraiment cru qu'il allait revenir dans ma vie, recommencer son intimidation ?

Vittorio sorti comme un chien réprimandé, la queue entre les jambes. Il tira sa femme brutalement à ses côtés avant de reprendre la route. J'espérais qu'il avait compris la leçon. Dommage que cela ait dû être de la manière forte. J'étais certaine qu'il ne m'embêterait plus. Mon mari s'en était assuré.

James ferma la porte, je me jetai dans ses bras. Il murmura des choses apaisantes dans mes cheveux pendant que je m'abandonnais à pleurer. Toutes mes peurs se déversèrent comme un torrent ininterrompu. J'avais été effrayée, en colère, soulagée en l'espace de quelques minutes. C'était la deuxième fois que quelqu'un tenait tête à mon frère.

Progressivement, toute la tension me quitta, comme si la chaleur du corps de mon mari l'évacuait. Une fois mes pleurs apaisés, je me retirai de ses bras.

— Combien de temps tu m'as entendu parler avec Vittorio ? demandai-je d'une voix étranglée.

— Assez.

Je lui caressai la joue.

— Je ne t'ai jamais vu en colère, *caro*.

— Je n'ai jamais eu de raison de l'être.

C'était vrai. Même les rares fois où les choses ne s'étaient pas passées comme il le voulait, James ne perdait jamais son sang-froid. Il détestait les conflits, détestait me contrarier, toujours prêt à trouver une solution pour maintenir la paix. Peut-être que Vittorio avait raison à mon sujet, de mon franc-parler. Mais, c'était moi. Et cela ne semblait pas déranger James. Parfois, il riait quand je m'énervais pour un rien.

James m'apaisait lorsque je m'énervais, me cajolait quand mon moral était à zéro, me réconfortait lorsque j'avais le mal du pays.

Chapitre 18

1967
(Le présent)

Deux jours se sont écoulés depuis mon arrivée à Saint Margaret après ma chute à la maison. C'est comme si cela faisait une éternité. Et c'était le cas.

J'ai revécu ma vie depuis ma jeunesse en Italie, jusqu'à aujourd'hui, tout en me laissant aller au sommeil à cause des sédatifs puissants que les médecins m'ont administrés à l'hôpital. Apparemment, ils avaient besoin de me calmer.

Je scrute mon environnement. Des murs unis de couleur crème me fixent. Il n'y a aucune décoration, à part le rideau gris-blanc mou qui sépare mon lit des autres lits de la salle. Le sol est aussi gai que les rideaux — une légère odeur d'eau de Javel flotte dans l'air

Mes mains agrippent les draps de coton propres, rigides mais fonctionnels. Ce n'est pas un lit. C'est un endroit pour s'allonger et attendre. Un vrai lit, ce sont des draps doux avec l'odeur de Mammà ou un endroit où l'on est en sécurité, entouré de confort et d'intimité. Comme à la maison avec James et les enfants.

Une infirmière écarte les rideaux et plusieurs visages se tournent vers moi. J'ai envie de leur dire de ne pas être indiscrets. Et puis, que devons-nous faire d'autre pour passer le temps ? Dormir ? Mourir ? Je soupire et me tourne sur le dos. Au-dessus de moi, deux fenêtres marron à cadre métallique éblouissent la salle, ne s'ouvrant que par le haut. D'après les petites toiles d'araignée qui s'accrochent aux côtés des poignées, elles n'ont jamais été ouvertes.

Au prix d'un grand effort, je parviens à m'asseoir et à regarder autour de moi. Pas une seule personne n'a de fleurs ou de cartes sur sa table de chevet, à part moi. Florinda m'a apporté un bouquet de roses pour me remonter le moral. C'est si gentil de sa part. La seule chose qui puisse me réconforter maintenant est de rentrer à la maison.

James entre dans le service, et toutes les têtes se tournent. Normal. C'est un homme incroyablement beau. Il se distingue dans n'importe quelle foule. Un corps fort, grand et solide ne passe jamais inaperçu. C'est mon gentil géant, et je dois admettre que j'ai beaucoup de chance.

Il s'approche et m'embrasse tendrement sur le front avant de passer une main tremblante dans ses cheveux, faisant dresser quelques mèches, lui donnant un air instable.

— Comment te sens-tu ? demande-t-il en s'asseyant sur la chaise à côté de mon lit.

Il a le visage tiré. Le pauvre est débordé entre ses visites à l'hôpital, son travail, et les enfants.

Le médecin arrive et ferme le rideau autour de nous. Ses gestes sont vifs et précis, comme ceux d'un officier de l'armée. Il s'arrête pour analyser le dossier au pied de mon lit avant de lever les yeux, ses lèvres sourient à peine.

L'infirmière se tient à quelques mètres derrière lui pendant qu'il examine l'arrière de ma tête. Je baisse les yeux sur le côté du lit, mes mains s'agrippent aux draps comme un enfant à la recherche de réconfort.

J'essaie d'empêcher ma lèvre inférieure de trembler. Il faut que je trouve le courage de poser la question qui me trotte dans la tête.

— Est-ce que tout va bien ?

Le médecin a l'air inquiet, ou mal à l'aise, ou peut-être les deux.

— Bien sûr, dit-il après un moment d'hésitation.

James s'agite sur la chaise en plastique à côté de moi.

— Merci, Docteur.

Le médecin note quelque chose dans mon dossier avant de m'adresser la parole.

— Tout semble aller bien, Madame Delucey. Vous pourrez rentrer chez vous demain après-midi.

Je hoche la tête, et le médecin passe au patient suivant.

James écarte les mèches humides de mon visage pour les enrouler autour de mon oreille. La boule dans ma gorge est si grosse qu'il m'est difficile d'avaler.

— Que puis-je faire pour t'aider ? me demande-t-il d'une voix douce.

Je prends sa main et embrasse la paume avant de murmurer :

— Sois patient et aime-moi.

Florinda est là lorsque j'arrive à la maison le lendemain. Dieu merci. Bien qu'elle soit parfois exaspérante, qu'elle veuille que je fasse les choses à sa façon, comme elle le faisait lorsque nous étions enfants, je dois admettre que je me sens réconfortée. Je m'assois sur le canapé, les yeux dans le vide.

Ma sœur m'apporte une tasse de thé. Je fais de mon mieux pour sourire. Bella et Laura jouent avec leur cousine Nina, elles courent partout. Je porte la tasse tremblante à mes lèvres, prends une gorgée du thé chaud. Florinda, comme à son habitude, a eu la main lourde sur le sucre.

— Mammà me manque, dis-je.

Florinda me tend la main.

— Elle me manque aussi. Tu ne peux pas imaginer à quel point.

Je serre ses doigts et murmure :

— Au moins, on est là l'une pour l'autre.

Nous restons silencieuses pendant quelques instants, chacune dans nos pensées. Florinda frotte son pouce sur le dessus de ma main. C'est apaisant. Cela me rappelle son habitude de me réconforter lorsque nous étions enfants.

Après un moment, je retire ma main et romps le silence pesant.

— Où est James ?
— Il a été appelé pour une urgence.

Florinda caresse mes cheveux. Je surprends sa lèvre inférieure qui tremble.

— Je pensais t'avoir perdue, Bianca.

Ma poitrine se serre. Elle a traversé beaucoup d'épreuves. Son mari, Don, est décédé il y a seulement quatre mois à l'âge de trente ans, la laissant avec un enfant de trois ans. Quand le cancer l'a emporté, son corps n'avait plus que la peau sur les os. Son visage blanc fantomatique masquait le calvaire intérieur. Florinda est restée à ses côtés jour et nuit. Certains jours, il était difficile de dire qui avait la plus mauvaise mine : le mari ou la femme.

Lorsque Don est parti tôt un matin de juillet, ma sœur s'est effondrée en sanglots. Pendant tous ces longs mois de la maladie, elle

188

avait continué à aller de l'avant.

Au moment où Don a fermé les yeux, prêt pour sa nouvelle vie dans l'au-delà, Florinda a abandonné la bataille. Pour elle, il n'y avait aucune raison de continuer le combat ; elle avait perdu Don au profit de l'ennemi.

Le brouillard voilé de la mort a plané sur nous pendant de nombreux mois — le fait encore parfois. Florinda va mieux maintenant. Son visage creusé, regardant dans le vide pendant des heures pendant que je m'occupais de Nina, me hante encore. La mort n'est jamais gentille. Elle frappe là où elle peut, prenant ceux qui, comme Don, sont trop jeunes, arrachant une partie de vous. Ma sœur s'est retrouvée avec un enfant à élever dans un monde où peu d'hommes sont prêts à accepter l'enfant d'un autre.

Florinda attrape ma main, ses doigts serrent les miens, me sortant de ma rêverie. Je suis si heureuse qu'elle soit là, heureuse que James et moi ayons dit qu'elle devrait vivre avec nous jusqu'à ce qu'elle se sente capable de vivre seule avec Nina.

— Allez, les enfants. C'est l'heure du bain.

Florinda se dirige vers les enfants et ils sortent de la pièce.

La télévision que j'avais, comme une idiote, essayé de porter toute seule me regarde fixement. La chose qui m'a fait trébucher et me cogner la tête.

Je tire la couverture polaire rouge sur mes jambes. Puis, réflexion faite, je m'allonge sur le dos. Les larmes coulent de chaque côté de mes yeux sur le coussin qui me sert d'oreiller. Je pense à James, aux enfants et à ma sœur, jusqu'à ce que leurs visages se mêlent et que je m'endorme.

***

Trois mois ont passé depuis mon accident. Les choses sont progressivement revenues à la normale. J'ai repris ma routine habituelle en m'occupant de ma famille, et en faisant de la couture.

Patient et toujours aussi aimant, James supportait ma frustration face à la lenteur de mon rétablissement, sans jamais crier ni s'énerver. Il était toujours prêt à s'occuper des enfants lorsque je n'étais pas dans un bon jour. Grâce à lui et à ma sœur, je peux maintenant dire que je suis guérie.

En regardant mes nouvelles esquisses, une profonde chaleur me traverse. Je n'ai pas perdu la main pendant les quatre mois où mon carnet prenait la poussière au fond du tiroir. Mes crayons glissent à nouveau sur le papier comme ils le faisaient avant mon accident. Pendant la période de convalescence, j'étais incapable d'imaginer quoi que ce soit. Je fixais les pages blanches pendant des heures. À chaque fois que je levais un crayon pour commencer, il atterrissait rapidement dans la trousse, les pages restaient vierges.

— À table ! crie James depuis le salon.

Des pas lourds résonnent sur le carrelage avant que les deux filles ne s'assoient à la table.

James a proposé de préparer le dîner lorsqu'il m'a vue prendre mon carnet et mes crayons. Il a sans doute senti mon besoin de m'exprimer à nouveau sur le papier. Je lui en étais reconnaissante car Florinda était sortie rendre visite à ses beaux-parents avec Nina. Il fallait se débrouiller seul dans la cuisine.

— J'ai parlé avec John et Pam, dit-il pendant que je sers le repas.

Ma cuillère de purée de pommes de terre s'arrête en plein vol. Je n'aime pas ça.

Nous contactions régulièrement le jeune frère de James. Moins sa sœur Pam qui avait déménagé dans le nord de l'Angleterre avec son mari.

Quand James a-t-il eu l'occasion de lui parler ? À la fête du quarantième anniversaire de mariage de ses parents il y a quelques semaines ? Forcément.

James pousse la nourriture autour de son assiette. Il m'inquiète. D'habitude, il dévore son repas. Quelque chose le tracasse. Quelque chose qu'il sait que je n'aimerai pas. Pourvu que ce ne soit pas un autre déménagement.

— John et Pam pensent déménager en Australie.

Je le dévisage, sans savoir s'il est sérieux.

— Et ?

— Ils aimeraient qu'on parte avec eux, et je pense qu'on devrait.

La cuillère m'échappe des mains, éclaboussant la table de purée. Bella et Laura gloussent. Moi, je ne trouve pas ça drôle du tout.

— Tu acceptes sans me dire ?

Je ramasse la nourriture du mieux que je peux. Les yeux rivés au loin, James fait oui de la tête.

— Et qu'est-ce qu'on va faire pour l'argent ?

— On va se débrouiller, mon amour.

James sort un morceau de papier de la poche arrière de son pantalon et le tend vers moi.

— Qu'est-ce que c'est ?

— Une lettre du bureau du Haut Commissaire pour l'Australie. A propos des projets d'installation dans ce pays.

Je reste un moment à me mordre les lèvres, sans rien dire. Qu'y a-t-il à dire ? Il a tout prévu.

Aucun de nous deux ne parle. James continue à tenir le papier, moi, j'avale mes larmes de rage...

— *Fantastico* ! Je hurle finalement. Tu as un bon travail. Tu es policier. Maintenant tu veux aller en Australie ramasser des pommes ? Qu'est-ce que tu as dans la tête ? Déjà que je ne vois pas souvent mes parents, et tu veux aller l'autre bout du monde ?

James saisit ma main, me regarde dans les yeux.

— Ce sera un nouveau départ, Bianca.

— J'ai déjà un nouveau départ en Angleterre, dis-je en retirant ma main.

Je suis tellement énervée que je dis la première chose qui me vient à l'esprit.

— Tu veux partir ? Tu vas. Je reste ici avec Bella, Laura et mon travail.

James ouvre la bouche, la referme aussitôt.

Je tremble de rage. En réalité, c'est la peur et l'angoisse qui me font réagir ainsi. Je claque la cuillère sur la table. Si je reste, James ne tardera pas à la sentir derrière la tête.

J'amène les enfants à l'étage où je passe la soirée à leur raconter des histoires. De temps en temps, le bruit des couverts raclant les assiettes résonne en bas. Sans doute James qui fait la vaisselle.

Après un long moment, j'entre dans notre chambre. Le silence règne. Je pensais que James serait en train de lire un livre. Il dort — ou fait semblant de dormir.

C'est la première fois que nous nous sommes vraiment disputés, et je suis profondément bouleversée. Fâchée qu'il ait pris une décision sans moi. Déçue qu'il ne m'ait même pas demandé mon avis. En colère qu'il soit si égoïste. Qu'il ne pense qu'à lui.

Je ferme la porte discrètement derrière moi et me dirige en bas.

***

L'aube me trouve cruellement raide, recroquevillée sur le canapé avec un plaid couvrant à peine mon corps. J'ai froid, je suis malheureuse, mais trop fière pour m'excuser. Comment ferons-nous si loin de nos proches ? James ne se rend pas compte. Et qu'est-ce que l'Australie a de si spécial, pour l'amour de Dieu ?

Des pas décisifs résonnent dans le couloir avant que la grande silhouette de mon mari apparaisse dans l'embrasure de la porte du salon. Tirant rapidement la fine couverture sur ma tête, je retiens ma respiration, essayant de deviner où il se trouve dans la pièce. J'anticipe sa réaction.

Je sursaute lorsque sa main douce se pose sur mon épaule. Ses doigts retirent la couverture de mon visage.

— *Ciao*, dit-il avec un sourire timide.

Je regarde son visage mal rasé, ses yeux injectés de sang. Il a l'air aussi mal en point que moi.

— Je suis désolé, Bianca, dit-il en caressant ma joue. Je ne voulais pas te vexer. Je n'ai pas dormi de la nuit en pensant à ce que j'ai dit. Je ne suis pas fier de moi.

Une boule se forme dans ma gorge alors qu'il appuie doucement son front contre le mien.

— Je ne veux pas que tu dormes sur le canapé à cause de moi.

Je reste toujours silencieuse.

— Viens te coucher, murmure-t-il. Il est encore tôt. Tu as besoin d'être réchauffée.

Un faible sourire fend mon visage tandis qu'il me prend dans ses bras. Je frissonne en absorbant un peu de chaleur de sa poitrine

— Je pense que nous devons acheter un nouveau canapé, dis-je. Celui n'est pas confortable. Et très froid.

— Nous n'avons pas besoin d'en acheter un autre, répond-il fermement. Parce que personne n'y dormira plus. J'ai eu le temps de

192

réfléchir. Je vais dire à John que nous ne partons pas. Il est plutôt doué pour persuader les gens, et je me suis laissé emporter par son enthousiasme. Je n'ai pas pensé que tu étais si loin de ta famille.

Je me blottis plus profondément dans sa chaleur.

— Pareil pour toi si on y va.

— J'avais compris, dit James.

Nous nous mettons au lit alors que les premiers rayons du soleil percent les rideaux. Je laisse échapper un profond bâillement.

— J'espère tu ne regrettes pas de rester en Angleterre, et je m'excuse pour tout à l'heure.

James dépose un baiser chaste sur le sommet de ma tête.

— Ne t'inquiète pas, mon amour. Je ne regretterai pas ma décision. Tu as traversé tant d'épreuves dans la vie, avec plus que ta part de souffrance. J'oublie parfois.

Mes larmes coulent, je me demande si je mérite cet homme. Bien qu'il m'ait dit plus d'une fois que je suis son ancre, qu'il ne peut vivre sans moi, est-ce que cela me donne le droit de l'empêcher de faire ce qu'il veut ?

— Je t'aime, Bianca. Souviens-toi de ça. Et la prochaine fois que je déraille avec une de mes idées folles, dis-le-moi.

Je pose ma tête contre sa poitrine et ferme les yeux.

— *D'accordo, caro*. Maintenant dors car tu vas bientôt te lever pour nourrir les enfants.

Son rire résonne dans mes oreilles alors que je tombe dans les bras de Morphée.

Chapitre 19

1971

Quatre ans se sont écoulés depuis mon traumatisme à la tête.

De ma fenêtre de cuisine à Aldershot, je regarde de l'autre côté de la rue. Des enfants jouent sous le soleil d'avril dans la cour de l'école primaire. Si je cherche assez longtemps, je pourrais peut-être distinguer Bella, Laura et Nina.

Une autre école pour elles. Un autre départ dans la vie.

Nous sommes arrivés à Aldershot, une ville militaire, quelques mois après mon accident. Florinda et Nina sont venues avec nous, bien sûr. Les cousines s'entendent bien, vont à la même école de l'autre côté de la rue. C'est si pratique — ça, et la maison de fonction de police toute neuve.

Les enfants jouent dans la cour de récréation en hurlant de joie. Leurs rires me rappellent mes premiers jours d'école, quand, insouciante et joyeuse, je pouvais parler et jouer avec les autres.

En regardant les filles faire tournoyer leur jupe, mon esprit s'anime.

Je me détourne de la fenêtre et me précipite vers ma boîte à couture. Le centimètre, les rubans, les ciseaux sont tous en place. Pas pour longtemps. Je les sors et me mets à découper des modèles de nouvelles robes pour les enfants. Dans ma précipitation, je laisse tomber les ciseaux.

En me penchant pour les récupérer, ma tête se met à tourner, une bouffée de chaleur me traverse. Je laisse échapper un rire nerveux. Ces symptômes ne mentent jamais.

James sera ravi.

Il veut tellement un garçon, me harcèle depuis un an pour avoir un autre enfant. Au début, j'ai refusé. A trente-cinq ans, je serai considérée comme une vieille mère. Et puis, suis-je prête à recommencer avec des couches ? Bella a dix ans, Laura huit. Il y aura un grand écart entre elles et le nouveau bébé. Comment mes filles vont-elles réagir ?

Je frotte ma main sur mon bas-ventre, luttant contre l'envie de me précipiter dehors et de crier que je suis enceinte. Au lieu de cela, je m'assois à la fenêtre et ramène ma couture sur mes genoux, rayonnante de la chaleur qui me berce à l'intérieur.

Oui, je veux ce bébé. Petit James — ou Jamie comme nous l'appellerons. Ce sera un garçon. Il faut que ce soit un garçon. Je vais y aller doucement. Je ne m'énerverai plus si le ménage n'est pas fait. Plus de précipitation.

Ce petit bout de chou sera notre cadeau de Noël.

***

— Pas encore !

Je me penche et laisse échapper de courtes respirations haletantes pendant que Florinda m'aide à faire mon sac de voyage pour l'hôpital.

— Calme-toi.

Elle me prend la chemise de nuit des mains.

— Je vais finir ta valise, dit-elle.

Je lâche le vêtement et m'installe sur une chaise.

— T'es sûre que ça va aller ? je lui demande.

— Tu plaisantes, n'est-ce pas ?

Florinda referme le sac, le pose à côté de la porte.

— Les enfants n'ont pas besoin d'être surveillées continuellement. Ce n'est pas comme si j'avais besoin d'être sur leur dos tout le temps. D'ailleurs, si tout va bien, tu seras de retour dans quelques jours.

Une nouvelle contraction me déséquilibre. Cette fois, la douleur commence dans mon dos pour se déplacer vers le bas-ventre, elle irradie partout en même temps, me faisant retenir ma respiration. On aurait pensé qu'après deux grossesses, je serais habituée à cela. Pas du tout.

Quelques moments plus tard, ma respiration redevient normale, je me repose dans le fauteuil.

— Au moins, t'as fêté noël avec nous tous, dit Florinda en venant s'asseoir à côté de moi. T'aurais pu te trouver à l'hôpital.

C'est vrai. J'aurais pu être coincée à la maternité. Pas de joyeux repas de fête, pas d'enfants qui rient. Au moins, le bébé a attendu trois jours après Noël pour annoncer son arrivée.

— *Porca Miseria* !

195

Je me mords le dos de la main, certaine que cela me fera oublier la douleur. Ce n'est pas le cas. Je me lève pour me diriger vers la porte.

— Les contractions se rapprochent. Je pense qu'il est temps d'y aller.

— Je vais appeler James. Il joue avec les filles dans le salon.

Florinda quitte la chambre avec ma valise. Je fais le tour du lit, et jette un coup d'œil dans le couffin. Ça sent déjà le bébé.

— Tu seras bientôt là, dis-je en frottant mon énorme ventre. Tu dormiras avec papa et moi dans notre chambre.

Un autre élancement, je m'assois sur le lit, tordant la couverture dans mes mains. C'est l'heure de partir. Un large sourire s'étend sur mon visage. Ça ne m'empêche pas de me mordre la lèvre inférieure, d'avoir les mains moites.

***

— S'il te plaît, *caro*, conduis plus vite.

Sans service de maternité à Aldershot, il faut aller à Guildford. Ce n'est qu'à vingt-cinq minutes en voiture. Beaucoup de choses peuvent arriver dans ce laps de temps. Surtout par ce mauvais temps.

James frotte mon ventre.

— Je conduis prudemment pour que tu ne ressentes pas les bosses de la route.

— Si tu ne conduis pas plus vite, je n'arrive pas à l'hôpital.

En une fraction de seconde, son visage se vide de toute couleur. J'avoue, avoir un bébé, est stressant pour le père aussi. Tout de même, pourquoi traine-t-il ?

La voiture avance lentement sur la route. C'est la fin de l'après-midi, la nuit tombe. Les routes sont couvertes d'une fine pellicule de glace, le vent se lève, tourbillonnant autour de la voiture, apportant la neige poudreuse des champs. Un instant, nous sommes dans un globe de neige. Cela me rappelle le bibelot que Laura aime secouer avant de regarder les flocons tourbillonner et tomber.

J'attrape le bras de James. Une contraction me traverse. Je me penche vers lui pour m'installer plus confortablement, lorsque mon regard se pose sur la jauge d'essence.

Je sais maintenant la raison pour laquelle James conduit si

lentement. Rien à voir avec les cahots de la route, il n'y en a pas. La raison pour laquelle mon mari conduit si lentement est que l'aiguille de la jauge d'essence est dans la réserve.

Je tape du poing sur le tableau de bord.

— Tu ne me facilites pas la vie ! Pas de putain d'essence dans cette putain de voiture !

Autant j'aime cet homme, autant il peut être exaspérant parfois. Combien de fois lui ai-je demandé de faire le plein ? A chaque fois, il me rappelait que le bébé n'était pas attendu avant la première semaine de janvier. Eh bien, James junior a décidé de venir cette année au lieu de la prochaine. Trois jours avant la nouvelle année.

Je suis sur le point de lui donner un autre coup de gueule lorsqu'une douleur fulgurante me fait hurler. Je jure devant Dieu que c'est ma dernière grossesse. Si c'est une fille, qu'il en soit ainsi. Nous aurons trois filles.

J'agrippe le côté de mon siège en gémissant. Je suis trop vieille. Trop fatiguée. Trop énervée de ne pas pouvoir bouger comme je le veux.

Vingt-cinq longues minutes plus tard, nous arrivons à l'hôpital de Guildford. Avec un bras solide autour de ma taille, James m'aide à entrer dans le bâtiment. Au moins, il a téléphoné pour les prévenir de notre arrivée.

Le personnel médical m'installe dans un fauteuil roulant et me conduit rapidement vers la salle d'accouchement. James me tient la main, grimaçant chaque fois que j'écrase ses doigts.

La sage-femme m'installe. J'essaie de contrôler ma respiration tandis que James me murmure des mots d'encouragement. Une autre contraction, puis une autre et une autre jusqu'à ce que je sois submergée par la douleur.

— Elle souffre beaucoup, dit James à la sage-femme. Vous ne pouvez rien faire pour atténuer la douleur ?

La femme tapote la main de mon mari avant de se pencher vers moi, attendant que mes contractions se calment.

— Madame Delucey, nous allons vous donner du gaz pour calmer la douleur.

Je lève les yeux vers elle, prête à protester.

— Il n'y a pas lieu de vous inquiéter, poursuit-elle en prenant un

197

masque. En le plaçant sur mon nez et ma bouche, elle se tourne vers James.

— Tenez le masque comme ça, si besoin est, vous pouvez appuyer sur le bouton ci-dessus. Il libèrera une dose supplémentaire de protoxyde d'azote qui devrait calmer sa douleur.

James acquiesce. Il saisit le masque, appuyant sur le bouton, administrant des jets supplémentaires de gaz chaque fois que je crie de douleur.

— Poussez, Madame Delucey. Poussez maintenant !

Je souris à la sage-femme. Je suis sereine. Une sensation de flottement se répand dans mon corps, il n'y a plus de douleur.

— S'il vous plaît, Madame Delucey, me supplie la sage-femme.

J'ai du mal à saisir ses paroles. Je suis détendue. Parfois, je ne fais pas partie de la scène. Comme si j'étais au plafond à regarder ce qui se passe.

— Monsieur Delucey, arrêtez avec ce masque ! Votre femme n'est plus avec nous.

J'attrape la main de James.

— Non, c'est bon. J'aime ça.

— Je ne veux pas qu'elle souffre, j'entends James dire à la sage-femme.

— Il n'y a aucun risque, dit-elle en retirant le masque de sa main. Votre femme est plus que détendue.

N'ayant plus de gaz à inhaler, je reprends mes esprits, et pousse selon les instructions de la sage-femme.

Après quelques minutes, James crie :

— C'est un garçon ! Bianca, nous avons un fils !

Des larmes brillent dans ses yeux, les miennes coulent sur mes joues. La sage-femme souffle doucement sur le visage du bébé, il pousse un profond soupir avant d'ouvrir deux yeux bleu marine.

James a son fils, notre famille est maintenant complète. Les filles vont être tellement excitées. Elles ont déjà commencé à se disputer pour savoir qui allait s'occuper du bébé.

Après un bref examen, Jamie est pesé et mesuré avant d'être placé sur ma poitrine.

James caresse la joue de son fils pendant que j'embrasse le sommet de la tête de mon bébé. J'ai réussi à mettre ce bébé au monde, et j'ai fait en sorte que rien ne se mette en travers de mon chemin. J'ai négligé les tâches ménagères, nous n'avons pas eu de bons repas depuis un certain temps, mais James et les filles n'ont jamais laissé entendre que cela les dérangeait. Mon mari a supporté mes sautes d'humeur, mon agressivité, parfois, ma langue acérée.

En regardant en arrière maintenant, je réalise à quel point j'ai été infecte. C'était comme si j'étais devenue une personne différente. Plutôt deux personnes. Dans les bons jours, j'étais moi-même. Dans les mauvais jours, j'avais mon côté sombre, rendant la vie affreuse à tout le monde.

— Ça va changer, je chuchote à mon fils, frottant mon nez contre le sommet de sa tête.

Bien que James jure que je suis une femme charmante, je suis loin d'être parfaite, mais je vais devenir une meilleure personne. Donner à ma famille tout l'amour et l'attention qu'elle mérite. Les rendre tous heureux. Plus tard dans la vie, je veux que mes enfants puissent dire qu'ils ont eu une enfance heureuse avec des parents aimants. Ils n'auront alors aucune raison de quitter la maison pour s'installer dans un autre pays, loin de moi.

Je caresse la main de mon bébé. Dès que je serai sur pied, j'irai à l'église pour allumer un cierge, dire une prière. Mon objectif numéro un dans la vie est de rendre ma famille heureuse.

C'est une promesse que j'ai l'intention de tenir.

Chapitre 20

1978

Nous sortons d'un tunnel, par la fenêtre de la voiture, un magnifique panorama vert s'offre à nous. C'est absolument magnifique.

Alors que nous entamons notre lente ascension vers le sommet des Alpes françaises, l'air frais entre par les fenêtres entrouvertes, remplissant mes poumons de parfums de montagne. Peu après, nous laissons derrière nous les champs verdoyants pour nous diriger vers les pointes rocheuses. Sous la lumière du soleil, les sommets sont une panoplie de couleurs, du gris ardoise au blanc argenté.

Nous sommes passés de la France en Italie par le col du Mont Cenis, moins cher que le tunnel du Mont-Blanc. C'est notre premier voyage en Italie en voiture. Une aventure intéressante, mais fatigante.

Le bourdonnement de la voiture m'endort. Je déteste ne pas être capable de rester éveillée pour tenir compagnie à James. Pendant des heures, ses mains agrippent le volant, ses yeux fixent la route. Il disait souvent qu'il aimait conduire, qu'il souhaitait le faire plus souvent. Eh bien, son souhait est en train d'être exaucé. Ce voyage dure trois jours.

James appuie davantage sur l'accélérateur, le porte-bagages siffle. Les six valises sont si lourdes qu'on ne peut pas rouler à plus de quatre-vingt. Cette vitesse est si monotone. J'aimerai pouvoir voyager d'un simple claquement de doigts au lieu de rester assise dans une voiture chaude pendant des heures à regarder les kilomètres défiler.

Un fort chuchotement provient du siège arrière. Bella n'a jamais pu parler à voix basse.

J'ai loupé le début de la conversation. Ce n'est que lorsque Bella parle de trouver un petit ami italien, et de son désir de s'installer en Italie, que ma peau se met à picoter. Je sais qu'elle rêve avec les yeux d'une adolescente de dix-sept ans. Son rêve pourrait se transformer en cauchemar.

Mes antennes s'activent. Je me mets au diapason de la conversation de mes filles, les yeux fermés, faisant semblant de dormir. Mes oreilles sont grandes ouvertes. J'ai une excellente ouïe. J'ai eu assez de pratique pendant mon enfance avec Vittorio.

Pendant les deux minutes qui suivent, j'en saisis suffisamment pour savoir que si je n'agis pas avec diplomatie, je vais perdre Bella en Italie. Il faut qu'elle sache que si la vie avait été aussi glorieuse là-bas, je ne me serais pas enfuie. Si mes parents avaient été aussi compréhensifs que les siens, tout cela ne serait jamais arrivé.

Bella est de la même veine que sa mère. Têtue, déterminée, extravertie.

Les vacances sont amusantes avec de la bonne compagnie, de la bonne nourriture, de bons rires. Un moment pour se détendre, profiter de la liberté. C'est tout ce que Bella a vu de l'Italie. Plages, visites touristiques, réunions de famille. Des cadeaux à profusion.

Lorsque la magie des vacances disparaît derrière le rideau de la réalité, à ce moment-là tu réalises que la vie n'est pas ce qu'elle semble être. Une vie sans liberté, c'est ce qui attend Bella si elle s'installe en Italie.

***

L'horloge dans la piazza sonne huit fois, à chaque carillon aigu, mon pouls s'accélère. Le retour à la maison m'excite toujours. Plutôt un sentiment du cœur que du lieu.

James conduit notre Ford Cortina marron autour de la place jusqu'à la maison. Les têtes se tournent, les langues s'agitent tandis qu'on nous observe. Il est inhabituel pour les habitants de voir une voiture étrangère dans cette petite ville. Ils nous regardent comme si nous étions des extraterrestres.

— Les Allemands ! Les Allemands ! crie un adolescent.

Je baisse la vitre et réponds en italien :

— Quels Allemands ? *Stupido* !

En m'entendant parler italien, le jeune garçon manque de tomber de son vélo. Il reprend ses esprits, appuie à fond sur les pédales et dévale la route devant nous. De plus en plus de têtes se tournent, les gens sortent de leurs maisons en courant, désireux de découvrir la raison de cette agitation. Si j'avais su que nous aurions une telle réception, je me serais rafraîchie et j'aurais changé de robe.

Toute froissée, avec une trace de transpiration sous chaque bras, ma robe vieille de trois jours s'accroche à chaque partie de mon corps en sueur. Je dois être hideuse. Comme une clocharde ayant passé tout l'été dans les rues chaudes.

En une fraction de seconde, je prends conscience de ce que les habitants doivent penser de moi, ce qui ne m'inquiétait jamais en Angleterre. Les Anglais ne jugent pas, ne critiquent pas. Pas comme les habitants de mon village, observant les autres avec un œil critique. Toujours prêts à donner leur avis, qu'on le leur demande ou pas, jugeant les étrangers sans les connaître, ce qui aboutit souvent à des conclusions néfastes.

Inclinant la tête sur le côté, je renifle discrètement mes aisselles. Pas d'odeur forte. Tant mieux. Bien que nous ayons dormi dans la voiture, nous nous sommes lavés du mieux que nous pouvions sur les aires d'autoroute.

James avait refusé de dormir dans les hôtels, craignant que les gens volent nos affaires. Nos valises sont attachées au porte-bagages du toit avec une solide corde. Cela a ses avantages, mais aussi des inconvénients. Nous avons décidé de dormir dans la voiture sur les aires de service. Ce n'était pas confortable. Ce n'était que pour deux nuits.

Le vieux Peppino descend de son vélo et regarde dans la voiture.

— Bianca ! Son visage s'illumine. C'est Bianca ! Elle est rentrée à la maison !

James s'arrête devant la maison et coupe le moteur. En un éclair, nous descendons tous de la voiture, impatients de nous dégourdir les jambes.

C'est le silence général.

Je capte des bribes de conversations chuchotées. 'Quel joli petit garçon.' 'Il ressemble à son père.' 'Quels beaux enfants.'

Je rayonne de bonheur, si fière de ma famille. Fière d'être la femme de James.

James étire ses bras au-dessus de sa tête, et me fait un clin d'œil. Je souris, heureuse. Depuis que je suis avec lui, je suis devenue plus confiante. Mon frère aîné a essayé de me forcer à entrer dans son moule, il a presque réussi. J'étais devenue agressive, le seul moyen de l'empêcher de briser mon moral et mon esprit. J'ai érigé un mur solide autour de moi pour me protéger. James a réussi à faire une brèche dans ce mur. Je l'aime d'autant plus.

Un cri étranglé s'échappe du fond de ma gorge lorsque mes parents apparaissent dans l'embrasure de la porte. Seigneur tout puissant, ils ont vieilli. Je sais qu'ils ont la soixantaine passée, mais je n'avais pas imaginé cela. Malgré les efforts de Papà pour garder une posture digne, ses épaules se sont voûtées, et il est presque chauve. Pour la première fois de ma vie, j'observe un vieil homme.

Mammà le suit en traînant lentement les pieds, un châle tricoté autour des épaules. Des cheveux blancs comme la neige couvrent sa tête, de nouvelles rides sont apparues autour de ses yeux et de sa bouche. Quand elle me tend les bras, ils sont minces. Je jurerai qu'elle a rapetissé depuis ma dernière visite. Même ses yeux autrefois bleu ciel portent maintenant la couleur de l'hiver pâle.

— Allez, Jamie, viens rencontrer tes grands-parents, dis-je.

James saisit la main de son fils. Moi, je me précipite dans les bras de ma mère et la serre. Pas trop fort, cependant. Je ne veux pas blesser la personne délicate qu'elle est devenue. Nous versons nos larmes sans retenues. Bien que Mammà ait changé physiquement, elle a toujours son odeur particulière.

D'après les visages de Bella et Laura, elles ont remarqué le changement aussi. Nous percevons davantage la différence parce que nous ne les avons pas vus depuis des années.

Une profonde tristesse m'envahit. Combien de fois encore les verrai-je avant qu'ils ne soient plus là ?

— Rentrons, dit Papà en ouvrant la marche.

Il ne veut pas qu'on s'exhibe devant les voisins. Pour une fois, je suis d'accord. Je préfère montrer mes émotions dans l'intimité de notre maison. Nous avons tant de chose à nous raconter. Je ne suis pas sûre que trois semaines suffisent.

***

J'étends le linge sur la terrasse.

Mammà a de plus en plus de mal à monter les escaliers. Elle met longtemps à monter jusqu'à la terrasse sur le toit ou jusqu'à la salle de bains du premier étage. Je l'ai observée monter les marches une à une, s'arrêtant souvent pour se frotter le bas du dos, ce qu'elle ne faisait pas lors de ma dernière visite. Elle vieillit. Mon père aussi. Et je déteste ça.

Je déteste ne pas pouvoir être là pour aider Mammà dans ses tâches quotidiennes. Mes frères l'aident souvent à nettoyer les fenêtres ou à faire un peu de jardinage. Qu'en est-il du repassage ? Le linge à étendre sur le toit-terrasse ? Qui nettoie les toilettes et la salle de bains ? Depuis mon arrivée, j'ai pris en charge les tâches quotidiennes et la cuisine. Cela donne à Mammà une pause, l'occasion de discuter avec moi. Je ne pense pas qu'elle parle avec quelqu'un d'autre.

Une cacophonie de cris et de rires me parvient sur le toit. Je me penche par-dessus la balustrade en fer pour observer les étals du marché en contrebas. J'aperçois les filles qui zigzaguent dans la foule, Papà sur leurs talons. Exactement comme il le faisait avec moi, s'assurant que les garçons gardent leurs distances.

Une fois par an, pour la *Fiesta di 15 Agosto*, des vendeurs arrivent de tout le sud de l'Italie pour vendre leurs marchandises. C'est un moment très animé, j'adore l'atmosphère. Cela me rappelle les moments heureux de mon enfance, quand j'avais le droit de sortir.

Plus tard, quand les choses se calmeront, j'irai acheter quelques souvenirs. Pour l'instant, je peux me passer d'une foule de corps en sueur. Je ne suis pas agoraphobe, je me suis simplement habituée au calme de la vie anglaise. Quand j'y pense, j'ai passé presque autant d'années en Angleterre qu'en Italie.

Suis-je plus Anglaise qu'Italienne ? Comment me sentirai-je lorsque j'aurai passé plus de temps dans mon pays d'adoption ? Vais-je perdre mes racines ? Mon identité ? J'ai déjà renoncé à mon passeport italien. Peut-être devrais-je plutôt me considérer comme européenne. Je ne suis pas la première à me trouver dans cette situation étrange, je ne serai certainement pas la dernière.

Une voiture familière tente d'atteindre notre maison, roulant au pas à travers la foule. Fortunato et sa famille. Luca et Nino arriveront bientôt. Tout le monde vient pour le repas du dimanche.

Dans la cuisine, Mammà tourne en rond comme un poulet sans tête. Ma belle-sœur lui remet les plats qu'elle a apportés, puis se précipite dehors. Fantastique ! Ne voit-elle pas que Mammà a besoin d'aide ? Je n'ai jamais vue ma mère dans un tel état.

Je retire les sacs de ses mains et lui tend une limonade fraîche.

— Je m'en occupe, lui dis-je, dis-moi ce qu'il faut faire.

— Merci, *cara*.

Elle me caresse la joue. J'ai du mal à repousser les larmes qui brûlent au fond de mes yeux.

Bella passe la tête dans l'embrasure de la porte.

— Tu veux que je mette la table ?

— Oh, Bella, t'es un amour. Je pense que ta grand-mère est un peu dépassée par les événements.

— Ne t'inquiète pas. Laura va m'aider, et papa ira chercher des chaises à l'étage. J'espère seulement qu'il y en aura assez pour dix-neuf personnes.

— Fais de ton mieux. Je m'occupe de la cuisine.

Mammà commence à se détendre. Ses pieds cessent de taper le sol, un faible sourire se dessine sur son visage.

— Tu as de la chance d'avoir tes filles pour t'aider, dit-elle après un moment.

Je hoche la tête tout en cuisinant les calamars.

C'est vrai. J'ai plus de chance qu'elle. Si seulement les choses avaient pris une autre tournure. Si seulement Vittorio n'avait pas été Vittorio. Si seulement...

Il ne faut pas revenir en arrière. Ce qui est fait est fait.

Je parlerai à mes frères. Leur dire qu'ils doivent s'occuper de Mammà, non l'inverse. Je vais peut-être même en parler à mes belles-sœurs. Leur dire exactement comment je vois les choses.

***

Les trois semaines sont passées à toute vitesse. D'après ce que j'ai pu comprendre, les filles sont prêtes à rentrer. Leur liberté et leurs amis leur manquent. Papà était fidèle à ses habitudes. Pas de parade sur le balcon. La terrasse sur le toit était tolérée. Les shorts ou les hauts sans bretelles étaient autorisés dans la maison, pas à l'extérieur. Pas de sortie de la maison sans chaperon.

Depuis ma discussion avec mes frères, chacun apporte un plat cuisiné. Mammà n'a plus besoin de cuisiner. Ils ont promis de l'aider également avec les tâches ménagères.

C'est notre dernier repas ensemble. Toujours aussi bruyant. Tout le monde parle en même temps, je vois la lueur dans le regard de ma mère. Il y a un million de mots non-dits dans son regard. Des émotions profondes qui refont surface. Avoir ses enfants et petits-enfants autour d'elle doit être le paradis. Si seulement ma sœur et ma nièce avaient pu être là aussi.

Ma sœur a emménagé dans sa propre maison il y a trois ans, se disant qu'il était temps pour elle de voler de ses propres ailes. Avec l'aide d'un collègue, James a organisé le déménagement et s'est assuré qu'elle avait tout pour commencer sa nouvelle vie avec Nina.

Florinda a récemment commencé un nouvel emploi dans un hôtel, elle n'a pas pu prendre de congé, mais cette réunion de famille restera gravée dans mon esprit comme une photo mémorable.

Je prends une profonde inspiration, et me remplis les poumons de la sauce tomate *basilico* de ma mère. Dans ma jeunesse, je fourrais des tranches de tomates dans le goulot étroit de petites bouteilles en verre, en y glissant une feuille de basilic frais de temps en temps. Mon Dieu, comme cela me manque.

Les cousins jouent ensemble, deviennent turbulents jusqu'à ce qu'on leur demande de quitter la table pour aller jouer dehors. Bella et Laura restent avec nous, écoutant les conversations. Luca et Fortunato parlent à voix haute. Typiquement italiens, tout en gestes pour se faire comprendre. Nino est plus calme. Il est devenu architecte. Je pense qu'il avait besoin d'un travail de bureau tranquille. Cela correspond à son caractère.

Mammà est si heureuse. Elle plaisante avec ses petits-enfants. Même Papà semble détendu.

Je regarde James qui parle avec Nino au bout de la table. Est-ce que les réunions de famille lui manquent ? Bien qu'il ait aussi une grande famille, ils ne se réunissent jamais en même temps. Deux de ses sœurs aînées prennent souvent des repas ensemble avec leur progéniture. Cela fait douze. Pas étonnant qu'ils ne puissent pas inviter tous leurs frères et sœurs. S'ils le faisaient, il leur faudrait louer une salle.

Luca prend ma main.

— C'est un plaisir de t'avoir ici, Bianca. Dommage que tu ne puisses pas rester plus longtemps.

— Nous reviendrons, dis-je en caressant sa joue du revers de la main. Et rien ne t'empêche de nous rendre visite en Angleterre.

Il me donne un de ses sourires charmeurs.

— Je vais y réfléchir. On ne sait jamais, je pourrais venir pour de bon.

Mon cœur manque un battement tandis que mon esprit passe en revue ce qu'il a dit. Est-ce que Mammà pourrait supporter le départ d'un autre enfant ? Ce doit être une blague. Ou un bavardage inutile.

— Tu ne le penses pas vraiment, n'est-ce pas, Luca ? Je lui

murmure.

Ses yeux brillent, il secoue la tête.

— C'est trop tard maintenant. J'ai une femme et deux enfants. Mais l'idée m'a traversé l'esprit plusieurs fois quand j'étais encore célibataire.

Je laisse échapper le souffle que j'avais retenu.

— Mais tu me manques tellement, dit-il en me tendant une grenade.

Les larmes me montent aux yeux. Je repense au jour où nous avons croqué les fruits dans le jardin, lorsque je lui ai dit que j'étais heureuse, tout en préparant mon départ pour l'Angleterre.

M'a-t-il pardonné d'avoir fait une promesse que je n'ai pas tenue ?

— Es-tu heureux, Luca ?

Il place à nouveau sa main sur la mienne tandis que les petits muscles autour de ses yeux se plissent.

— Je veux te demander quelque chose, Bianca. S'il te plaît, ne te mets pas en colère.

Un nœud se forme dans ma gorge, rendant ma respiration difficile. Que va-t-il me demander qui doive être dit dans un chuchotement ?

— Tu penses qu'un jour tu pardonneras Vittorio ? Si tu viens avec Florinda, nous pourrions avoir une vraie réunion de famille ?

Mon corps se met à trembler. J'essaie de retirer ma main de la sienne, il resserre sa prise. Pourquoi a-t-il fallu qu'il remette cela sur le tapis ? Gâcher mon dernier repas avec la famille ?

— Tu connais la réponse à cette question, Luca. Pourquoi tu le demandes ?

Après toutes ces années, entendre le nom de Vittorio a toujours le même effet sur moi. La famille pense que je devrais oublier le passé. Je ne peux pas. La façon dont mon frère ainé m'a humiliée, abusée, est à jamais ancrée dans mon esprit. A cause de lui, j'ai fui. Et contrairement à Luca, je ne lui pardonnerai jamais.

***

Comme toujours, lorsqu'il s'agit de quitter ma famille, je suis un tsunami de larmes. Cette fois-ci, c'était encore pire.

Mes parents avaient l'air si frêles quand ils m'ont dit au revoir. Mammà a même murmuré que c'était peut-être la dernière fois que je la voyais. Ses mots m'ont tuée. Ils me tuent encore maintenant.

J'ai pleuré à chaudes larmes de Santa Maria la Carità jusqu'à Rome. Presque trois heures. Personne dans la voiture n'a prononcé un mot. Ils m'ont laissé libérer la tension, la douleur et le malheur. Quand il n'y avait plus de larmes à verser, un mal de tête s'est installé. J'ai avalé quelques comprimés, appuyé ma tête contre la vitre latérale et j'ai fermé les yeux.

Un coup de klaxon et mes yeux s'ouvrent pour voir le soleil au zénith à travers le pare-brise. Ma bouche sèche est couverte d'une épaisse salive, la douleur dans mon crâne va et vient comme une marée implacable.

J'attrape la bouteille sous mon siège et avale de longues gorgées d'eau chaude. Elle n'étanche pas ma soif. Cependant, elle enlève le goût du sommeil de ma bouche. J'aperçois un panneau. Soixante-trois kilomètres jusqu'à Firenze. J'ai dormi pendant deux heures.

— Il s'appelle Umberto, chuchote Bella.

James et moi, nous nous regardons. Notre fille aînée n'a jamais pu chuchoter. Enfant, j'avais du mal à lui faire baisser la voix lorsque James sortait du service de nuit et avait besoin de dormir pendant la journée.

— Et ? demande Laura.

Oui, et ? J'ai besoin de savoir ce qui se passe.

— Nous allons nous écrire.

Bouche bée, j'essaye de calmer les battements surexcités de mon cœur. Quand a-t-elle eu l'occasion de lui donner son adresse ou même de parler à ce garçon ? Elle est plus maline que je ne l'imaginais.

— C'est celui qui traînait autour de l'église tous les soirs ? chuchote Laura.

— Ouais.

— C'est donc pour ça que t'allais toujours à l'église avec *Nonna*. Tu n'avais rien à faire de la prière. T'allais retrouver ton petit ami, n'est-ce pas ? s'esclaffe Laura.

— Exactement. *Nonna* était dans le coup.

Mes yeux s'élargissent. Ça ne peut pas être vrai. Ma gentille mère a encouragé sa petite-fille à voir cet Umberto ? Pendant notre enfance, dès que ma mère avait le moindre soupçon que des garçons nous tournaient autour, elle en informait Papà dans la minute.

— C'est sérieux ? demande Laura.

— Bien sûr, c'est sérieux.

James tressaille, ses mains deviennent blanches alors qu'il serre le volant. Après quelques secondes, il jette un regard dans ma direction.

Ça n'arrivera pas, je mime en le fixant dans les yeux.

Ses froncements de sourcils disparaissent, il laisse échapper une profonde inspiration avant de prendre ma main.

Je dois attendre trois longs jours avant d'arriver à la maison. Trois longs jours avant que je puisse parler à Bella. L'enfer. D'un autre côté, cela me donnera le temps de préparer mon speech. Lui faire entendre raison sans la braquer. Elle n'a pas besoin de conflit. Moi non plus.

Le paysage défile. Je me surprends à chercher les panneaux d'autoroute. À compter les kilomètres qui me ramèneront chez moi.

Chapitre 21

1979

Las de vivre dans des maisons de fonctions, nous avons acheté notre propre maison en 1973.

Une jolie maison de trois chambres sur les hauteurs de Guildford avec vue sur la lointaine forêt. Les filles partagent la chambre de derrière, Jamie est dans celle de devant, à côté de la nôtre. Le beau jardin arbore de vieux pommiers. James a bêché un endroit, pour le potager et les herbes aromatiques. J'avais besoin de basilic et d'origan frais pour mes sauces tomates.

Le point culminant de la maison, du moins pour moi — ma salle de couture. Ce critère était la première chose sur notre liste de recherche. James voulait être sûr que j'aie ma 'boutique'.

Mon atelier est beaucoup plus grand, ce qui m'a permis d'acheter une nouvelle machine à coudre et un autre mannequin. Comme c'est notre propre maison, j'ai décoré les murs comme je le voulais. Ma machine à pédale est toujours là. Elle trône dans un coin de la pièce, sous la copie encadrée de mon diplôme, apportant un peu de nostalgie à l'endroit.

Je pensais qu'avoir notre propre maison signifierait ne plus avoir à déménager. J'avais tort. J'aurais dû me méfier de ce bonheur, à juste titre.

James a continué à grimper l'échelle des promotions. Chaque fois qu'il gravissait un rang, il parvenait à passer au suivant avec succès. Et ce succès nous a amené en Ecosse. Dans un endroit que je ne pouvais même pas trouver sur la carte.

Un hameau appelé Rhu.

Une autre maison. Un autre déménagement. Un autre nouveau départ. J'en ai plus qu'assez.

Au début, je n'ai pas pu accompagner James car il fallait inscrire les enfants dans une école. James est resté seul pendant quelques mois dans la maison de fonction. Nous n'avions pas les moyens de payer les remboursements de notre maison et un loyer en Écosse.

James disait que cela ne le dérangeait pas d'être seul. Son apparence disait le contraire. Les rares fois où il rentrait pour nous voir, il avait perdu du poids, et son visage, autrefois beau, paraissait terne et triste. Cet homme se languissait de moi.

Je me languissais de lui aussi.

Alors, je l'ai suivi jusqu'au nord, en emmenant Laura et Jamie. Bella a refusé de partir. À dix-huit ans, elle a trouvé son premier emploi. Secrétaire médicale au centre de santé Nuffield. Un bon travail avec un bon salaire. Elle préférait rester à Guildford et 's'occuper de la maison' comme elle disait.

C'était une grande décision à prendre, mais James avait vérifié les écoles pour Laura et Jamie. Comme il le répétait souvent, c'était seulement pour quelques années. Même s'il était difficile de laisser Bella seule, Florinda et Nina vivaient tout près. Cela me rassurait.

Après un an en Ecosse, James redevint la personne heureuse et pétillante d'avant. Moi, je suis devenue la personne mélancolique que je suis maintenant. Mon moral s'est effondré juste après notre arrivée. Je ne supporte ni le climat ni la langue. Pour couronner le tout, ma fille me manque. Bella vient assez souvent nous rendre visite et nous passons la plupart des vacances scolaires à Guildford avec elle.

Les week-ends on découvre le pays. James essaie de me faire sortir de la maison. Je dois admettre que la campagne est magnifique en été, avec la bruyère qui recouvre les terres ondulées, les animaux qui errent sur les routes. Par contre, le temps humide des autres saisons me sape le moral. Je suis passée de la chaleur de l'Italie du Sud au froid de l'Écosse. Qui aurait cru que le temps anglais me manquerait ?

Un de nos voisins a dit que les montagnes écossaises possèdent un esprit spécial qui s'infiltre dans l'âme et vous détend. Ce n'est pas le cas pour moi. Du moins pas aujourd'hui.

La vue de la maison dépend de l'endroit où je me trouve. La pièce de devant donne sur le magnifique Gare Loch. Normalement, le paysage m'apaise. Aujourd'hui, il me déprime. L'eau reflète le ciel gris tourterelle, la brume couvre la terre autour.

Les fenêtres arrières donnent sur le squelette argenté d'un pylône électrique en équilibre sur une berge boueuse. Je jure que lorsque les wagons grondent sur la voie rouillée au-dessus de ma tête, toute la maison tremble.

La plupart du temps je reste à la maison. Sans aucune envie de sortir. D'ailleurs pour quoi faire ? Il pleut tout le temps.

Enfouissant ma tête dans mes mains, je laisse couler les larmes que j'essaie de retenir. James est au travail, Laura et Jamie sont à l'école. Ma pauvre Bella est en Angleterre. Survivra-t-elle à une autre année sans nous ? Connaissant ma fille, oui. Je suis la seule qui ne peut pas faire face.

Quand James et les enfants sont à la maison, je me pavane comme si j'étais la vie et l'âme de la maison alors que je veux tous simplement dormir. Il n'y a pas de douleur quand tu dors. Tu t'échappes du monde qui te fait mal.

Les gouttes tapent contre la fenêtre. D'abord douces, puis plus chaotiques, tambourinant contre les vitres, brouillant la vue sur l'extérieur. En quelques minutes, la pièce est plongée dans l'obscurité. Normal. Il est 15h35, un après-midi de novembre. J'allume et me mets à préparer le repas du soir. Laura et Jamie vont rentrer de l'école d'une minute à l'autre.

D'un coup, la porte d'entrée s'ouvre, une rafale de vent s'engouffre dans le couloir.

— On est là, appelle Laura, en claquant la porte.

— Dans la cuisine.

Leurs pas résonnent dans le couloir avant qu'ils n'entrent dans la pièce. Laura jette son cartable à côté du radiateur et enfile ses pantoufles.

— Chocolat chaud ? Je demande, en ouvrant un paquet de biscuits.

— S'il te plaît, je suis absolument gelé, dit Jamie, frissonnant dans ses vêtements mouillés.

— Il ne voulait pas marcher sous le parapluie avec moi, explique Laura.

— Viens te mettre à côté du radiateur, Jamie chéri.

J'enlève sa veste et l'enveloppe dans mon pull chaud. Laura tire une chaise près de nous avant de prendre un biscuit.

Je verse du lait dans une casserole pendant que Laura prend un autre biscuit, le mastiquant bruyamment.

— Mmm, qu'est-ce que c'est bon. Elle en prend deux autres.

— Hé, et moi ? gémit Jamie.

Dès que Laura se jette sur la nourriture, il y a un souci. Si je la laisse faire, elle finira le paquet et partira à la recherche d'un autre. Qu'est-ce qui la perturbe ?

La lumière du jour diminue encore. Je suis soulagée que les enfants soient à la maison, à l'abri de la pluie. Ce temps humide me déprime. Ça, et le fait qu'il fasse nuit si tôt. Je déteste ce temps. Je déteste cette situation. En ce moment, je déteste ma vie de merde.

Je ne veux plus être coincée au milieu de nulle part, à regarder les jours passer. Regarder ma vie s'envoler. Je veux redevenir moi-même. La vie est trop courte pour être coincée dans un trou perdu. Je veux rentrer en Angleterre, retourner auprès de ma fille. Reprendre ma vraie vie.

Il faut que je parle à James. Peut-être qu'on pourrait déménager plus près de la ville. Les enfants n'auraient pas si loin pour aller à l'école. James pourrait faire le trajet jusqu'au travail. Peut-être que je me sentirais mieux dans une grande ville. Assez pour faire des croquis et vendre mes dessins.

Bien que j'en aie vendu un certain nombre à une boutique de Glasgow, et qu'ils en redemandent, je n'ai plus d'inspiration. Je n'arrive plus à penser correctement. Mon esprit est sur le point de lâcher, comme mon corps. Il est temps d'agir ou de tomber dans la déprime.

***

7h30 le lendemain matin. Aucun signe de Laura. Elle devrait être réveillée pour l'école. Je sais quand elle est debout. Ses pas lourds font trembler le plafond.

J'ai accepté que Jamie reste à la maison. Il a frissonné toute la soirée. Je ne veux pas qu'il sorte encore sous la pluie aujourd'hui.

En me traînant au premier étage, j'entre dans la chambre de Laura. Les rideaux sont tirés, une légère odeur d'assouplissant flotte dans l'air. Le seul son audible est la respiration régulière de ma fille. J'allume la lampe de chevet. Laura est recroquevillée en boule, la couette serrée autour de son visage.

Elle dort si paisiblement que je me déteste de l'avoir réveillée. Ses yeux clignotent plusieurs fois, les coins de sa bouche se courbent vers le haut en un sourire paresseux.

— Tu vas bien ? je lui demande, en m'asseyant sur le lit.

Elle se blottit plus profondément sous les couvertures.

— Pas vraiment. Je ne me sens pas très bien.

Je tends la main, la pose sur son front. Elle n'est ni chaude ni moite.

— Tu as mal à la tête ?

Laura vient se blottir dans mes bras.

— C'est un sacré mal de tête, Ma. Vraiment. Je ne peux pas aller à l'école.

Elle pose sa tête sur mon épaule.

Je la regarde. Elle n'a pas le visage d'une migraineuse. Pas de traits pâles et enfoncés. Elle ne louche pas vers la lumière. D'ailleurs, elle ne s'est réveillée qu'à l'instant. Il y a autre chose. Je la connais trop bien. Pour l'instant, je vais laisser passer. Plus tard, nous parlerons, je découvrirai pourquoi elle ne veut pas aller à l'école.

— Ma ?

— Oui, mon amour.

Une larme coule sur sa joue gauche. Elle ouvre la bouche pour parler. Il n'en sort qu'un hoquet.

— Hé, pourquoi tu pleures ?

Elle reste silencieuse, semble réfléchir, puis enfouit son visage dans mon cou.

— Je n'ai pas vraiment mal à la tête. C'est juste que...je ne veux plus aller à l'école. Jamais.

Mes larmes coulent sur mes joues, dans ses cheveux. Je ne savais pas à quel point elle souffrait. Ces dernières semaines, je l'ai négligée, elle et les autres, parce que je me sentais mal.

— Pourquoi, Laura ?

Un autre long silence avant qu'elle ne parle :

— Je n'arrive pas à suivre. Je ne comprends pas ce que les profs disent la moitié du temps. Je ne comprends pas leur accent écossais.

Des sanglots secouent son corps, elle s'accroche à moi. Depuis que nous sommes en Écosse, on ne fait que pleurer. J'entends souvent mon Jamie sangloter la nuit. Laura verse une larme de temps en temps, mais pas comme cela, à moins qu'elle ne l'ait gardée pour elle. Et moi, je pleure comme je fais chaque jour depuis que je suis arrivée ici.

Je caresse la tête de ma fille, tout en me détestant de ne pas avoir vu qu'elle prenait du retard dans son travail scolaire. J'étais trop occupée à

214

m'enfermer dans ma bulle, isolée du reste du monde, au lieu de m'occuper de ma famille.

Je sais que je déprime. Et je peux l'accepter. Pas lorsque les enfants souffrent. Je dois parler à James. Il faut qu'on trouve une solution avant que l'un de nous ne fasse quelque chose de stupide.

J'ai peur que cette personne soit moi.

— Ne t'inquiète pas, lui dis-je en lui tapotant le dos. On va arranger tout ça. Pour l'instant, tu dors. Je parle à ton père.

Elle s'essuie le nez sur le dos de sa main, et s'allonge sur son oreiller. Je tire les couvertures sur ses épaules, éteins la lampe et redescends.

Dans la cuisine, James prépare son sac de travail, chaque mouvement est calme et calculé. La même routine tous les jours. C'est tout à fait James. Jamais pressé. Jamais agité. Cela pourrait changer dans quelques instants lorsque je lui dirai ce que j'ai l'intention de faire.

Nous n'avons pas eu l'occasion de parler la veille au soir. Il est rentré tard, et comme Jamie avait besoin de câlins, j'ai passé la plupart de mon temps à le serrer contre moi sur le canapé.

— Ça va, Bianca ? Je sais que tu n'as pas été en forme ces derniers temps.

Je me dirige vers l'évier et remplis le percolateur. J'ai besoin d'un café très serré.

— Tu as raison, lui dis-je. Et les enfants ne sont pas bien non plus. Laura ne veut plus aller à l'école parce qu'elle ne comprend pas les professeurs. Jamie est malheureux parce qu'il n'a pas d'amis. Et Bella me manque.

— Je sais que c'est dur pour vous tous. Mais ça ne le sera pas pour longtemps.

Je le regarde fixement.

— C'est quand pas longtemps ? Un an ? Trois ans ? Dix ans ? Je ne peux pas attendre. Je veux retourner à Guildford maintenant avec Laura et Jamie. Je ne suis pas heureuse ici.

J'attends les retombées. Elles ne viennent pas.

Avec un lourd soupir, James dépose un doux baiser sur mon front.

— Nous en parlerons quand je rentrerai cet après-midi. J'ai peut-être une solution.

J'acquiesce et me mets à préparer la table pour le petit-déjeuner.

— Oui, James. Il faut que nous parlions. Parce que le problème ne disparaît pas.

***

Le jour commence à décliner. Il n'est que 15h30.

Laura est à peine sortie de sa chambre de la journée. Jamie, à mon grand soulagement, à l'air d'aller mieux. Le stress accumulé depuis hier soir s'est dissipé.

Bon sang, j'ai bien besoin d'un remontant.

Je me souviens de la bouteille de Marsala au fond du meuble à boissons. La bouteille qui attend une occasion spéciale pour être ouverte.

Au diable l'occasion spéciale. J'ai besoin d'un verre maintenant.

Écartant la bouteille de Cinzano et d'autres bouteilles de Highland Whisky, j'attrape le Marsala et me verse un bon verre.

Quelques minutes plus tard, je suis dans le jardin, le dos appuyé contre le mur de la maison, regardant le Loch, sirotant mon verre. Je laisse le liquide rouler sur ma langue et autour de ma bouche. Bon sang, ça fait du bien.

Je ferme les yeux essayant d'analyser ma situation. La même phrase revient en boucle comme à chaque fois que je me mets à réfléchir — je ne suis pas heureuse ici. Je ne le serai jamais.

Une brise froide se lève, je rentre pour m'asseoir à la table de la cuisine. Qu'est-ce que je vais préparer pour le dîner ? Rien ne me vient à l'esprit. D'ailleurs, je n'ai pas envie de cuisiner. Ce sera encore du Fish & Chips. Je demanderai à James d'aller en chercher lorsqu'il rentre.

La cuisine est silencieuse à part le ronronnement du réfrigérateur, qui soudainement devient trop fort. Ça me tape sur les nerfs, comme tout dans cette maison. Comme tout dans ce pays.

À ce moment-là, la porte d'entrée s'ouvre. Des bruits de pas se font entendre avant que James n'entre dans la cuisine.

— Bianca ?

Je lève les yeux vers son regard perplexe. J'éclate de rire. Un rire jaune. Que doit-il penser ? Il n'est que 16h, et sa femme est en train de picoler toute seule.

— Santé ! Je lui dis, en levant mon verre.

216

Il essaie de le prendre de ma main. Je le serre plus fort, refusant qu'il me prive de mon seul plaisir de la journée. Avec plus de force, il le retire.

— Nous rentrons à la maison, Bianca. On retourne retrouver Bella.

Au début, je ne réagis pas. Je fixe simplement mon verre sur la table qui devient vite flou alors que j'essaie de me concentrer sur ce que James vient de dire. Nous rentrons à la maison ? Je vais retrouver ma fille et mon ancienne vie ?

Mon cœur s'emballe.

— Oh, James, je parviens à bafouiller en sautant dans ses bras. On part quand ?

Je ferme les yeux, espérant qu'il ne dira pas dans un an ou deux.

— Dans un mois environ. Le temps de former la personne qui me remplace, mais nous serons à la maison pour Noël.

Des larmes coulent sur mon visage.

— Je vais le dire toute de suite à Bella.

Précipitamment, je me rends dans le couloir où je décroche le téléphone. À chaque tour de cadran, mon pouls s'accélère.

Lorsque j'entends la sonnerie, je respire profondément, une main sur le cœur. La sonnerie grave et granuleuse du téléphone ressemble au chant des grillons de mon enfance. Avant, j'adorais ce son ; aujourd'hui, il s'éternise, me tape sur les nerfs. Je regarde l'horloge. Où est Bella ? Elle devrait déjà être rentrée du travail.

Frustrée, je claque le récepteur sur son socle pour le reprendre aussitôt. Je refais le numéro. À la septième sonnerie, Bella répond. Je retiens ma respiration tandis que mon cœur tambourine dans ma poitrine.

— Allô ?

— Bella, c'est maman !

J'ai du mal à garder mon calme.

— Tu es la première à savoir. Maman rentre pour de bon !

Le silence complet. Pas de respiration. Pas de mots. Rien. J'aurai pu entendre une mouche voler.

Mon pouls s'accélère. Il y a quelque chose qui ne va pas.

— Bella, tu es là ?

Après un autre bref moment, des sanglots éclatent dans le téléphone.

— Bella, chérie, pourquoi tu pleures ?

— Je suis si heureuse, Ma. Vraiment heureuse ! J'avais perdu tout espoir de t'entendre dire ça un jour.

Je laisse couler mes larmes face à ces émotions. Bella fait partie de ma vie. Une partie qui s'est détachée, me laissant égarée dans une mer de colère. La mer qui a failli me noyer. Dieu merci, James a demandé son transfert. Sinon, j'aurais renoncé à nager. J'aurais laissé les vagues m'entraîner au fond de l'océan.

— Quand est-ce que tu rentres ?

— Dès que nous pourrons. Demain, nous appellerons les déménageurs. Ton père commence son nouveau travail en janvier, mais nous serons à la maison pour Noël.

— Oh, Ma, je n'arrive pas à y croire. Zia Florinda a été géniale, elle me tenait compagnie les week-ends. C'est à ce moment-là que vous me manquiez le plus. La semaine, je suis trop occupée au travail pour penser à ma solitude.

Des larmes fraîches coulent sur mes joues. Il y a quelque chose dans sa voix. Comme une blessure qui a besoin d'être guérie. Elle a besoin de moi. Je jure que je la gâterai à notre retour.

— Quand je rentre, on va passer du temps ensemble. Faire tout ce que tu aimes, d'accord ?

— J'aimerais ça, dit-elle en riant à travers ses sanglots. J'ai fait beaucoup de croquis. Nous pourrons comparer nos dessins.

— Oui, on va faire ça, lui répondis-je en réalisant que je n'ai pas dessiné depuis des mois. Maintenant, tu ne pleures plus, *va bene* ?

— *Va bene*, Ma.

— Je vais appeler Zia Florinda.

Après avoir envoyé une série de baisers, je repose le combiné. En m'essuyant les yeux, je décroche à nouveau et compose le numéro de ma sœur.

— Florinda ? C'est moi, je rentre!

— Oh, Bianca ! Quand ?

— Pour Noël.

J'éloigne le téléphone de mon oreille. À travers mes reniflements, j'entends ma sœur crier la nouvelle à Nina.

— *Dio Mio* ! Ta nièce est devenue folle, elle danse dans toute la maison. C'est la meilleure nouvelle que nous ayons eu depuis longtemps. J'ai hâte de vous revoir tous.

— Je n'entends que les cris de Nina, dis-je en élevant la voix. Ecoute, je te téléphonerai demain, je dois préparer le repas pour ce soir.

Je me précipite dans la cuisine pour sortir mon livre de cuisine, un grand sourire aux lèvres. Tout d'un coup, la vie me sourit. Et si je faisais un bon repas ? On pourrait même manger le *panettone* qui me regarde à chaque fois que j'ouvre le placard.

On fera la fête. Déboucher même une bouteille de champagne. J'ai besoin de fêter notre retour.

***

Je glisse ma clé dans la serrure de la porte et la pousse. Une odeur de café me monte au nez. Bon sang, ça sent bon d'être rentrée à la maison.

— Ma ! T'es rentrée !

Bella dévale les escaliers, et se rue dans mes bras.

— Oui, mon amour. Je suis rentrée pour de bon.

Elle sanglote sur mon épaule tandis qu'on se balance d'un côté à l'autre, ses larmes imbibant mon chemisier. C'est bon de tenir mon bébé dans mes bras à nouveau.

— Tu m'as tellement manqué.

Ses mots sont coupés par des reniflements. Moi aussi, j'ai les larmes aux yeux. Je n'arrive pas à croire que je suis de retour dans ma maison avec ma fille chérie.

Nous avons tous besoin d'un havre de paix. Le mien est ici avec ma famille.

Bella quitte mes bras, laissant échapper un rire étranglé.

— Qu'est-ce qu'il y a de si drôle ? Je lui demande.

Elle s'essuie le nez dans son mouchoir avant de prendre son frère et sa sœur dans ses bras.

— Tout, dit-elle en se glissant dans les bras de son père. On est tous dans l'embrasure de la porte, riant à moitié, pleurant à moitié. On fait un bien triste spectacle.

— Parle pour toi, répond Jamie, hissant son sac à dos sur l'épaule avant de monter les escaliers.

À huit ans, mon fils n'est pas aussi sentimental que nous autres. Il cherche sans doute le confort de sa chambre avec ses jeux. Laura, par contre, est comme moi, les larmes aux yeux. Je sais à quel point sa sœur lui a manqué. Avec vingt-deux mois d'écart, elles sont très proches.

Je regarde James qui serre Bella dans ses bras. Son regard croise le mien, il fait un signe de tête, et le fond de ma gorge se resserre.

— C'est bon d'être réuni, dit-t-il.

Sa voix est douce, presque fragile, et je comprends à quel point Bella lui manquait aussi.

Chapitre 22

1981

J'arrive à la maison après avoir envoyé d'autres dessins à Carnaby Creations.

Bella est assise à la table de la cuisine, un jeu de crayons et son carnet de croquis devant elle. Une assiette pleine de miettes est posée sur le côté. Elle aime grignoter quand elle rentre du travail.

— Ciao, *cara.*

Je me baisse pour déposer un baiser sur sa joue. Bella me tourne le dos et ferme son carnet.

— Quelque chose va pas ? Je demande, en regardant par-dessus son épaule. Qu'est-ce que tu caches ?

Le visage de Bella prend une teinte rouge tandis qu'elle remet ses crayons dans leur trousse.

— Ce n'est rien, Ma.

— S'il te plaît, Bella, pas de secrets. Si tu as des problèmes, nous parlons. On ne fait pas comme ma Mammà avec moi.

Elle fixe la table, le dos voûté, les deux mains protégeant le bloc-notes. Je sais que cela fait un an qu'elle écrit à son petit ami français. S'est-il passé quelque chose ?

Tout doucement, ma fille relève la couverture du calepin et le tourne vers moi. Une demi-douzaine de croquis sont éparpillés sur la page. D'après les dessins, ma fille a du talent.

— Bella, c'est fantastique !

— C'est vrai, Ma ? Tu le penses vraiment ?

— Bien sûr, je le pense.

Bella repousse précipitamment sa chaise et se jette dans mes bras.

— Tu me rends si heureuse, Ma.

Je laisse échapper un rire.

— Je veux suivre un cours du soir de stylisme. Peut-être en faire mon métier plus tard.

Je la relâche et pose mes mains sur ses épaules.

— C'est une bonne idée comme passe-temps, mais pas comme travail. La couture ne paie pas.

— Tu le fais, dit-elle alors que le sourire sur ses lèvres se transforme en une moue.

Je caresse sa joue avec le dos de ma main.

— J'ai de la chance parce que je crée, et j'ai de la chance de commencer à Londres.

Bella boude.

Je regarde son visage déçu, mon cœur se serre. Elle a des rêves comme moi. Des rêves de se faire un nom dans le monde de la mode. J'ai eu de la chance. Avoir été au bon endroit au bon moment m'a aidée. Cet endroit étant Londres.

Je ne veux pas écraser ses espoirs, ni briser son esprit, mais que peut-elle espérer à Guildford ? D'un autre côté, ses croquis sont très convaincants. Il y a une touche plus moderne dans ses dessins. Peut-être qu'en mettant nos idées ensemble, nous arriverions à quelque chose de phénoménal ? Avec mon œil pour le choix des tissus, et son flair pour les designs audacieux, nous pourrions toucher un plus grand public.

— Pourquoi pas travailler ensemble ?

À peine que les mots quittent ma bouche que son visage se fend d'un des plus grands sourires qui soit.

— Oh, Ma, ce serait génial !

Elle se met à danser autour de la table, m'entraînant avec elle. Sa joie est contagieuse et en quelques instants, je sautille avec elle, totalement essoufflée. Il n'en faut pas beaucoup pour la rendre heureuse.

La sonnerie stridente du téléphone me ramène sur terre. Bella me lâche les mains. Je cours dans le couloir, essayant de calmer ma respiration en décrochant le téléphone.

— Bianca, c'est Roger !

— Bonjour, Roger. Contente d'avoir vos nouvelles.

Bella passe la tête dans le couloir, les coins de sa bouche se courbent vers le haut. Elle me fait un signe du pouce et s'appuie sur la porte de la cuisine, sans doute aussi impatiente que moi de découvrir la raison de cet appel.

— Vous allez bien, Bianca ? Vous me semblez essoufflée.

— Tout va bien. Je danse avec ma fille.

Un gloussement retentit dans mon oreille avant que Roger ne poursuive :

— Je pense qu'une fois que je vais vous avoir annoncé la bonne nouvelle, vous aller arrêter de danser et sortir votre carnet de croquis.

Qu'est-ce qu'il veut dire par là ?

— Nous avons eu un défilé de mode à Londres hier. Carnaby Creations a fait une excellente impression grâce à la plupart de vos dessins.

Prise d'un soudain vertige, je tourne mon regard vers Bella.

— Tout va bien, Ma ? demande-t-elle.

J'acquiesce et laisse échapper un petit rire nerveux.

— C'est une bonne nouvelle, Roger.

— C'est une excellente nouvelle. Il y a un bel article dans le London Daily, et Bianca's Originals a reçu une excellente critique.

Mes jambes se dérobent, mon corps glisse le long du mur. En un instant, Bella est à mes côtés.

— J'ai besoin de plus de dessins, Bianca, et vite. Je sais que vous êtes exceptionnelle dans votre domaine, mais cette fois, vous devez vous surpasser.

Sa voix excitée résonne dans mon oreille.

— Vous devez trouver quelque chose d'encore plus original.

Les pensées se bousculent dans ma tête alors que j'essaie de digérer la nouvelle. La pièce est devenue silencieuse. Je n'entends pas Bella me parler. Me suis-je enfin faite un nom ?

Secouant la tête, je sors de ma stupeur.

— Je ferai d'autres dessins, Roger, et je promets qu'ils vont être bons.

— Je savais que je pouvais compter sur vous, Bianca. Vous êtes la meilleure.

— Vous pouvez m'envoyer l'article de journal ? Je veux

garder...non, pouvez-vous m'envoyer deux journaux ? Je vais envoyer un à mes parents en Italie.

— Bien sûr. Et j'attends les dessins.

— J'en enverrai demain. Merci pour les nouvelles.

— Prenez bien soin de vous, Bianca.

— Au revoir, Roger.

Bella m'arrache le téléphone des mains et le replace sur le crochet.

— Qu'est-ce qui se passe, Ma ?

— Bianca's Originals a beaucoup de succès et un article est dans le journal. Roger veut des modèles plus modernes et rapidement.

Bella s'assied à côté de moi et me serre le bras.

— C'est une excellente nouvelle. Tu vas enfin être célèbre.

J'embrasse ma fille sur la joue.

— Il faut que tu m'aides, Bella. On peut dessiner ensemble et tout envoyer à Roger, d'accord ?

Les yeux de Bella pétillent.

— Tu ne le regretteras pas, Ma. On peut y arriver !

— Oui, mon amour. On va y arriver.

***

La sonnerie du téléphone retentit, énergiquement j'arrête l'aspirateur avec mon pied. Il s'arrête en gémissant. Je laisse tomber le tuyau, me précipite dans le couloir, décrochant le téléphone à la quatrième sonnerie.

— Allô !

— Ma, c'est moi.

— Bella chérie, quoi de neuf ?

— Je suis tellement excitée. J'ai hâte de rentrer du travail pour te le dire.

Je n'avais pas entendu ma fille pousser un tel cri depuis quelques mois, lorsque Roger m'a téléphoné pour me dire qu'il avait besoin de plus de dessins, et que je lui ai dit que nous travaillerions ensemble. Qu'est-ce qui a pu se passer depuis qu'elle est partie au travail ce matin ? Une promotion ? Une augmentation de salaire ? Un changement d'emploi ? Je sais qu'elle n'aime pas son travail de secrétaire.

— Pierre m'a demandé de l'épouser.

Le téléphone me glisse des mains. Quand tout cela est-il arrivé ? Notre relation est fusionnelle. D'habitude elle me dit tout. Que s'est-il passé ?

Je récupère le téléphone qui se balance sur son cordon. Respirant lentement et profondément, je rassemble mes esprits. Rien n'est encore fait. L'homme lui a demandé de l'épouser. Et alors ? Elle doit encore répondre. Il n'est pas trop tard pour lui parler.

— Maman, t'es toujours là ?

— Oui, je suis toujours là. Nous parlerons quand tu rentres à la maison après le travail, d'accord ?

— Tu n'es pas heureuse pour moi ?

La voix de ma fille est douce, fragile, presque comme si son cœur était sur le point de se briser.

Qu'est-ce que je peux lui dire ?

Tu connais à peine cet homme ? Je connaissais à peine James.

Tu ne peux pas partir si loin ? Et pourtant, je l'ai fait.

Tu vas me briser le cœur ?

Je passe mes mains sur le devant de mon tablier.

— Bien sûr, je suis heureuse. Je n'attends pas ça, c'est tout.

Bella lâche un petit rire.

— À plus tard alors.

— À plus tard, mon amour.

Je replace le combiné et m'affale sur la chaise la plus proche. Qu'est-ce que je vais faire ?

Bella a rencontré Pierre chez sa correspondante en France il y a deux ans. Ils n'ont cessé de s'écrire depuis. Elle est allée le voir une ou deux fois. Pas plus. Et maintenant une demande en mariage.

J'ai la bouche sèche lorsqu'une pensée inquiétante s'installe dans ma tête. Elle va partir pour la France.

Je dois parler à James.

***

— Tu dois parler à Bella !

James est à peine rentré dans la pièce que je lui envoie mes inquiétudes.

Il enlève la veste de son uniforme.

— De quoi parles-tu ?

— Elle m'a téléphoné ce matin et m'a dit que Pierre l'a demandé de l'épouser. Parle-lui, James. Dis-lui qu'elle doit attendre. Elle fait peut-être une erreur.

James s'assied sur le canapé et me prend sur ses genoux.

— Tu crois sincèrement que quoi que je dise, ça la fera changer d'avis ?

Je prends une profonde inspiration. Pourquoi les hommes doivent-ils être si compliqués ? Ils ne voient jamais les choses de notre point de vue.

— Si nous ne faisons rien, nous le regretterons plus tard.

— Elle aura vingt et un ans dans quelques mois, Bianca.

— Elle est toujours mon bébé.

— Et nous avons été très chanceux avec nos filles.

Il enroule une mèche de cheveux derrière mon oreille.

— J'ai visité beaucoup de foyers au cours de mes années de police, et j'ai vu beaucoup de choses. Des parents qui laissent leurs enfants faire ce qu'ils veulent. Pas de règles. Pas de contrôle. Des jeunes filles qui tombent enceintes et abandonnent l'école. Certaines n'ont que seize ans. Sans argent et sans avenir. D'autres se droguent.

— Pourquoi tu me dis ça ? Mon problème, c'est Bella. Elle est trop jeune pour se marier.

James serre la mâchoire.

— Tu ne peux pas l'empêcher, Bianca.

Je me lève d'un bond.

— Tu veux parier ? Je ne veux pas que Bella soit loin. Je ne peux pas supporter d'être sans elle.

— Tu ne peux pas l'empêcher de faire exactement ce que tu as fait à ta mère.

Je le fixe, bouche bée, tandis que les souvenirs de ma jeunesse ressurgissent. Il a raison. J'ai choisi de vivre ma vie comme je le voulais. Sans tenir compte de la douleur que j'ai engendrée. Je n'avais pas le choix. J'avais besoin de ma liberté.

— Mais Bella a tout ici. Je ne comprends pas pourquoi elle veut partir.

— Peut-être qu'elle est amoureuse. Si elle prend la décision d'épouser Pierre, alors la seule chose que nous puissions faire est d'accepter, d'être heureux pour elle.

Je me rassois à côté de mon mari.

— Nous allons lui parler. Nous lui dirons ce que nous en pensons. Mais la décision finale lui appartient. Ce serait mieux si tu lui parlais, mon amour. Explique-lui ce que c'est que d'être si loin de sa famille. Dans un pays étranger sans visages familiers.

Je pose ma main sur sa poitrine.

— Je lui ai déjà dit quand nous sommes rentrés d'Italie. Mais je lui reparlerai quand elle rentre.

— Vas-y doucement, mon amour. Je sais comment tu es parfois. Et Bella est un peu comme toi. Je vis avec deux femmes fougueuses. Dieu merci, Laura et Jamie ont un tempérament plus calme

James se lève, je l'imite.

— Je vais prendre une douche avant le dîner. Et souviens-toi de ce que j'ai dit. Reste calme.

Une fois de plus, la patience et les sages paroles de mon mari m'apaisent. Je caresse sa joue.

— Je vais essayer.

Être parent est un travail à plein temps. Pas de retraite, pas de renoncement quand les choses deviennent difficiles. Chaque jour apporte de nouvelles épreuves qui peuvent être si stressantes. Ce n'est pas comme un livre qu'on peut changer si l'histoire ne nous convient pas.

J'espère seulement que ce chapitre de la vie va s'améliorer.

***

— *Ciao*, Ma !

Bella entre dans la maison et me donne une bise rapide sur la joue.

— Tout va bien au travail ? Je lui demande.

Elle acquiesce et s'assied à la table de la cuisine pendant que je continue à préparer le repas du soir. Un silence gênant s'installe. J'ai un goût amer dans la bouche. Devrais-je parler en première ? Nous savons toutes les deux de quoi il s'agit. Je pense qu'aucune de nous ne sait comment s'y prendre.

Je me tourne et surprend Bella en train de fixer la table de la cuisine. Qu'est-ce qu'elle peut bien regarder ? Les rayures faites par les couverts au fil des ans ? Les bords ébréchés où Jamie a fait un peu de menuiserie ? Cherche-t-elle l'inspiration ?

Quelqu'un doit faire le premier pas. Je m'éclaircis la gorge.

— Alors, veux-tu parler de toi et Pierre ?

Son visage s'illumine.

— Comme je te l'ai dit au téléphone, il m'a demandé de l'épouser, et j'ai accepté.

La cuillère en bois tombe de ma main, éclaboussant le sol de sauce tomate. Elle a déjà dit oui. Moi qui pensais que nous allions en discuter ensemble.

J'ai déjà vécu cette scène. Cette fois, c'est moi qui suis le destinataire. Il y a longtemps, Mammà a laissé tomber sa cuillère lorsque je lui ai dit que je quittais la maison. Je m'en souviens encore après toutes ces années. Ce n'est que maintenant que je me rends compte de ce qui a dû lui passer par la tête.

Je garde mon calme. Bella est ma fille, je sais comment la prendre. Nous avons toutes les deux le même caractère. Si je m'énerve, elle s'énervera. Si je me détends et lui parle calmement, elle fera de même.

Je récupère la cuillère.

— Je sais que vous écrivez tous les deux, je vois arriver les lettres de Pierre. Et je sais que tu es allée en France, mais je ne pensais pas que c'était sérieux pour vous marier si tôt.

— Pierre veut se marier, et moi aussi, répond-elle en prenant un verre dans l'armoire.

Elle se dirige vers l'évier et le rempli d'eau.

— Nous nous sommes écrits pendant deux années, et ça nous tue de ne pas être ensemble.

— Ça, je le comprends.

Je caresse le côté de son visage, des flashs du passé défilent devant mes yeux. Lorsque James est parti en Allemagne, nous communiquions par écrit. Même si cela n'a duré que cinq mois, c'était difficile à supporter.

228

Pierre lui écrit depuis deux ans, ce qui montre sa persévérance. Certains hommes auraient abandonné au bout de quelques semaines, quelques mois tout au plus. Pierre est déterminé. Il veut absolument être avec elle. Au moins, il l'a demandée en mariage, prêt à en faire sa femme.

Je l'ai rencontré à une occasion, lorsqu'il est venu passer Noël chez nous l'an dernier. C'est une personne sympathique qui parle bien l'anglais, donc pas de problème de communication. Et la façon dont il regarde Bella prouve que cet homme est amoureux. Il est poli, a un bon travail et assez d'argent pour l'entretenir.

Je sursaute. *Dio mio.* Je réfléchis comme mon père.

Papà avait l'habitude de parler à ses amis comme ça, organisant le mariage de leurs enfants. Pesant le pour et le contre des différents candidats. Qui avait de l'argent et des terres ? Qui n'en n'avait pas ?

Je secoue la tête. Je ne suis pas comme mon père. Je ne le serai jamais. Je refuse de l'être.

— Ma !

Bella secoue mon bras.

— Tu vas bien ?

Reprenant mes esprits, je m'assois à côté de ma fille et prends ses mains dans les miennes. Elle me regarde, ses yeux bruns verts me questionnent. Qu'est-ce que je peux dire ? Mariez-vous avec ma bénédiction ? Dans quelques mois, elle aura vingt et un ans. À son âge, je me préparais pour mon départ en Angleterre.

Déterminée comme elle l'est, sa décision est prise. Elle va épouser Pierre et vivre en France, quoi que je dise ou fasse. Si je ne veux pas la perdre, je dois l'écouter, faire un compromis. S'il y a encore un compromis à trouver.

— Es-tu sûre que c'est ce que tu veux ? Je lui demande.

Elle acquiesce.

— J'y ai beaucoup réfléchi. Je sais que tu as quitté ta famille. Nous en avons beaucoup parlé lorsque je pensais aimer Umberto, il y a quelques années. Tu te souviens ?

— Je m'en souviens. Tu m'as fait peur. Je pensais que tu voulais vivre en Italie, alors je t'ai parlé.

— Et tu as eu raison. Il y a une différence aujourd'hui. Je n'ai plus dix-sept ans. Je suis une adulte de vingt et un ans. Je sais ce que je veux.

Je veux Pierre.

— Mais, tu seras seule, sans famille.

— Je suis restée seule quand vous êtes tous partis en Écosse. Je ne serai pas seule cette fois. Je serai avec Pierre et sa famille.

Je tends une main sur la table et joue avec quelques miettes imaginaires. Qu'est-ce que je peux faire ? Ma fille prend le même chemin que j'ai pris toutes ces années auparavant. Je n'ai pas le droit de l'en empêcher.

— L'Italie te manque, Ma ? Tu n'as jamais eu envie de rentrer à la maison ?

— Ma maison est là où est ma famille. Et tu es ma famille.

Bella me tapote la main.

— Tu crois que ça sera pareil pour moi ?

Je vois le léger plissement de son front. Pas aussi courageuse qu'elle le prétend.

— Bien sûr. Un endroit peut devenir ce que tu veux qu'il soit. L'Angleterre sera toujours l'endroit où se trouvent tes racines. Comme l'Italie pour moi.

Bella appuie sa tête sur mon épaule, je lui caresse les cheveux.

— Quand tu auras mon âge, toi aussi tu regarderas en arrière et tu seras fière de toi. Quitter ses racines demande beaucoup de courage et on apprend à connaître qui l'on est vraiment.

Bella lâche mes mains et se lève. Elle se place derrière moi et se baisse pour passer ses bras autour de mes épaules, sa tête reposant sur le côté de mon visage. En me serrant fort, elle murmure :

— Alors, sois heureuse pour moi, Ma.

— Je suis heureuse pour toi, mon amour.

Une larme égarée coule sur ma joue et dans les cheveux de ma fille. Elle va me manquer. Mon Dieu, comme elle va me manquer. Il n'y aura plus de chamailleries entre les deux sœurs. Plus de chaos dans la maison. La vie continuera d'une manière différente. James me disait que les enfants ont leur propre vie, qu'on ne fait pas des enfants pour soi.

Moi si.

J'ai eu des enfants pour moi, ce qui rend la séparation encore plus difficile.

Comme en ce moment.

Chapitre 23

1982

Le satin ivoire tombe en plis doux, flirtant avec le parquet tandis que Bella traverse la piste de danse dans sa robe de mariée aux dentelles argentées.

Je l'ai perdue à l'autel de la cathédrale d'Orléans il y a quelques heures lorsqu'elle a dit oui à Pierre. Le charmant accent de ma fille a résonné sur les murs alors qu'elle prononçait ses vœux de mariage en français.

Lorsqu'elle a signé le registre, l'histoire s'est répétée.

Bella est devenue une citoyenne française comme je suis devenue une citoyenne britannique il y a exactement vingt-trois ans.

Seule différence. Bella peut garder son passeport britannique. Elle aura la double nationalité avec la preuve de ses racines. J'ai dû renoncer au mien pour devenir un sujet britannique. À l'époque, je n'avais pas le choix. J'aurais aimé garder une preuve de mes origines.

Un courant d'air discret entre dans la salle des fêtes, chuchotant à travers les hauts rideaux d'organza. Bella s'essuie le front de sa main gantée avant de se frotter la nuque. Ce genre de temps chaud me rappelle mon enfance en Italie où les siestes et les boissons fraîches étaient de rigueur. Depuis mon arrivée en Angleterre, je me suis habituée à la fraîcheur du climat anglais. Les étés italiens me manquent toujours.

Un sourire radieux se dessine sur le visage de Bella tandis que Pierre la fait tourner pour la première danse. Elle croise mon regard et ses lèvres se retroussent. Ma fille est dans son élément. Enfant, elle ne marchait jamais, ses jambes la faisaient glisser d'un endroit à l'autre. Un grand éclat de rire s'échappe de sa bouche, un frisson de joie me traverse.

Si Bella est heureuse, je le suis aussi.

Des applaudissements retentissent dans la salle. Le beau couple s'incline et retourne à la table d'honneur. Ma fille voulait se marier en France. Le pays où elle a choisi de vivre. De nombreux amis et membres de la famille ont fait le voyage depuis l'Angleterre. Contre toute attente, cinquante-quatre personnes ont fait la traversée. Ils sont tous venus en car. Bella a tout organisé depuis la France. Le voyage en car, les réservations d'hôtel, la réception. Beaucoup de travail qui a porté ses fruits.

Je jette un coup d'œil à la salle aux poutres basses. Ma joie s'envole lorsque mes yeux tombent sur la table vide dans le coin le plus éloigné. La table dressée pour six membres de ma famille. Nino, Luca, et Fortunato avec leurs épouses respectives.

Dès que la date du mariage de Bella a été fixée, j'ai invité ma famille. Dès le début, Mammà et Papà ont dit qu'ils ne viendraient pas. Trop loin. Trop de tracas pour prendre l'avion et le taxi pour deux personnes âgées. J'ai respecté leur choix. Ils ne sont jamais sortis du pays, n'ont pas de passeport, n'ont aucune idée de ce qu'il faut faire une fois hors du pays. Je leur ai dit jusqu'à ce que j'en perde la tête qu'ils viendraient avec leurs fils, cela n'a rien changé. L'entêté Papà a rendu son verdict. Mammà a sans doute murmuré amen.

La table vide me regarde, les larmes me montent aux yeux. Comment mes frères ont-ils pu faire ça ? Accepter l'invitation au mariage de leur nièce puis téléphoner le matin même pour dire qu'ils ne viendraient pas ? Pourquoi ne l'ont-ils pas dit dès le début ? Cela m'aurait évité de commander six repas pour rien.

À ce moment précis, je suis contrariée, mais je ne vais pas les laisser gâcher ce jour spécial.

Comme à mon mariage, il n'y a que Florinda. La seule personne sur laquelle je peux compter. On a traversé tant de choses ensemble avec des hauts et des bas, comme toutes les sœurs, je suppose. Au final, on peut toujours compter l'une sur l'autre.

Nous avons un lien très fort. Je suis heureuse que mes filles aient le même. J'espère seulement que leur complicité durera malgré la distance. Je ferai de mon mieux pour garder ce lien étroit.

Un autre éclat de rire, et je tourne mon regard vers Bella qui tourne encore dans sa belle robe. Celle que j'ai confectionnée pour elle. Comme toutes les personnes qui viennent dans ma boutique, Bella voulait quelque chose de différent. Lorsque j'ai accepté de lui faire la robe de mariée qu'elle avait dessinée, et que je lui ai indiqué le tissu que j'utiliserai, elle a fondu en larmes.

En regardant les visages heureux dans la salle, je me fiche

complètement que les Italiens ne soient pas venus. Le sourire de Bella vaut plus que leur présence. Que puis-je demander de plus ?

Une main forte me serre l'épaule avant qu'un souffle chaud ne se pose sur mon oreille.

— Puis-je demander cette danse, Madame Delucey ?

Ma bouche s'étire en un sourire tandis que je prends la main tendue de mon mari. Il m'entraîne sur la piste de danse.

— Mes frères ne sont pas venus, dis-je après quelques pas.

— Tu pensais vraiment qu'ils viendraient ?

— Pas vraiment, mais j'ai prié pour le bien de Bella.

James me regarde.

— Elle est heureuse. D'ailleurs, elle n'était pas si proche d'eux. Mais, j'ai l'impression que cela te dérange.

Il a raison. Ma famille m'a encore laissée tomber. Je voulais tellement qu'ils soient là. Pour se faire pardonner d'avoir manqué mon mariage. Mes frères étaient jeunes à l'époque. Aujourd'hui, ce sont des adultes. Ils n'ont pas d'excuses.

À chaque fois que James me fait tourner, mon regard se pose sur la table vide, et une boule se forme au fond de ma gorge. Si mes frères veulent que les choses se passent en coupant les liens familiaux, qu'il en soit ainsi.

La danse se termine, Florinda se dirige vers moi. Elle me prend dans ses bras et me chuchote à l'oreille :

— Notre vraie famille est ici, Bianca. Et ne l'oublie pas. Tu peux compter sur moi et Nina. On ne te laissera jamais tomber.

***

Le temps est venu de retourner en Angleterre.

J'embrasse Pierre, lui dit de prendre soin de ma fille. C'est un homme bien, il est évident qu'il s'occupera de ma Bella.

Quand je me tourne vers elle, ses yeux sont inondés de larmes, comme les miens. Je la serre dans mes bras jusqu'à ce que je sois à bout de souffle.

— Ça va aller, je murmure quand je retrouve ma voix.

— Je sais. C'est juste bizarre de dire au revoir à vous tous.

En la relâchant, j'essuie mes yeux du dos de ma main.

234

J'ai quitté ma maison en Italie, même si je dois admettre que c'était effrayant, mais j'ai trouvé l'amour, l'aventure et une nouvelle vie. Bella prend le même chemin.

— Avant de partir, mon amour, j'ai quelque chose pour toi. Et je lui tends un grand sac.

Elle jette un coup d'œil à l'intérieur et pousse un cri aigu.

— Tu l'as fait, Ma !

— Oui, je l'ai fait.

Elle sort un manteau rouge sang et l'enfile. Il est magnifique. Double boutonnage avec un col princesse et des manches en forme gigot. Six gros boutons noirs ajoutent à son charme avec la doublure en satin noir.

En balançant la tête d'un côté à l'autre, je me souviens du croquis du chapeau que j'ai fait sur l'un des vols de retour d'Italie. Les hôtesses m'ont été d'une grande source d'inspiration. J'ai créé un calot dans le même rouge. Pas trop difficile à réaliser. Une couronne plate avec des côtés droits et lisses, une bande attachée autour avec un autre énorme bouton noir pour finir.

L'ensemble est une grande réussite. Non seulement par son originalité, par la couleur vive que Bella portera en hiver. Elle n'a jamais eu peur de se promener avec des teintes vives. Avec sa jolie silhouette, Bella rendra justice à l'ensemble. Les têtes vont se tourner. Les gens parleront. Et qui sait, je pourrais peut-être pénétrer le marché français.

— Tu es superbe, Bella.

En regardant Pierre passer un bras autour des épaules de ma fille, je repense à toutes mes années avec James. J'ai beaucoup appris sur qui je suis, la personne que je suis devenue. Malgré mes inquiétudes et mon mal du pays occasionnel, je suis devenue plus confiante, plus mature, plus consciente de moi-même.

Bella sera pareille. Nous sommes taillées dans la même étoffe. Je souris à mon jeu de mots, mon esprit toujours branché sur la couture.

James, Laura et Jamie m'attendent dans la voiture, prêts pour le retour en Angleterre. Je m'attache et je fais des signes d'adieu jusqu'à ce que Bella et Pierre ne soient plus visibles.

Puis je pleure.

Je pleure d'être si loin de mes parents. Je pleure pour ce que je leur ai fait subir. Surtout, je pleure pour ma fille qui reste en France alors qu'elle aurait pu s'installer en Angleterre près de sa famille. Mon seul souhait est que Laura ne la suive pas, comme Florinda m'a suivie. Je ne veux pas perdre mes deux filles.

Une main derrière moi se pose sur mes épaules.

— Ne t'inquiète pas, Ma, je resterai près de toi.

La voix de Laura n'est qu'un murmure étranglé.

Je tapote les doigts de ma fille et acquiesce. Au moins, Laura est comme James. En fait, elle et Jamie tiennent tous deux de leur père. Ils sont anglais jusqu'au bout des ongles avec leur humour britannique. Ils sont capables de rire d'eux-mêmes. Courtois, patients, jamais un mot de colère, jamais pressés. Ils conviennent à la vie tranquille des Anglais. Même moi, je m'y suis habituée.

Je pense encore à Bella. A chaque fois, le même pincement.

Elle disait souvent qu'elle n'était pas à sa place en Angleterre. Trop calme. Elle a hérité du tempérament italien. Extravertie et fougueuse. Comme moi. À un moment, elle a été tentée de vivre en Italie. Il m'a fallu des semaines pour l'en dissuader.

Quand je lui ai expliqué la vie en Italie, pourquoi je m'étais enfuie, elle a commencé à avoir des doutes. Les vacances sont différentes. On profite des étés chauds, de la vie en plein air. S'installer pour y vivre est une autre affaire. Finalement, elle a abandonné l'idée, Dieu merci. Pourtant, elle ne pouvait toujours pas s'en tenir au mode de vie anglais.

Bella a un don pour les langues et maîtrise le français presque aussi bien que l'italien. Elle m'a dit que son but était d'utiliser ce don pour les langues. Elle veut enseigner. Son arrivée en France lui donnera cette opportunité.

La promotion de nos créations figure également en tête de sa liste. Bianca's Originals est déjà bien connu en Angleterre. La France serait un plus. Peut-être que le chapeau et le manteau rouge seront le début de quelque chose de grand. Je fais confiance à Bella pour faire de la publicité.

Bien que je n'aime pas l'idée qu'elle déménage en France, elle a la vie active dont elle rêve. J'ai ma fille à seulement une journée de route.

Je regarde le paysage qui défile en me demandant si Bella reviendra un jour à ses racines. Si elle est comme moi, elle ne le fera pas.

Un gémissement provient du siège arrière. Je me retourne pour voir Laura et Jamie endormis. La cérémonie et les célébrations du mariage ont été épuisantes. Nous avons suivi la tradition française, rester

236

debout toute la nuit pour manger la soupe à l'oignon aux premières heures du matin.

James tend la main et me frotte le bras. Je me retourne pour lui sourire. Je dois me ressaisir, garder mes émotions pour moi, comme Mammà l'a fait pendant toutes ces années. Bella a trouvé son partenaire. Elle a choisi un Français. Un étranger. Telle mère, telle fille.

J'espère qu'elle sera aussi heureuse que je le suis avec James. Au moins, j'ai une super relation mère-fille, contrairement à celle que j'ai ratée avec Mammà. Bella sait que nous sommes là. La porte est toujours ouverte pour elle si elle n'arrive pas à s'adapter à la vie en France. Nous serons toujours là pour elle, quoi qu'il arrive. Elle le sait.

Ses racines sont ici. Son enfance est ici. Je suis ici.

J'ai fui la maison pour ma liberté, Bella a quitté la maison par amour.

Comme les branches d'un même arbre, nous poussons dans des directions différentes, mais nos racines ne font qu'un.

Bella et moi n'oublierons jamais d'où nous venons. Nous n'avons tout simplement pas laissé cela nous empêcher d'aller là où nous voulions aller.

A propos de l'auteur

Jos Saunders vit dans la vallée de la Loire en France près du château de Chambord.

Avant d'écrire Les Larmes de Grenadine, Jos a coécrit un autre livre sous le nom de plume de A J Saunders.

Les Pies Qui Chuchotent (un mystère paranormal pour les jeunes adultes) publié en 2022.

Vous pouvez lui envoyer un courriel à l'adresse adleyjsaunders@gmail.com.

Elle aime toujours avoir des nouvelles de ses lecteurs. Et oh...un commentaire sur Amazon serait fantastique !

Printed in Great Britain
by Amazon

25258777R00138